사망통지서

死亡通知書
(原題:等一會兒)

Copyright © 2012 by 勞馬
All Rights Reserved.
Korean Translation Copyright © 2012 by Geulnurim Publishing Co.

이 책의 한국어판 저작권은 漢聲文化硏究所를 통한 저자와의 독점 계약으로 글누림출판사가 소유합니다.
신저작권법에 의하여 한국 내에서 보호를 받는 저작물이므로 무단 전재 및 무단 복제를 금합니다.

라오마 미니멀 유머 로망
김태성 옮김

사망통지서

原題∷等一會兒

글누림

| 옮긴이 서문 |

'소설'의 고전적 의미를 구현한 작은 이야기들

　오늘날 우리뿐 아니라 중국이나 일본에서 함께 사용하고 있는 '소설'이란 단어의 개념은 서양의 로망(roman)에 더 가깝다. 이른바 신문학을 기초로 형성된 동아시아 삼국의 근현대문학 전통은 서구문학의 이식에 다름 아니다. 그 결과 우리가 흔히 접하는 시와 소설, 산문 등의 장르는 전부 서구의 그것과 다르지 않게 되었다. 그 안에 담겨 있는 정서와 서사의 기교가 다를 뿐이다. 지구화와 지방화가 동전의 양면처럼 동시에 이루어지고 있는 이 시대에 어쩌면 동아시아 삼국은 서구문학의 전통을 차용하여 자국 문학을 발전시킴으로서 세계문학의 반열에 들어가려고 애쓰고 있는 것인지도 모른다.
　그럼에도 불구하고 그 내용과 달리 여전히 유전되고 있는 '소설'이란 이름이 처음 명기되어 있는 문헌은 『장자(莊子)』「외물(外物)」편이다. 그리고 그 뒤를 이어서 『한서(漢書)』「예문지(藝文志)」에서 춘추전국시대에 백가쟁명(百家爭鳴)했던 학술과 문화를 정리하면서 이를 유가(儒家), 도가(道家), 음양가(陰陽家), 법가(法家), 명가(名家), 묵가(墨家), 종횡가(縱橫家), 잡가(雜家), 농가(農家), 소설가(小說家) 등 이른바 '구류십가(九流十家)'로 분류하고 있다. 『장자』와 『한서』에서 말하는 '소설'은 다소 폄의적인 뜻을 갖고 있다. 근본적인 도리(大道)와는 거리가 먼 꾸민 이야기, 일상적이고 가벼운 가담항어(街談巷語)가 바로 '소설'인 것이다. 하지만 중국인들의 해학문화와 이솝의 우화를 능가하는 철학적 지혜, 인생에 대한 깊이 있는 통찰은 주로 이러한 '작은 이야기'들을 통해 구현되었다. '호가호위(狐假虎威)', '새옹지마(塞翁之馬)' 등 수천 년 동안 동아시아인들의 입에 회자되고 있는 성어들은 대부분 이런 '작은 이야기'들을 전고로 하고 있다.

라오마의 소설은 춘추전국시대 이후로 계속 축적되어 온 이런 중국 문화 특유의 '소설' 서사 전통을 현대적으로 계승하면서 중국 당대문학에 독보적인 영역을 구축하고 있다고 할 수 있다. 애석한 것은 현재까지 우리에게 소개된 중국 작가들의 작품들이 대부분 장편소설 위주이고, 그러다 보니 대고대난(大苦大難)의 스토리 주제는 엄청나게 갖고 있으면서도 스토리텔링의 기교에 취약한 중국 소설이 다소 지루하게 느껴져 제대로 인정을 받지 못하고 있다는 점이다. 그런 의미에서 이 책은 1970년대까지 우리 문단에서 제법 성행했다가 대형 작가 위주의 시장 재편에 밀려 거의 사라진 '꽁트'라는 장르에 대한 희미한 기억의 부활이라고도 할 수 있을 것이다.

지난 30년 동안 중국사회는 하나의 극단에서 또 다른 극단으로 빠르게 변화해왔다. 이른바 혁명사유가 모든 것을 주재하던 정치지상주의와 집단주의의 시대에서 개혁개방이라는 막강한 변화의 기폭제를 통해 돈이 모든 것을 주재하는 금전지상주의와 개인주의의 시대로 접어든 것이다. 상전벽해라 해도 과언이 아닐 정도로 중국의 놀라운 변화의 이면에는 엄청난 그늘이 존재한다. 더 이상 방치할 수 없는 수준의 빈부격차와 도시와 농촌의 불균형 발전, 국가주의 전통으로 인한 인권의식의 부재, 경제수준과 문화의식의 괴리, 금전만능주의에 따른 도덕적 기초 상실, 정치적 민주화의 미숙 등 헤아릴 수 없이 많은 문제들이 중국인들이 추구하고 있는 이른바 '조화(和諧) 발전'의 행보에 걸림돌이 되고 있다. 이러한 중국사회의 변화와 혼란은 일면 우리의 1970년대와 닮은 부분도 적지 않다. 우리와 마찬가지로 전통적인 농경사회인 중국이 짧은 시간에 산업사회로 전이하는 과정에서 필연적으로 가치관의 혼란과 노동인구의 대규모 이동, 새로운 하층사회의 형성, 상대적 박탈감 등 적지 않은 부작용을 경험하고 있다는 것은 충분히 이해할 수 있는 일이다.

이 책에서는 이러한 시대의 변화와 가치관의 전환 속에서 나타나는 갖가지 삶의 애환들이 풍경화처럼 펼쳐진다. 오늘날 중국사회의 급변의 과정과 결과의 구체적인 모습이 디테일하게 담겨져 있는 극사실화의 파노라마라고 할 수 있다. 책 곳곳에 닭털처럼 가벼운 우리의 일상에 대한 대단히 깊이 있는 철학적 성찰이 때로는 우화처럼, 때로는 부조리극처럼, 또 때로는 시처럼 반짝이고 있다. 알베르 까뮈의 말처럼 우리의 삶은 이론으로 정리되고 기억되는 것이 아니라 하나의 풍경으로 기억되는 법이다. 라오마의 소설이 담고 있는 이 풍경들이 우리의 삶에 심오한 철학적 지혜와 함께 애잔한 감동의 기억으로 남을 수 있으리라 믿어 마지않는다.

2012. 8.
옮긴이 김태성

목차
Contents

옮긴이 서문 / 005

첫 번째 작은 이야기
줄곧 모른다는 대답뿐

첫 만남 / 015
사인 / 020
황금 입 / 023
재미있네요 / 030
인사 / 035
철학 / 040
죄송합니다 / 046
모욕 견디기 훈련 / 049
줄곧 모른다는 대답뿐 / 055
사망통지서 / 059
선물 / 063
응급조치 / 066
인정에 호소하다 / 070
잠깐만요 / 073
가사도우미 / 076
지도원 / 082
어떤 유서 / 090
상 / 093

두 번째 작은 이야기
어떤 의미

가출 / 101
권위 / 104
어떤 의미 / 109
향장 / 112
방송국 사장 / 118
전화고장 / 122
일인자 / 126
쓰레기 줍기 / 131
콜라 / 136
혼례 / 140
화를 내다 / 145
작은 진의 혼사 / 148
승진 / 152
탄복 / 158
이명 / 163
도우미 / 166
파운드 / 171
행복지수 백점 / 176
중요한 일 / 182

세 번째 작은 이야기
사정이 변할 수 있다

스캔들 / 191
가상의 사랑 / 195
이웃을 사다 / 199
증서 / 203
부자 / 207
격려 / 211
상황보고 / 214
비결 / 219
제복 / 224
실험 / 227
질책 / 231
망신 / 235
제비뽑기 / 238
새 옷 / 244
두통 / 249
고통 / 252
웃는 얼굴 / 257
폐품 / 261
설 여객운송 / 265
행운 / 271
동북 사람 / 277
사정이 변할 수 있다 / 283
발이 땅에 닿지 않는 사람 / 286
내게는 총이 있다 / 293

네 번째 작은 이야기
몇 년 전

만능 / 301
빨간 구두 / 307
효도 / 311
과부 / 316
안경 / 319
몇 년 전 / 322
이상 / 326
식견 / 331
기분 / 335
목마름 / 339
벌금 / 342
중독 / 347
희사 / 351
아름다움 / 356
조사연구 / 361
못생긴 얼굴 / 367
괴물 / 371

첫 번째 작은 이야기

줄곧 모른다는 대답뿐

첫 만남

휴식 시간이 되자 회의에 참가한 국내외 전문가 학자들 모두 커다란 홀에 모여 커피나 차를 마시고 과자와 과일을 먹으면서 삼삼오오 무리를 이루어 이야기를 나누기 시작했다. 처음 만나는 사람에게 자신을 소개하는 사람도 있었고, 잘 아는 사람을 다시 만나 회의의 주제 발표에 관해 각자의 의견을 나누는 사람들도 있었다. 분위기는 무척 자연스럽고 화기애애했다.

이런 회의는 학술계에서 흔히 볼 수 있는 유형의 활동이었다. 말은 국제학술대회라고 하지만 참가하는 사람들은 대부분 국내 학자들로서 대학교수나 연구기관의 전문가들이 주류였다. 머리가 노랗거나 피부가 검은 외국인들이 검은 점처럼 간간히 눈에 띄긴 했지만 그 수는 그리 많지 않았다. 이런 자리에서는 같은 분야에 종사하는 사람들끼리 한데 모여 몇 가지 화제를 놓고 토론을 벌이게 된다. 그들이 이런 화제들을 가지고 집에서 마누라나 아이들을 상대로 담론을 벌이는 경우는 극히 드물다. 가족들은 거들떠보지도 않는 주제들이기 때문이다. 현실 생활은 사소하고 구체적인 것을 중시하는 성격을 갖고 있기 때문에 종종 그렇게 대단히 심오해 보이지만 실제로는 창백한 추상적 표현에 불과한 것들을 배척한다. 따라서 학자들이 이런 학술회의에 참가하는 것은 자신들을 위한 축제일 수밖에 없다. 그들은 비교적 고상하고 우아한 회의장을 마련하여 그 영역 밖에 있는 사람들에게는 지루하기만 한 주제들을 놓고 담론을 벌인다. 게다가 회의기간 동안 먹고 자는 일상의 모든 것들이 세밀하게 제공되기 때문에 집에서처럼 마누라의 성화에 못 이겨 설거지를 하거나 청소를 하는 일도 없다.

렌신(連心) 교수도 지금 이 순간 마음이 무척 흡족했다. 그는 정교하게 만든 디저트용 과자를 네 개나 먹고 뜨거운 과일 차를 두 잔이나 마셨다. 그러고도 모자라 커피를 한 잔 더 마셨다. 그는 찻잔을 손에 들고 얼굴 가득 미소를 지으며 자신과 나이가 비슷한 또 다른 전문가와 담소를 나누고 있었다.

"안녕하세요? 이번 학술회의는 준비가 아주 잘 된 것 같습니다. 회의 주제도 그렇고 참가자들의 수준도 꽤 괜찮은 것 같아요. 서비스도 아주 세심하고요."

렌 교수는 할 말이 없어 억지로 둘러댔다.

"그러게요. 현대사회에서는 사람과 사람 사이의 관계가 갈수록 더 소원해지고 있는 것 같습니다. 경제 지구화와 인터넷 시대의 도래가 인간관계를 더 소원하게 만드는 요인이 되고 있지요. 이번 회의에서 사람들 사이의 거리를 좁히는 문제가 심각하게 제기된 것은 대단히 시의적절하고 중요한 일인 것 같습니다. 이 점에 대해 어떻게 생각하시나요?"

이 교수는 마침 혼자서 외롭게 이것저것 음식을 집어 먹으면서 아까부터 자신의 의견을 말할 상대를 찾고 있던 중이었다. 렌 교수가 먼저 말을 걸자 그는 귀중한 보물을 얻기라도 한 것처럼 반색을 했다.

"지당하신 말씀입니다. 이번 학술회의에 참가한 철학자와 행위학자, 사회학자, 심리학자들도 모두 이 점에 동감을 나타내고 있습니다. 우리는 이 문제에 관해 좀 더 깊이 있는 연구와 토론을 진행할 수 있을 것 같습니다. 정말 슬픈 일이에요. 지금은 이웃 사이에도 서로 왕래가 드물고 낯설고 소원한 단절감이 갈수록 심해지고 있으니 말입니다. 모두들 죽어도 서로 교류할 생각을 하지 않는 겁니다. 서로에 대해 아무리 심각한 소문을 들어도 절대로 서로 돕거나 왕래하려 하지 않는다는 것이 문제지요."

렌 교수는 가슴속에 담고 있는 생각을 속 시원히 털어놓았다.

"인간은 사회적 동물이지요. 서로 왕래하고 소통하며 교류하는 것은 인간의 본질적인 속성입니다. 집단이나 조직에 대해 의지하는 마음을 갖고 타인에 대해 관심과 사랑을 보이는 것이 당연한 일일 겁니다. 정말 두려운 것은 사람들이 점차 비인간화의 길을 가고 있다는 사실입니다."

상대 교수가 말을 받았다.

"말씀하시는 억양을 들으니 강남(江南 : 양쯔강揚子江 이남 지역.) 분이신 것 같군요?"

렌 교수는 상대방을 세밀하게 관찰하고 있었다.

"정말 통찰력이 대단하십니다. 저는 우시(無錫) 출신입니다. 아주 작은 도시지요. 하지만 북방으로 이주해 생활한지 이미 30년이 되었습니다. 선생님은 어디 출신이신가요?"

상대 교수도 호기심을 보였다.

"우린 서로 동향(同鄕 : 같은 고향 사람.)이라 할 수 있겠군요. 저도 북방에서 교편을 잡고 있습니다."

렌 교수가 황급히 대답했다.

"저도 북방에서 교편을 잡고 있으니 우리는 동행(同行 : 같은 분야에서 일하는 사람.)이라고 할 수도 있겠네요. 실례지만 어느 학교에 계시는지요?"

상대 교수가 물었다.

"저는 화뚜(華都) 대학에 있습니다. 선생님은요?"

렌 교수는 몹시 흥분되기 시작했다.

"화뚜 대학이라고요? 저도 그 학교에서 밥벌이를 하고 있습니다만,…… 어쩐지 낯이 익다 했습니다. 어느 과 소속이십니까?"

상대 교수는 더 흥분했다.

"철학과요. 선생님은요? 혹시 문학과 아니신가요?"

렌신 교수가 물었다.

"저도 철학과 소속입니다. 중국철학사 연구실에 있지요. 선생님은요?"

상대 교수는 약간 멍한 표정을 지어 보였다.

"저는 렌신이라고 하는데 존함이 어떻게 되시는지요?"

렌신 교수는 이렇게 되물으면서 머리를 긁적였다.

"아, 선생님이 바로 렌 교수님이시군요? 말씀 많이 들었습니다. 저는 양상(楊相)입니다."

두 교수는 이렇게 둘 다 같은 집 식구임을 밝히게 되었다.

"아이고, 말씀 많이 들었습니다. 저와는 비교할 수 없이 유명하신 분으로 알고 있습니다. 정말 우스운 일이군요. 저보다 훨씬 높으신 분인데 평소에는 너무 바쁘다 보니 같은 교학연구실에 30년을 같이 있으면서 한 번도 얼굴을 뵙지 못했으니 말입니다. 정말 이보다 더 풍자적인 일은 없을 것 같습니다. 하, 하, 하……."

렌 교수가 어색하게 웃었다.

"그러게요. 평소에 모두들 자기 일로 바쁜데다 과의 교학연구실에서는 여러 해 동안 회의를 한 번도 열지 않았으니 이 지경에 이른 것도 이상한 일은 아닐 겁니다. 이렇게 외부에 나와 이런 학술활동에 참가하지 않았더라면 우리 두 사람은 죽을 때까지 서로 얼굴을 모르고 지냈을 지도 모르겠습니다! 하, 하, 하……."

양 교수도 부자연스럽게 웃었다.

사인

　　　　　　웨이샹(韋尙) 교수는 일 처리에 있어서 항상 사전에 치밀한 계산과 계획이 있었다. 보통 책바보들과는 다른 모습이었다. 그의 눈에는 자신과 전공 밖에 없었다. 외부 사정이나 고위 상관들에 대해서는 전혀 고려하지 않았다.

　그 학술대회를 위해 웨이샹 교수는 한동안 아주 바쁘게 돌아쳐야 했다. 10분 분량의 발언을 세심하게 준비해야 할뿐만 아니라 이번 회의에 참석하는 푸야(傅亞) 부장(우리나라의 장관에 해당함.) 어르신의 눈에도 들어야 했다.

　푸야 부장은 일부 사람들이 학자형 관료라고 추켜세우는 인물이었다. 그는 깊이 있는 사유와 '수많은 책들을 두루 섭렵한' 독서력을 자랑하는 고위 관료였다. 이상과 정조, 사상풍격에 관한 얇은 책을 몇 권 쓰기도 했고 혁명 영웅열사들의 격언집을 편찬한 경력도 있었다. 그가 이번 학술대회에 참석하게 된 것은 대회의 품격을 크게 높이는 일이 아닐 수 없었다.

웨이샹 교수는 이 소중한 기회를 놓치지 않고 푸야 부장에게 깊은 인상을 남기기 위해 자신의 발언할 내용을 한 글자 한 글자 수없이 반복하여 가다듬는 한편, 이 도시에 있는 거의 모든 서점과 도서관을 돌아다닌 끝에 마침내 푸야 부장이 쓰거나 편집한 그 몇 권의 작은 책들, 아니 '대작(大作)'들을 전부 손에 넣을 수 있었다.

대회가 열리던 당일 웨이샹의 발언은 확실히 다른 사람들과의 차별성을 갖추고 있었다. 그는 회의의 주제를 포기하고 격정에 가득 찬 어투로 푸야 부장의 학술적 성과와 고상한 풍격, 높은 정절을 칭송하는 데 열을 올렸다. 그가 말했다.

"저는 부장님께서 쓰신 책을 읽으며 혁명의 길을 걸어왔습니다. 부장님의 사상이 저의 학문과 직장 생활을 이끌어주셨고 제 삶에 커다란 정신적 동력을 제공해주셨습니다."

푸야 부장은 헛기침을 몇 번 하더니 표정에 미묘한 변화를 보였다. 그는 몇 차례 웨이샹의 발언을 중지시키려 시도했으나 예의상 그 자리에 그대로 앉아 있었다. 단지 끊임없이 손으로 찻잔 뚜껑을 만지작거릴 뿐이었다. 회의에 참석한 적지 않은 사람들이 줄줄이 자리에서 일어나 화장실로 달려갔다. 어떤 생각에서 그런 행동을 하는 것인지 알 수 없었다.

웨이샹 교수는 휴식 시간을 놓치지 않고 최고의 공경심을 발휘하여 자신이 아주 긴 시간을 들여 사들인 이 푸야 부장 동지의 '거저

(巨著)'들을 일일이 앞으로 가져가 사인을 해달라고 부탁했다. 푸야 부장은 눈살을 찌푸리며 펜을 들어 책의 맨 앞 장에 일일이 '웨이샹 교수께 가르침을 구합니다. - 푸야'라고 썼고 웨이샹 교수는 연신 고맙다고 인사를 했다.

부장의 친필 사인이 담긴 이 몇 권의 대작은 아직도 웨이샹 교수의 서재에서 눈에 가장 잘 띄는 자리에 놓여 있다. 그 가운데 두 권은 부장의 친필 사인이 있는 맨 앞 페이지가 펼쳐진 채로 영원히 책상 위에 놓여 사람들의 눈길을 끌고 있다.

손님이나 학생들이 그의 서재를 찾을 때면 하나같이 이렇게 묻곤 했다.

"아니, 이거 푸야 부장님의 대작이 아닌가요? 그분을 잘 아세요?"

웨이샹 교수는 그럴 때마다 대수롭지 않다는 표정을 지으며 말을 받았다.

"응, 나랑은 아주 친한 친구야! 책을 쓸 때마다 나에게 의견을 구하곤 하지만 내게 그럴 만한 시간이 어디 있겠나. 정말 방법이 없어. 이런 일이 좀 많아야지. 그저 체면에 손상이 되지 않는 선에서 그때그때 상황에 맞게 응해주는 수밖에!"

황금 입

　　베이징(北京) 출장을 왔지만 저녁에는 할 일이 없었다. 나는 대학 안에서 옛 동창인 '큰 머리 쟈오(焦)'를 찾아보기로 마음먹었다.
　　물론 '큰 머리 쟈오'는 별명이었다. 머리 크기가 보통 사람들과 다르다는 뜻이었다.
　　대학에 다닐 때 '큰 머리'는 나와 이층 침대의 위아래를 함께 썼고 학과 안에서는 '허풍쟁이'로 유명했다. 언변이 좋다 보니 누군가 말문을 열었다 하면 결론은 항상 그의 생각대로 마무리되곤 했다. 혼자서 대화를 완전히 장악하여 서너 시간씩 쉬지 않고 얘기하면서도 물 한 모금 마시는 일이 없었다. 진정한 '황금 입'이라고 할 수 있었다.
　　졸업한 뒤에도 그는 학교에 그대로 남아 교편을 잡게 되었다. 들리는 바에 의하면 강의 효과가 대단히 뛰어나 지명도도 매우 높았고 전국 각지를 돌아다니며 강연을 하게 되었다고 한다. 그는 직장에서도 일찌감치 다른 사람들보다 좋은 평가를 받아 이미 유명 교수가 되어 있었다. 동창들은 한자리에 모일 때마다 항상 '큰 머리'가 선천적인 자질을 잘 발전시키고 있다면서 입을 모아 천생 교사의 재목이라고 말하곤 했다.

'큰 머리'의 부인 역시 우리 반의 동창이었다. 머리의 크기만 가지고 별명을 지었다면 '작은 머리'보다 더 적합한 별명은 없을 것이었다. 하지만 그녀를 이런 별명으로 부르는 사람은 단 한 명도 없었다.

졸업 후 우리는 20년이 넘도록 서로 만나지 못했다. 나는 줄곧 기회를 잡아 하늘 남쪽 끝과 바다 북쪽 끝으로 멀어져 있는 고금과 국내외를 통틀어 가장 뛰어난 '언변가'인 그를 찾아내 만나보고 싶었다. 대학 시절에 그의 얘기를 듣는 것은 정말 대단한 즐거움이었기 때문이다.

노크에 이어 방문이 열리면서 '큰 머리'가 나와 나를 맞아주었다.

"어서 오게."

그는 나를 응접실로 안내했다.

'큰 머리'는 눈에 띄게 나이가 든 모습이었다. 머리도 많이 벗겨져 이미 위쪽이 몹시 반짝거리고 있었다. 젊었을 때 머리를 가득 뒤덮고 있던 머리칼은 다 어디로 갔는지 알 수 없었다.

"부인은?"

나는 그의 또 다른 절반을 보고 싶었다.

"없네."

그가 대답했다.

"어떤가? 최근 몇 년 아주 달콤한 세월을 보내고 있다고 들었네만?"

내가 물었다.

"그런대로 괜찮은 편일세."

'큰 머리'는 어투와 표정이 그다지 밝지 못했다.

"듣자 하니 자네 강의가 워낙 뛰어나 세계 각지를 이리저리 돌아다니고 있다고 하던데, 그러다가 미쳐버리는 것 아닌가?"

내가 조롱하듯 물었다.

"누가 그러든가? 그 정도는 아닐세."

'큰 머리'가 이처럼 겸손한 모습을 보이는 건 예전에는 전혀 기대할 수 없는 일이었다.

"매년 강의 수입도 대단하다고 들었네. 출장비가 아주 높다고 하더군. 유명 스타들과 별 차이가 없다던데, 정말 그런가?"

나는 그가 이런 화제를 계속 이어가주기를 바랐다.

"다 헛소문일세. 사실은 그렇지 않단 말일세."

그는 또다시 움츠러들었다.

"동창들과는 연락을 자주 하나?"

내가 화제를 바꿔 물었다.

"그다지 자주 하는 편은 아니야."

그는 자신이 연락했던 두 친구를 거명할 뿐이었다.

나는 그가 건네준 물을 한 컵 마시고 나서 거실을 한 번 둘러본

다음 가구의 배치와 장식에 관해 간단한 비평을 늘어놓았다. '큰 머리'는 시종 빙긋이 웃으며 가끔씩 "응, 그래." 하고 짧게 대꾸할 뿐이었다.

"자넨 어떤가?"

한동안 침묵이 흐르다가 마침내 그가 완전한 문장으로 말했다.

나는 하는 수 없이 졸업 후의 직장 생활과 학업, 생활 등에 관한 모든 것을 아주 상세하게 설명해주었다. 그는 내 얘기를 듣는 둥 마는 둥 하면서 연신 고개만 끄덕였다. 내 얘기에 별 관심이 없는 것이 분명했다.

나는 또 국내 및 국외의 정치와 경제, 문화, 군사, 외교 등 오늘날 할 일 없이 무료한 남자들이나 관심을 갖는 수많은 화제를 거론하여 나의 견해를 밝히면서 그의 담흥(談興)을 자극하려고 시도했다. 이러한 담론의 주제들은 '큰 머리'가 단연 강세를 보이는 영역이었다. 대학 시절이었더라면 누구에게도 감히 입을 열고 끼어들 수 있는 몫이 주어지지 않았을 것이다.

'큰 머리'는 내 얘기에 아주 진지하게 귀를 기울이긴 했지만 줄곧 함께 토론하고자 하는 열의를 보이지 않았다. 그저 "음, 그렇군." 또는 "아하, 그래." 하는 정도로 말을 받아주면서 연신 고개만 끄덕일 뿐이었다.

나는 흥이 싹 가시면서 굳이 먼 길을 달려 그를 만나러 오지 말았어야 했다며 후회했다.

"자넨 어째서 아무 말도 하지 않는 건가? 나 혼자 미친 듯이 떠들게 놔두지 말라고 나는 유명 교수인 자네의 탁월한 의론을 듣고 싶어서 찾아온 거란 말일세!"

이렇게 말해 놓고 나는 다소 마음이 편치 않았다.

"목 상태가 좋지 않아서 그래."

그러면서 그는 자신의 목구멍을 가리켰다.

"그래? 병원에는 가봤나? 의사가 뭐래?"

내가 오히려 더 걱정하는 모습을 보였다.

"별 것 아니야."

그는 여전히 편안한 목소리였다.

나는 또 재잘재잘 쉬지 않고 그에게 갖가지 보건 방법과 치료 방안을 추천해주었다.

"다 소용 없어."

그가 손사래를 치며 말했다.

나는 마지못해 잠시 더 앉아 있다가 이내 작별을 고하고 나왔다.

돌아오는 길 내내 나는 그의 병이 약간 의심스럽다는 생각이 들었다. 죽을병이 아닌가 하는 생각도 들었다. 내 기억에 의하면 그는 '떠들기 좋아하는' '황금 입'이었기 때문이다. 뭔가 꼭 감춰야만 되는 일이 아니라면 경찰도 그의 입을 막을 수 없었다.

호텔로 돌아와서도 나는 계속 '큰 머리'의 병이 마음에 걸려 밤새 눈을 감을 수 없었다. 다음 날 나는 '큰 머리' 부인의 핸드폰으로 전화를 걸었다. 먼저 몇 마디 위로로 말문을 연 나는 마음속 걱정을 털어놓았다.

그녀는 먼저 한참을 웃어대더니 이어서 따발총을 쏘는 듯한 속도로 빠르게 말했다.

"'큰 머리'의 병은 순전히 돈 때문에 생긴 거예요. 돈에 눈이 멀어 생긴 이상한 병이라고요."

그녀의 설명에 따르면 '큰 머리'는 강의로 적지 않은 돈을 벌었다. 그러자 갈수록 더 자기 강의의 순금 함량을 높이게 되었다는 것이다. 지금은 누가 돈을 주지 않으면 아예 입을 열지 않게 되었고 급기야 부부지간에도 말을 안 하게 되면서 이제는 왕래마저 거의 없어졌다는 것이다.

그녀는 전화로 말을 하면 할수록 더 흥분하면서 '큰 머리'가 돈에 눈이 멀어 저지른 극단적인 사건들을 적지 않게 털어놓았다. 한번은 어렵사리 기회를 잡아 그녀와 얘기를 나누게 된 그가 얘기를 마무리할 때쯤 아내에게 얘기를 나눠준 데 대한 보수를 요구했다는 것이었다. 아내가 화가 나서 따귀를 올려붙이자 그제야 그는 정신을 차리고 자기가 남에게 강의를 한 것이 아니라는 사실을 깨달았다. 작년 겨울에는 집 부엌에 갑자기 불이 났다. 불을 발견한 그는 "불이야." 소리 한 번 지르지 않고 밖으로 뛰어나갔다. 이웃들이 얼른 발견하지 않았더라면 큰 화재로 번졌을 것이고 침실에 누워 있던 아내 '작은 머리'는 일찌감치 타 죽고 말았을 것이다.

"이 '큰 머리'는 아예 인간이 아니에요. 지금 우리는 서로 떨어져 따로 살고 있어요."

전화선을 타고 무거운 부담을 벗어버린 듯한 '작은 머리'의 상쾌

한 목소리가 들려왔다.
 나는 잠시 멍하니 말이 없이 전화기를 들고 있었다. 입으로는 "아, 네에……." 하면서 그다음 말을 잇지 못했다.

재미있네요

샤오허우(小侯 : 친한 사람의 성姓 앞에 '小' 자를 붙여 부르는 일종의 애칭. 나이가 많은 사람들끼리는 '老' 자를 붙인다.)는 과에서 가장 젊은 교수로서 나와 같은 교학연구실에서 일하고 있다.

그는 경제학의 시각에서 부패 문제에 관한 연구를 진행하고 있고 여러 편의 영향력 있는 논문을 발표한 바 있어 학계에서 어느 정도 지명도를 갖추고 있다. 샤오허우는 나이의 우세가 있는 데다 천부적인 재능도 뛰어나 비교적 빠른 기간에 학계에서 두각을 나타내고 있는 편이었다.

학자로서의 성공이 허우 교수에게 적지 않은 장점을 가져다주었다. 출국 시찰이나 과제의 책임자, 성과평가상 등이 적지 않게 그의 몫이 되곤 했다. 학교에서는 또 그를 시 정치협상회의 위원으로 추천하기도 했다.

샤오허우의 말하는 태도도 이전에 비해 훨씬 대담해졌다. 같은 학자들이나 선배들을 우습게 보는 것은 물론이요, 관리들조차 안중에 두지 않았다. 그는 항상 입에 이 한마디를 달고 다녔다.

"쳇, 관리로 일하는 놈들 치고 제대로 된 놈 하나도 없더군!"

지식인들은 보편적으로 관리들을 우습게 보곤 한다. 이는 일종의 전통이자 유행이기도 했다. 나도 이런 고질병을 갖고 있었다. 대학 교수들은 한데 모여 한담을 주고받을 때마다 학술에 관한 얘기는 적고 정치에 관한 얘기가 많았다. 게다가 정치에 관한 얘기를 시작했다 하면 모두가 전문가들이었다. 정치에 관해 얘기하자면 관료 사회가 빠질 수 없고 관료 사회에 관해 얘기하자면 또 정객들을 논외로 할 수 없었다. 정객들에 관해 얘기하다 보면 고금(古今)을 막론하고 국내외의 크고 작은 관료들이 전부 언급되곤 했다.

지식인들이 정치를 논하다 보면 종종 더 할 수 없이 순수한 추상적 원칙에서 출발하여 더 할 수 없이 속된 구체적 현상으로 결론이 내려지곤 했다. 인용되는 사례들은 기본적으로 길에서 주워들은 근거 없는 이야기나 골목 안의 의론이 아니면 신문가판대를 떠도는 한가한 소문들이었다. 이렇게 말할 수도 있을 것이다. 수많은 학자들의 눈에 관료들은 태어나면서부터 어리석고 무능하며 부패한 데다 학문과 교양은 전혀 갖추지 못한 무식의 화신이었다. 그들의 유일한 가치는 지식인 계층에게 식후에 차를 마시면서 풍자와 조롱을 해댈 수 있는 소재를 제공하는 데 있었다. 관리들에 대한 샤오허우의 멸시하는 듯한 태도는 우리 모두를 능가했다. 지루함을 이기지 못해 한담을 나눌 때면 그는 맨 마지막에 가서 격분하여 얼굴을 붉히며 목청을 돋우기 일쑤였고 고개를 흔들면서 큰 소리로 마구 떠들어대곤 했다.

"젠장, 관리로 있는 놈들 치고 좋은 놈을 찾아볼 수가 없더군! 그들은 똥물에 손을 씻는 데 익숙해져 있거든!"

이처럼 '관리'를 원수 대하듯이 하는 허우 교수는 과에서 교사로 선발되어 현(縣)의 부현장으로 가게 되었다는 소식을 듣고는 잠을 이룰 수 없었다. 들리는 소문에 의하면 그는 남몰래 줄기차게 공작을 벌인 덕분에 마침내 원하던 보상을 받게 된 것이라고 했다. 소문대로 그는 임시직이긴 하지만 동해 연해지구 모 현급 시의 부시장으로 가게 되었고 임기는 1년이었다.

동료들은 평소 얘기하던 것과 전혀 다른 그의 선택에 대해 꼬치꼬치 캐어묻지 않았다. 일부 사람들은 등 뒤에서 그를 말과 행동이 다른 사람이라느니 이중인격자라느니 하며 비난을 해댔다. 심지어 그가 관리가 되면 일부 남자들이 아가씨들에게 하는 것처럼 입으로는 욕을 하면서 마음속으로는 몹시 그리워하다가 아무도 보지 않은 곳에서 은근히 몸을 더듬게 될 것이라고 말하기도 했다. 사실, 이런 사람들은 나와 마찬가지로 그가 부시장이 된 것에 대해 마음속으로 몹시 부러워하면서도 질투하고 있는 것이 분명했다.

샤오허우(규정상 허우 부시장이라고 부르는 것이 좋겠다.), 즉 샤오 부시장은 부임한 지 석 달이 지나 회의에 참석하기 위해 베이징을 찾게 되었다. 그는 베이징 주재 현지 연락사무소에 있는 부하 직원에게 지시하여 우리 과로 차를 보내 열 명이 넘는 교수들을 아주 유명한 5성급 호텔로 모시게 했다. 그리고 그곳에서 우리에게 아주 성대한 만찬을 대접해주었다. 솔직히 말해서 그곳은 내 평생 처음 가보는 가장 호화로운 음식점이었고 나온 음식도 지금까지 먹어본 것 가운데 가장 고급 음식들이었다.

그날 허우 부시장의 위세는 정말 대단했다. 일거수일투족과 모든 언행이 관료 사회에서 천 년 백 년 훈련받은 것처럼 노련하기만 했다. 석 달 전의 허우 교수와는 전혀 다른 사람이었다. 말을 할 때도 길게 여음을 끌었고 말 한마디가 시작될 때와 마무리될 때마다 '에', '에' 하는 발어사가 뒤따랐다. 과거 자신이 조롱하던 대상들을 그대로 복제해 놓은 것 같았다.

그가 우리를 상대로 '정부 업무 보고'를 하기 위해 한숨 돌리는 틈을 이용해서 내가 작은 목소리로 끼어들었다.

"너무 복잡하게 얘기하지 말고 한마디로 관료가 된 기분을 개괄해 줄 수 있겠나?"

허우 부시장은 잠시 망설이더니 이내 큰 소리로 내게 말했다.

"한 단어로 간단하게 말할 수 있지. 재미있네!"

"재미있다고?"

내가 같은 말을 되뇌었다. 꽤나 수준이 있는 대답이라는 생각이 들었다. 정말 재미있는 대답이었다. 이 한 단어가 내게 아주 깊은 인상을 남겼다.

1년이 지나 임시 재직 기간이 만료되었지만 샤오허우는 제때에 학교로 돌아오지 않았다. 들리는 바에 의하면 업무 성과와 본인의 강력한 요구에 따라 상급 기관에서 그를 계속 유임시키기로 결정했다고 했다. 그것도 임시 직위에서 정식 직위로 전환된다는 것이었다. 우리는 모두 이런 동료를 잃게 되었다는 사실을 자랑스럽게 생각했다.

또다시 1년이 지나 샤오허우가 부시장 직위에서 물러남과 동시에 사법기관의 처리를 기다리고 있다는 소문이 들려왔다. 과의 일부 교수들은 그에 관한 적지 않은 소식을 전해주었다. 그가 부패에 뇌물 수수는 물론이요, 둘째 부인에 정부까지 두면서 공금을 마음대로 유용했다는 것이었다. 심지어 현지 조직폭력배와 연루되었다는 이야기도 있었다. 어찌 됐든 간에 이제 샤오허우의 앞길은 완전히 끝난 셈이었다!

누군가 내게 샤오허우의 일에 대해 어떻게 생각하느냐고 물었다. 나는 조금도 주저하지 않고 대답했다.

"재미있네요!"

인사

　　대학원생들을 위해 일자리를 찾아주는 것이 모든 지도교수들이 반드시 해야 하는 의무가 되었다.
　나는 올해 다 합쳐서 네 명의 대학원생들을 졸업시켰고 지난해와 마찬가지로 그들의 능력과 취미에 맞춰 내 동창이나 친구 지인들에게 정성들여 구직추천서를 써 보냈다.
　다행히 추천서를 받은 동창이나 친구들에게서 연이어 답신이 도착했다. 자신들이 몸을 담고 있는 기관이나 대학, 대학원, 병원, 회사, 그리고 군부대에서 기꺼이 내가 지도한 졸업생들을 받아들이겠다는 것이었다.
　물론, 뜻밖에도 내가 지도한 대학원생들도 지난해와 마찬가지로 처음에는 자신들을 받아주는 기관이 없다고 원망을 했다. 그러나 회사와 학교, 또는 병원에서 받아주기로 결정했다고 하자 그들은 또 갖가지 이유를 대면서 주어진 일자리에 가서 일하기를 거부했다. 이런 일들은 자주 일어나는 것이긴 하지만 나는 골치가 아픈데다 도무지 이해할 수가 없었다. 일자리를 잡는 데는 연인을 구하는 것과 마찬가지로 다른 사람들은 옆에서 참고할 수 있는 의견만 제시하면 그만이지 모든 것을 알아서 처리해줄 수가 없는 법이다. 매년 학생들은 취업난을 호소하면서 매일 같이 주변을 맴돌며 자신들의 고민을 토로하고 있으니 지도교수로서 어찌 모른 척하면서 일체 상관하지 않을 수 있겠는가. 그리하여 여기저기 편지도 쓰고 전화도 걸어대면서 학생들을 위해 출로를 찾을 방법을 강구해보는 것이다. 하지만 최종적인 결과는 최대한의 노력을 경주했음에도 불구하고 학생들은 내가 추천한 기관들을 거들떠보지도 않는 것이다. 그들이 최종적으로 선택하는 직장은 비교적 지명도가 높고 월급도 많은 데다 사원복지도 훌륭하면서 업무는 그다지 많지 않은 기관이나 부서들이다.

　금년에 졸업한 네 명의 제자 역시 내가 추천해준 직장에 가지 않았다. 두 명은 외국기업에 들어갔고 한 명은 증권회사로 갔으며 성이 쟈(賈)라 샤오쟈(小賈)라 불리는 나머지 한 명은 일편단심으로 공무원이 되고자 했다. 샤오쟈는 초등학교 시절부터 학생 간부를 지냈고 대학에서는 학생회 주석까지 맡은 바 있으며 대학원생 시절에는 학생 동아리의 간부직을 맡는 등 정치적 포부가 매우 컸다. 그가 정부기관에서 일하는 것을 선택했을 때 나는 반대하지 않았을 뿐만 아니라 심지어 훌륭한 결정이라며 격려까지 해주었다. 게다가 특별히 모 정부기관에서 일하는 옛 동창생에게 그를 추천하는 편지를 써주기도 했다.

  샤오쟈는 순조롭게 공무원 자격시험을 통과한 데 이어 중앙의 모 중요 기관의 구체적인 직위에 지원하여 응시원서를 냈다. 그는 내게 이 자리에 원서를 낸 사람이 아주 많고 경쟁이 대단히 치열하기 때문에 필기시험과 면접 성적만으로는 합격하기 어려울 것 같다고 말했다. 연줄이 필요하다는 것이었다. 그는 구직자들 가운데 여러 사람의 이름을 나열하면서 전부가 고위 관료나 큰 부자의 자제나 친척들이라고 말했다. 나는 그에게 너무 마음에 두지 말라고 권하면서 붙지 못하면 그만이라고 말했다. 붙지 못할 경우 내가 추천하는 성으로 가서 일하면 된다는 것이 내 편한 생각이었다. 그는 내 말을 듣지 않고 그 자리에 집착하는 태도를 보였다. 그러면서 연줄을 좀 더 찾고 인사를 해서 반드시 면접시험을 쟁취해야 한다고 했다. 나는 반복되는 그의 애절한 요구를 거절하기가 어려워 마지못해 한 번 알아보겠다고 대답했다. 사실 나는 그가 알려준 시험총책임자를 잘 알지 못했고 그를 위해 아는 척하며 인사를 하고 싶지도 않았다. 필기시험이 끝나고 그는 다급하게 나를 찾아와서 물었다.

  "교수님, 부탁은 해보셨나요?"

  나는 적당히 얼버무리는 수밖에 없었다.

  "일단 부탁은 해놓았네."

  그는 자신감으로 가득 찬 얼굴로 연신 되뇌었다.

  "그럼 됐습니다. 이제 됐어요!"

  며칠이 지나 필기시험 합격자 명단이 발표되었다. 샤오쟈는 정말로 면접시험 대상인 서른 명 중의 하나가 되어 있었다.

그는 또 쉴 새 없이 나를 찾아오기 시작했다. 지도교수로서 한 번만 더 힘이 되어 달라는 것이었다. 그가 알아본 바에 따르면 최종적으로 합격되는 사람은 단 두 명인데 면접시험에 참가하는 사람들 모두가 하나같이 빵빵한 연줄과 믿을 만한 배경을 갖고 있다고 했다. 나는 그런 그에 대해 약간의 반감이 들었다. 그의 분석과 판단, 준비조치 등을 조롱하면서 더 이상 나를 찾아오지 말라고 단호하게 말했다. 그러면서 내게는 이용할 만한 연줄이 전혀 없다고 말해주었다. 샤오쟈는 이내 얼굴색이 변하기 시작했다. 나의 엄격한 말과 태도가 큰 상처를 준 모양이었다. 그의 표정이 절망감으로 일그러졌다. 그러더니 어금니를 앙다물고 말했다.

"교수님, 전 교수님만 믿겠습니다. 교수님이라면 적절한 연줄을 찾아 한마디 해주실 수 있으리라고 믿습니다. 제가 이렇게 머리 숙여 부탁드리겠습니다."

나는 짜증을 내며 말을 받았다.

"알았네. 한번 방법을 생각해보지!"

하지만 마음속으로는 내게 아무런 연줄도 없을 뿐만 아니라 있어도 연락을 취하지 않을 것임을 분명하게 알고 있었다.

2주 정도 지났을까, 샤오쟈가 몹시 즐거운 표정으로 술과 담배를 사가지고 찾아왔다. 그는 합격통지서를 받았다며 신바람이 나서 말했다. 흥분과 격정으로 얼굴이 온통 붉게 물들어 있었다. 말까지 더듬고 있었다.

"가, 감사합니다, 교수님. 정말 어떻게 은혜를 갚아야 할지 모, 모르겠습니다. 정말 영향력이 대단하십니다. 저를 위해 힘들게 연줄을 대주신 덕분에 합격했습니다."

나도 얼굴이 온통 붉게 물들어 있었다.

"축하하네! 하지만 사실 나는 한 번도 자넬 위해 연줄을 찾아 연락을 취한 적이 없네!"

나는 분명한 어투로 또박또박 천천히 말해주었다.

"그럴 리가요, 교수님. 너무 겸손해 하지 마십시오. 좋은 일은 학생들에게 알리지 않으시려는 것 잘 압니다. 교수님은 틀림없이 저를 위해 애를 많이 써주셨어요. 안 그러셨을 리가 없지요. 연줄이 없었다면 제가 어떻게 합격할 수 있었겠습니까! 헤헤, 교수님 마음은 저도 다 압니다."

샤오쟈는 혼자 쉴 새 없이 중얼거렸다. 지금도 그는 내게 자주 전화를 걸어 고맙다는 인사를 하곤 한다.

철학

"바보나 멍청이들만이 철학을 공부합니다. 철학은 사람들을 지혜롭게 하는 학문이기 때문입니다. 지혜로운 사람은 원래 지혜롭기 때문에 더 이상 철학을 공부할 필요가 없지요. 멍청이들은 똑똑해져야 합니다. 그래서 철학을 공부해야 하는 것이지요. 내일 저는 퇴임합니다. 그래서 오늘 여러분들을 상대로 저의 마지막 철학 강의를 하고자 합니다."

흥분인지 해탈인지, 아니면 상처나 미련인지, 어쨌든 교수님은 여기까지 말하고 나서 목소리가 약간 떨리더니 손수건(어쩌면 양말인지도 모른다.)을 꺼내 눈가를 닦았다. 정확히 말하자면 한 손으로는 안경을 받치고 다른 손으로는 손수건 또는 양말 같은 물건으로 눈 주위를 훔쳐댄 것이었다.

교수님의 성이 무엇이고 존함이 어떻게 되는지 우리는 알지 못했고 마음에 두지도 않았다. 평소에 학우들은 그를 뚜(杜) 선생님이라고 불렀다. 하지만 성이 뚜가 아닌 것이 분명했다. 그는 장기간 『반듀링론』을 강의했고, 때문에 학생들은 당연히 그 역시 성이 뚜일 것이고, 어쩌면 이름이 뚜린(杜林 : '듀링'을 중국어로 음역한 것이 바로 '뚜린'이다.)일 것이라고 생각했던 것이다. 다시 말해서 성이 무엇인지는 중요하지 않았다. 철학적 각도에서 볼 때 교수의 본질은 그의 성이 자오(趙)인지 첸(錢)인지, 아니면 쑨(孫)이나 리(李)인지에 있는 것이 아니었다. 교수라고 불리는 것만으로도 이미 충분했고 '뚜 선생님'이라고 부르는 것은 이미 과도한 호칭이었다. 사실대로 말하자면 우리는 철학을 투철하게 배우지 못했기 때문에 그를 뚜 선생님 또는 교수님이라고 부르고 있는 것이었다. 어떤 사람들은 우리처럼 그렇게 멍청하거나 유치하지 않아 누구든지 그냥 '이봐요!'라고 부른다. 고도의 개괄이요 극단적인 추상으로서 누구에게나 두루 사용할 수 있는 편리한 호칭이 아닐 수 없다.

  뚜 교수는 어린 시절 소치는 목동이었으나 당과 정부가 그를 소우리에서 끌어내 철학의 전당에 집어넣어주었다. 그가 처음으로 철학이라는 개념을 접한 것은 열일곱 살 때였다. 그가 나중에 회상한 바에 의하면 처음 철학 수업을 듣고서 그는 철저히 절망했다고 한다. "세계가 물질로 이루어졌다."라는 한 마디만으로도 그의 정신은 분열의 조짐을 보이기 시작했다. 그는 밤낮으로 눈을 붙이지 못하고 자신이 물질이라고 생각하는 것들을 일일이 열거하면서 두툼한 공책에 써내려갔다. 예컨대 그는 이렇게 썼다. "대지는 물질이다. 집은 물질이다. 두엄용 쇠스랑과 개 오줌, 연못, 버드나무, 마구간, 젓가락, 테이블, 눈동자…… 등은 전부 물질이다." 이런 사물은 그가 다 아는 것들이지만 공기가 물질이라는 사실은 죽어도 이해할 수가 없었다. 눈에 보이지 않는 것이면 뭐든지 모호하기만 했다. 자신이 아는 이상하고 괴이한 각종 물질들을 전부 다 열거하지 않고서는 그는 "세계가 물질이다."라는 말을 믿을 수가 없었다. 이 말을 증명하기 위해 몸부림치느라 그의 몸무게가 30근이나 줄어들었다.

나중에 그의 선생님은 또 '백마비마(白馬非馬)'의 관념을 제시했다. 백마는 말이 아니라는 것이다. 이번에는 기어코 화를 초래하고 말았다. 같은 반에서 네 명의 학생들이 정도를 달리하여 정신분열 증세를 나타낸 것이다. 뚜 교수도 그 가운데 하나였다. 어린 시절 그가 돌본 것은 소뿐이었지만 말도 소의 친척이나 다름없었다. 백마를 무수히 보았는데 어떻게 말이 아닐 수 있단 말인가? 그의 교수님은 그를 개별적으로 지도하고자 했지만 그는 교수님에게 제발 입을 열지 말아달라고 엄중하게 경고했다. 백마가 말이라고 말하지 않으려면 아예 자신을 죽여 달라는 것이었다.

뚜 교수는 물론이요, 그와 같은 관점을 갖고 있던 다른 세 명의 학생들은 한 해 휴학을 하고 정신병원에 들어가 사유를 계속했다. 뚜 교수는 정말 지혜의 뿌리를 가진 사람이라 한 해 만에 큰 깨달음을 얻게 되었고 이때부터 완전히 철학에 빠져들게 되었다. 다른 세 명의 학우들은 철저하게 멍청하여 휴학이 퇴학으로 전환되었고, 결국 집에 돌아가 농사를 짓게 되었다. 뚜 교수는 다시 강의실로 돌아왔고 학업을 마친 뒤에는 학교에 남아 교편을 잡게 되었다.

뚜 교수의 강의 수준은 낮지 않았지만 학생들의 반응은 보편적으로 알아듣지 못하겠다는 것이었다. 게다가 최근에는 누구도 공허하고 현실과 동떨어진 그런 얘기에 귀를 기울이려 하지 않았다. 오히려 조리와 회계, 계수 같은 생계에 필요한 간단한 기예를 더 배우고 싶어 했다. 따라서 철학 수업은 아주 강의하기 힘든 과목이 되고 말았다. 수업을 시작하기 전에 출석을 부르지 않으면 교수는 그저 빈 테이블과 걸상을 향해 강의하는 수밖에 없었다. 경비원을 불러 교실 문을 지키게 하지 않으면 출석을 부르고 난 뒤에는 학생들이 전부 도망쳐버리기 일쑤였다. 경비원이 지키는데도 일부 학생들은 위험을 무릅쓰고 강의실 창문 밖으로 뛰어내려 도망치기도 했다. 그러다 보니 부상을 입은 학생도 부지기수였다.

강의실에 남아 있는 학생들도 강의에 귀를 기울이지 않기는 마찬가지였다. 선생은 강단 위에서 쉬지 않고 떠들지만 강단 아래 있는 학생들은 제각기 시끄럽게 잡담만 해대는 통에 강의실 전체가 저잣거리를 방불케 했다. 일부 품행이 단정하고 교양이 있는 학생들만 얌전히 앉아서 교수의 강의에 아무런 영향도 미치지 않고 만화책을 보거나 아예 귀를 닫은 채 졸곤 했다.

뚜 교수는 학생들을 철학의 전당으로 이끌기 위해 온갖 묘책을 다 짜냈다. 학생들의 관심을 유도하기 위해 혼신의 노력을 다하면서 끊임없이 교학방법을 개진했다. 때로는 강의실에 징을 들고 가서 수시로 쳐대면서 학생들의 주의를 환기시키기도 했다. 징 외에 쾌판(快

板)이나 소고(小鼓)를 사용하기도 했다. 또한 그는 1년이라는 시간 동안 모든 명절과 휴가까지 전부 투입하여 철학의 원리를 담은 악곡을 만든 다음 학생들에게 들려주었다. 그는 이 악곡을 통속적인 창법으로 불렀다가 미성으로 부르기도 하고 징둥(京東)의 대고(大鼓)와 허난(河北) 방즈(梆子), 허난 쭈이즈(墜子), 산둥의 뤼쥐(呂劇)…… 등 다양한 전통 창법으로도 불렀다. 마지막에는 친창(秦腔)으로 우렁차게 마무리하기도 했다. 또 몇 번은 일부 중요한 명제들을 강조하기 위해 개 울음소리를 흉내 내기도 하고 각양각색의 귀신 얼굴로 분장하기도 했다.

철학에 문제가 생긴 것인지 아니면 현대인들의 머리가 짓뭉개진 탓인지 뚜 교수가 철학 사업을 계승할 사람들을 위해 자신의 존엄과 인격과 생명을 모두 바쳤는데도 뚜렷한 효과가 나타나지 않았다. 거의 모든 사람들이 철학에 대해 무덤덤한 것 같았다.

이제 다행스럽게도 뚜 교수는 퇴임을 하게 되었다. 철학은 그의 일생을 충실하게 하기도 했고 공허하게 만들기도 했다. 내면의 풍부함과 외면의 초라함이 통일과 대립을 동시에 이루고 있었다.

그는 개를 한 마리 키우고 있었다. 저녁 무렵, '미네르바의 부엉이'가 날개를 펼 때쯤이면 그가 개를 데리고 산보하는 모습을 볼 수 있었다. 개는 생김새가 몹시 추한 데다 온몸에 부스럼이 나 있고 한쪽 다리를 절고 있었다. 주인이 불러도 제대로 말을 듣지 않고 이리저리 제멋대로 뛰어다니는 통에 뚜 교수는 있는 힘을 다해 목에 메인 줄을 잡고서 개의 이름을 부르면서 저주를 퍼부었다.

뚜 교수는 아주 웃기는 양반이라 개 이름을 '철학'이라고 지어주었다.

죄송합니다

　　　　　　죄송합니다. 저는 몇 가지 저의 의견을 말씀드리고 모든 분들과 함께 나누고자 합니다. 중국어 성어 가운데 뭐라고 하더라, 그러니까, 음, 뭐더라, 포석인옥(抛石引玉 : 돌을 버리고 옥을 취함.)이라는 말이 있습니다. 아니, 아니죠, 포전(抛磚)이라고 해야겠지요? 죄송합니다. '포전인옥(抛磚引玉)'이라는 말이 있습니다.

　　저는 22년 동안 미국에서 살다가 귀국한 지 석 달밖에 되지 않습니다. 죄송합니다, sorry, 저는 국내의 상황에 관해 잘 모르고 그다지 익숙하지도 않습니다. 오늘 여러 동료, 동인(同仁), 동포(同胞), 동지(同志) 분들, 나 좀 봐, 어떤 단어를 쓰는 것이 더 정확한지도 잘 모르겠군요. 솔직히 말해서 제가 파악한 바를 영어로 표현하는 경우가 더 많은 것 같습니다.

　　죄송합니다. 아주 오랫동안 중국어를 쓰지 않아, 익숙하지 않아서 그렇습니다. 여러분들께서 양해해주시기 바랍니다. 아, 맞다, 오늘 우리가 토론하고자 하는 주제는 '대학에서 어떻게 중국의 전통문화에 대한 교육을 강화할 것인가' 하는 것입니다. 제 생각으로는 미국이 이 분야에서는 중국보다 더 잘하고 있는 것 같습니다. 그들의 idea, 중국어로 뭐라고 하더라, 맞다, 관념이지요. 관념이 우리보다 앞서 있는 것입니다. 미국의 어린 아이들은 평등의식을 잘 갖추고 있기 때문에 선생님이나 부모님들을 부를 때도 직접 이름을 부르지요. 우리와는 완전히 다릅니다. 우리 이곳에서는 뭐랄까, 직함이나 직책을 부르지요. 제 경우를 예로 들어볼까요. 막 둥장(東江)대학에 총장으로 부임했을 때 선생님들과 학생들은 이구동성으로 저를 총장이라고 불렀습니다. 사실 저는 몹시 난처했지요. 차라리 직접 'Miss 위(于)'라고 불러주는 것이 더 좋을 것 같았습니다. 미국의 동료들은 전부 저를 'Miss Yu'라고 불렀거든요. 제가 아직 젊다는 것을 설명해주는 호칭이지요. 사실 저는 절대로 젊지 않습니다. 그저 조금 더 젊게 느껴질 뿐이지요. 여자의 나이는 비밀이라 남들이 물어도 좀처럼 대답하지 않습니다. 여러분들이 한번 맞춰보세요. 제 나이를 정확히 맞추는 분께는 상을 드리겠습니다. 죄송합니다. 제 진짜 나이는 알아맞히지 못하실 겁니다. 그런 걸 surprise라고 하지요. 여러분들께 놀라움을 선사하고 싶네요!

   어디까지 얘기했지요? 맞다. 제가 미국에 22년이나 있는 바람에 국내 사정에 대해 잘 이해하지 못한다고 했지요. 죄송합니다.

   오오, sorry, 미안합니다. 사회자께서 일깨워주셔서 감사합니다. 그렇죠? 시간이 40분이나 초과되었네요. 오우, sorry, 전 정말 믿어지지가 않아요. 시간이 이렇게 빨리 지나가버리다니 말이에요. 그럼 마지막 한마디로 오늘의 저의 발언을 마무리할까 합니다. 저는 미국에 22년이나 있었어요. 죄송합니다. 귀국한 뒤로는 많은 일들이 익숙하지 않았지요. 지금 영광스럽게도 총장직을 맡고 있지만 익숙하지 않고 적응하지 못한 부분들이 너무 많습니다. 미국 대학의 총장들은 우리 같지 않아요. 그곳은 대우도 아주 높고 조건도 매우 좋지요. 저는 미국에 있을 때 비서도 있고 조수도 있었어요. 지금은 총장을 맡고 있지만 수입은 미국에 있을 때의 3분의 1에도 미치지 못해요. 오우, 또 시간을 잊고 말았네요. 사회자께서 다시 한번 일깨워주셔서 감사합니다. 1분만 더 얘기하고 마치겠습니다. 저는 미국에 22년이나 있었어요. 죄송합니다.

모욕 견디기 훈련

반 전체 학생들 앞에서 교무처장은 멍(孟) 교수를 면전에 대고 한바탕 호되게 나무랐다.

"대체 당신 정체가 뭐요! 돼지들의 우두머리라고 했더니 돼지들이 전부 불쾌해 하고 개와 비슷하다고 했더니 개들도 일제히 고소를 하고 나서니 말이오."

멍 교수는 단정한 자세로 강단 한쪽에 서 있었다. 얼굴은 누런빛에서 점점 붉은빛으로 변해 갔다.

"당신은 자신이 무슨 거창한 음식이라도 되는 줄 아나본데 사실은 량반하이따이(涼拌海帶: 미역과 오이를 양념에 버무린 냉채의 일종.) 같은 하찮은 음식에 지나지 않는단 말이오. 자신의 덕성을 한번 살펴 봐요. 외할머니는 사랑하지 않고 친할머니도 돌보지 않는 처지가 아니오. 그런 사람이 날이 채 밝지도 않았는데 사방을 돌아다니지 않나 원! 할 일을 제대로 하지 않고 사상이 진취적이지 못한데다 학생들의 모범이 될 것을 기대했는데 오히려 학생들을 엉뚱한 길로 인도하고 있으니, 어떤 식으로든 책임을 져야 할 겁니다. 알겠어요? 귀가 먹었습니까?!"

"네, 잘 알겠습니다."

멍 교수가 연신 알았다고 대답하는 사이에 그의 이마에서는 쉬지 않고 땀방울이 흘러내렸다.

"알긴 뭘 알아! 내가 보기엔 모르면서도 아는 척 하는 것 같소! 돼지 코에 파를 쑤셔 넣고 코끼리라고 우기는 격이지. 강의할 때는 우물쭈물하고 일을 처리할 때는 달그락거리기만 하고 결과가 없어요. 출근해서 일할 때는 건들건들하고 퇴근할 때는 신바람이 나고 마누라한테는 순한 양처럼 굴다가 동료들에게는 이리처럼 굴고 말이오. 상사들이 눈에 보이지도 않고 마음속에 큰 뜻도 없으면서 머릿속에 든 것도 없고 손에는 닭 잡는 칼조차 쥐어져 있지 않으니 이를 어쩌면 좋겠냐는 말이오."

멍 교수의 주먹 쥔 두 손에 조금씩 힘이 들어갔다. 두 눈의 꼬리도 점점 더 높이 치켜져 올라갔다.

"그렇게 눈을 부라리면 어쩌겠다는 거요? 담도 작은 사람이 감히 내게 눈을 부라리다니. 오줌이나 찔끔거리는 주제에. 지금 당신의 두 눈이 어떤 꼴인지 한번 보기나 해요. 쳇, 완전히 물고기 눈을 해 가지고는! 정말 토할 것 같군! 당신은 언젠가 당신 마누라가 어떻게 당신 같은 사람과 함께 노는지 얘기한 적이 있었지! 쳇, 정말 사람들을 망치는 일에는 지칠 줄 모르는군. 완전히 소똥 위에 꽃 한 송이 꽂아놓은 격이지. 소똥도 당신보다는 나을 거요. 소똥은 햇볕에 말리면 음식을 만들 때 불을 때는 연료로라도 사용할 수 있으니까 말이오. 당신은 햇볕에 말려도 고약한 냄새만 날 거라고. 맞아, 당신은 밥통이야. 전형적인 술 단지요, 밥주머니지. 무얼 먹든지 아주 맛있게 먹으면서 뭔가 일을 할 때는 자발적으로 한 적이 없으니 한평생을 기다려도 희망이 없을 거요."

멍 교수는 몸 전체가 흔들리기 시작했다. 몸을 떨고 있는 것 같았다.

교무처장은 다양한 각도에서 반 시간 동안이나 그를 호되게 나무랐다. 입 안에 가득한 가래가 그의 목구멍을 막지 않았다면 얼마나 더 오래 그를 나무랐을지 알 수 없는 일이었다. 한바탕 극렬하게 기침을 해대고 나서 그는 문을 쾅 닫고 가버렸다.

강의실 안은 극도로 조용했다. 그 순간에는 참새 울음소리조차 들리지 않았다.

"퉤, 퉤, 퉤, 너야말로 개 엉덩이다!"

멍 교수는 마침내 긴장을 풀고 멀어져가는 교무처장의 뒷모습을 향해 큰 소리로 욕을 해댔다.

강의실 안에는 온통 "우아" 하는 웃음소리로 가득 찼다.

"웃긴 뭘 웃어. 너희들처럼 멍청한 놈들은 웃는 것조차 상갓집에 가서 곡하는 소리처럼 들린단 말이야. 엄마가 돌아가셨나 아니면 아버지가 돌아가신 건가?!"

멍 교수는 학생들의 코 바로 앞에 삿대질을 하면서 나무랐다.

손을 허리에 얹고 있는 그는 당장이라도 파란 심줄이 터질 것만 같았다. 입에서는 혼탁하고 거친 숨이 뿜어져 나왔다.

"너희 이 개자식들은 어째서 하나같이 이렇게 멍청이들이냐! 아니, 정확히 말하자면 3분의 1은 바보들이고 3분의 1은 멍청이들이고 나머지 3분의 1은 깡패들이지. 너희들 스스로 자신을 점검해 보고 자신이 어느 부류에 속하는지 확인해보란 말이다. 너희가 왜 그렇게 멍청한 바보가 되었는지 알기나 해? 바로 유전자 때문이지. 너희들은 전부 근친교배의 산물이란 말이다."

몇몇 학생들이 입에 하얀 거품을 토하기 시작했고 또 몇몇 학생들은 손으로 죽어라고 귀를 만져댔다.

"너희 같은 토끼 새끼들이 감히 내게 덤비겠다고?! 굴복하지 못하겠다면 어디 한번 해봐. 내가 네놈들의 두 다리는 하늘로 향하고 입에서는 진흙을 토해내고 온 천지에 이빨이 흩어지게 해줄 테니까 말이야."

한 남학생이 땅을 박차고 일어섰다.

"뭐 하는 거야. 정말 죽고 싶어서 그래?"

남학생은 멍 교수를 매섭게 노려보았다. 이를 앙다무는 소리가 다른 학생들의 귀에까지 들릴 정도였다. 그는 몸을 일으켜 문을 향해 걸어가더니 쾅 소리가 나도록 발로 거칠게 문을 열었다.

"꺼져, 이 겁쟁이 같은 자식아, 내가 잊지 않고 F학점을 줄 테니까 그런 줄 알아!"

멍 교수는 그 남학생의 뒷모습에 대고 손짓 발짓을 해가며 고함을 쳤다.

"너희들은 전부 허수아비가 아니면 대걸레나 요강 같은 존재들이야. 사흘만 매를 맞지 않아도 온몸이 근질근질하지. 그래서 매일 맞고 싶어 안달을 하는 거라고. 도둑놈들도 너희들보다는 고상하고 거지들도 너희들보다 부유하며 병자들도 너희들보다 건강하고 악어도 너희들보다 잘 생겼을 거다."

여학생 셋이 동시에 머리를 벽에 부딪치기 시작했다.

"너희들이 무슨 낯짝으로 벽에 머리를 부딪치는 거야. 벽은 공공재산이란 말이다. 벽이 무너지기라도 하면 너희들이 배상할 거야? 머리를 벽에 부딪쳐 얼굴이 예뻐진다면 우리 마누라도 진즉에 그렇게 했을 거다."

또 한 여학생이 '탕' 하는 소리와 함께 책상을 내리치더니 고개를 돌려 강의실을 나가버렸다.

"여우 새끼 같으니라고 성적을 받을 생각이 없는 모양이로구나? 넌 불합격이야!"

멍 교수가 목청을 높여 소리쳤다.

"너희들은 파리나 꽃게, 쥐, 모기만도 못해. 너희들을 죽도록 패준 다음에 한꺼번에 변기통에 쳐 넣지 못하는 것이 한스러울 뿐이다."

멍 교수가 무슨 욕을 해도 강의실에 앉아 있던 나머지 학생들은 아무런 반응도 보이지 않았다. 물론 일부 학생들은 이미 기절한 상태였다.

"자, 좋아요. 여러분, 오늘의 모욕 견디기 훈련 수업은 여기까지 하겠습니다. 여러분들에게 심한 욕을 해서 미안해요. 전체적인 성적은 양호한 편입니다. 절대다수가 통과될 것 같아요. 수업이 끝나면 각자 2인 1조가 되어 복습을 실시하도록 하세요. 다음 수업의 내용은 모든 학생들이 서로 마주보고 욕을 하는 겁니다. 자, 그럼, 오늘 수업은 여기까집니다."

멍 교수는 얼굴 가득 미소를 지으며 강의실을 나섰다.

줄곧 모른다는 대답뿐

　나는 몹시 실망했다. 어렵게 찾아온 이번 출국방문 기회에서 나는 얻은 것이 거의 없었기 때문이다. 현지에서의 강의를 맡을 수도 있었는데 이처럼 안 좋은 결과를 조성하게 된 원인은 전적으로 미국 측의 잘못에 있었다. 이는 중미관계에 발생한 마찰과 마찬가지로 기본적으로 그들이 유발한 것이라 할 수 있다.
　내가 이번에 미국을 방문한 주요 목적은 미국 대학들의 학생관리 업무를 시찰하는 것이었다. 내가 방문하는 몇몇 대학에서는 학생관련 업무를 담당하는 책임자들이 전부 나와서 나를 안내해주기로 되어 있었다. 미국인들의 습관에 따라 그들은 항상 이상야릇한 방법으로 방문자에게 질문을 요구한 다음, 하나하나 대답하는 방식을 취했다. 하지만, 내가 큰 흥미를 느끼는 부분에 대해 질문을 할 때마다 그들은 항상 실망스런 태도를 보였다. 대부분의 경우 무척 막막하다는 표정을 지은 다음 어깨를 가볍게 들어 올리며 어색한 눈빛으로 "NO"라고 한 마디 하는 것이 고작이었다. 모른다는 뜻이었다. 특히 일부 기존적인 숫자에 관해서도 그들은 아는 바가 전혀 없었다.

사실 내가 제시한 문제들은 아주 간단한 것들이었다. 그들을 난처하게 할 의도가 없었기 때문이다. 예컨대 나는 이렇게 물었다.

"귀교에는 매일 학생식당에서 식사하는 학생 수가 얼마나 됩니까? 또 학교 주변 음식점에서 식사하는 학생 수는 얼마나 되나요?"

상대방 교수는 한참이나 생각에 잠기더니 두 손을 펼쳐 보이며 대답했다.

"NO, 잘 모르겠어요."

내가 다시 물었다.

"그럼 학교 밖에 거주하는 학생들이 매일 등교할 때 버스를 타는 학생은 얼마나 되고 지하철을 이용하는 학생은 얼마나 됩니까? 또 자전거를 이용하거나 도보로 등교하는 학생은 각각 얼마나 되나요?"

그는 이번에도 또 어깨를 으쓱하며 말했다.

"NO, 모르겠네요."

내가 또 물었다.

"학교 도서관과 과 도서관의 장서는 각각 얼마나 됩니까? 그 가운데 영어와 불어, 독일어, 일어, 한국어, 중국어, 아랍어로 된 통계 관련 전문서적은 각각 얼마나 되나요?"

그는 또 몸이 마비되기라도 한 듯이 그 보기 흉한 대머리를 까딱거리며 말했다.

"NO, 세어 보지 않아서 잘 모르겠습니다."

내가 또 물었다.

"매학기 기말고사에서 부정행위를 하다가 걸리는 학생의 비율은 얼마나 됩니까? 그들은 일반적으로 어떤 부정행위 방식을 사용하나요? 예컨대 시험이 시작되기 전에 시험문제와 관련된 내용을 책상 위에 써놓는다거나 아니면 커닝 페이퍼를 준비한다든가 하는 방법 말입니다. 커닝 페이퍼를 준비할 경우 이를 옷소매 사이에 감추는 학생들은 얼마나 되나요? 또 허벅지에 커닝 페이퍼를 붙여 놓고 치마를 들쳐 가며 커닝을 하는 여학생은 얼마나 됩니까?"

그의 대답은 이번에도 "NO"였다! 내가 또 물었다.

"매년 교내에서 분실되는 자전거 수가 얼마나 됩니까? 그 가운데 교사와 학생 소유 자전거는 각각 얼마나 되나요? 자전거를 훔쳤다가 잡힌 학생은 얼마나 되며 어떻게 처리됩니까? 아울러 여학생들의 자전거 절도가 남학생들에 비해 얼마나 더 많은지 알고 싶습니다."

그는 여전히 "NO"라는 대답으로 일관했다. 이런 것들이 그렇게 복잡한 문제란 말인가? 나는 속으로 자신에게 말했다.

'아니야! 전부 교내에서 일어난 일인데 모를 리가 없지.'

이보다 더 간단한 숫자들에 대해서도 그들은 여전히 아는 바가 없었다. 예컨대 "학교에서 개최하는 합창대회에 비용이 얼마나 듭니까?" 또는 "줄다리기나 장거리 경주 같은 학생들이 자발적으로 조직한 각종 운동회에 과에서도 비용을 지원해줍니까? 한다면 얼마나 지원해주나요?", "학생들이 교수의 이사를 도울 경우 음료수는 제공해주나요?" 등의 질문에 대해 그들은 만족스런 대답을 주지 않았다.

이렇게 얘기할 수도 있다. 나는 여러 대학을 방문하여 유사한 백여 개의 질문을 반복했다. 이런 질문들은 전부 내가 업무상 부딪치는 것들이었다. 하지만 나와 같은 일을 하는 미국인들은 이런 질문에 속 시원히 대답하지 못했다. 나는 정말 이해할 수 없었다. 이런 숫자들이 비밀사항이란 말인가? 비밀이 아니라면 왜 내게 말해주지 않는단 말인가? 그래서 나는 수많은 분야(전부라는 뜻은 아님)에서 아무리 미국의 일류 대학이라고 해도 관리 문제에 있어서는 무시할 수 없는 허점이 있는 것이 분명하다는 결론을 내렸다. 그리고 바로 이런 부분에서 우리가 오히려 우세를 나타내고 있는 것이다. 나의 결론은 나의 미국 방문이 아무런 수확도 없는 헛걸음에 불과하다면 그것은 나와 같은 일을 하는 미국 대학의 직원이 아는 바가 전혀 없었기 때문이라는 것이다.

사망통지서

　　물자처(物資處)의 페이(費) 처장이 최근에 일을 그만두자 적지 않은 사람들이 박수를 치면서 쾌재를 불렀다. 페이 처장은 기분이 좋지 않았지만 이런 기분을 입 밖에 내지는 않았다. 그는 이 모든 것이 그 '사망통지서'가 몰고 온 재앙이라는 것을 잘 알고 있었다.
　　페이 처장의 처세 원칙은 모든 일에 여지를 남기는 것이었다. 이처럼 추상적인 원칙은 그의 업무와 생활 속에 체현되면서 하나하나 무척 구체적이고 재미있는 이야기와 사고로 변해 갔다.
　　물자처의 업무는 학교 전제의 각 기관과 부서를 위해 각종 설비와 물품을 구매하는 것으로써 페이 처장의 '모든 일에 여지를 남긴다는' 원칙은 그가 부분적으로 관리하는 업무에 충분히 발휘되었다. 어떤 재료와 물자를 구매하든 간에 그는 항상 여유 있게 구매할 것을 주장했다. 예를 들어 책상 100개를 구매할 경우 120개를 구매하고 전구 만 개가 필요할 경우 2만 내지 3만 개를 구입했다. 그의 이론에 따르면 약간의 여유를 가졌다가 손해를 보는 적은 한 번도 없었다고 한다. 일부 물품은 쉽게 마모되기 때문에 더 많이 준비해둠으로써 부족함이 없게 해야 한다는 것이 그의 주장이었다. 이렇게 오랜 시간이 흐르면서 창고는 여러 해 동안 넉넉하게 사들인 '새' 물품들로 가득 찼고 각종 물건들을 간단히 열거하여 목록을 만들어 보니 금세 책처럼 두툼해졌다. 예컨대 수건 18만 장, 비누 135만 개, 지사제 35톤, 파리약 8만 통, 세숫대야(플라스틱) 13만 개, 세숫대야(법랑) 121만 개, 장갑 753만 켤레, 건전지 7만 개(유효기간이 지남), 흑백텔레비전 15만 대, 카세트녹음기 6만 대 등이었다. 책상이나 걸상, 침대, 벤치 등도 산더미처럼 쌓여 있었다. 창고 건물은 교정에서 가장 큰 면적을 차지하는 건물인데도 매년 확장해야 했다. 창고 안에 쌓아 놓은 물건을 영원히 다 쓸 수 없는데도(때가 지나지 않으면 유효기간이 지났기 때문이다) 페이 처장은 여전히 마음속으로 무척 흡족해 하고 있었다. 넉넉하다는 것은 풍요를 의미하는 것으로 어쨌든 부족한 것보다는 나았기 때문이다. 물자가 많다 보니 창고 보관원과 당직 요원, 소방 요원 등도 증강되어야 했다. 그리하여 3명으로 시작한 물자처의 인원은 이제 140여 명으로 늘어나 있었다. 페이 처장은 당초의 구매원에서 점차 부과장과 과장, 부처장 등을 거쳐 이제는 사람들에게 페이 처장으로 불리게 되었다.

대학은 덩치가 크다 보니 재산도 많았다. 전문 교수들은 학문 연마와 연구에 바빠 한가하게 물자처의 관리가 얼마나 과학적이고 합리적인지 관심을 가질 여유가 없었다. 페이 처장은 자연스럽게 '액수'에 따라 구매 결정과 입고, 등록, 방충 등을 처리했다. 그는 이런 식으로 일하면서 명예칭호를 획득했고 학교의 '홍관가(紅管家 : 관리에 능한 사람.)'로 통했다.

대학 병원에 '사망통지서' 양식이 갖춰져 있었다면 페이 처장은 계속 자리를 지킬 수 있었을 것이다. 하지만 학교 병원에 백 년에 한 명 날까 말까한 사망자가 발생했고 사망통지서를 발행해야 할 때가 되어서야 병원에 애당초 이런 고정된 양식이 준비되어 있지 않다는 사실을 알게 되었다. 관리 시스템과 각 부서의 분업 원칙에 따라 이런 인쇄물은 물자처에서 통일적으로 인쇄하는 것이 마땅했다. 이리하여 페이 처장에게 보고가 올라갔고 페이 처장은 곧장 인쇄물 제작에 동의했다.

며칠 후 대형 트럭 한 대가 인쇄된 '사망통지서'를 가득 싣고 학교 안으로 들어섰다. 무려 100만 장이나 되는 사망통지서였다. 페이 처장의 일처리가 항상 넉넉하긴 했지만 교직원과 학생들을 다 합쳐도 만 명이 채 안 되는 학교에서 100만 장이나 되는 사망통지서는 아무래도 지나친 감이 없지 않았다. 교직원과 학생들이 전부 매년 한 번씩 죽는다 해도 백 년을 죽어야 다 쓸 수 있는 양이었다. 게다가 학교 병원에서 사망하는 환자는 어느 해에 한 명이 나올지 알 수 없는 정도였다. 이 100만 장의 사망통지서가 다 소진되는 날은 아마도 지구가 멸망하는 날일 것이다. 페이 처장도 마음속으로 뭔가 잘

못됐다는 느낌이 있었으나 이미 인쇄된 것이고 또 자신이 직접 승인한 수량인 만큼 그냥 인정하고 넘어가기로 했다. 페이 처장은 인부들에게 서둘러 물건을 입고시킬 것을 지시하면서 시원하게 말했다.

"아무래도 넉넉한 것이 좋지. 그래야 마음 편하게 사용할 수 있으니까 말이야!"

그러면서 인부들에게는 밖에 나가 함부로 입을 놀리지 말 것을 당부했다.

정말 공교롭게도 한창 물건을 입고시키고 있는데 갑자기 큰 바람이 불기 시작했다. 인부들이 당황해하고 있는 사이에 제대로 묶지 않은 종이 다발이 풀리면서 바람에 날아가기 시작했다. 바람이 멈추지 않자 캠퍼스 안에 온통 '사망통지서'가 날아다니게 되었다. 총장이 창가와 문 앞에서 직접 주운 것만 해도 일곱 장이 넘었다. 학교 전체가 떠들썩한 가운데 모두들 재수가 없다며 툴툴거렸다.

페이 처장은 바람에 날리는 '사망통지서' 속에서 자리에서 물러났다. 억울했지만 할 말이 없었다.

선물

차오(曹) 교수는 나의 지도교수다. 그는 생활이 극도로 검소하고 극단적으로 인색하다.

그는 소비경제학을 연구하고 있지만 사람들은 한 번도 그가 돈을 쓰는 모습을 본 적이 없다.

동료들은 그에 관해 얘기할 때면 항상 경멸하는 투로 고개를 가로젓거나 웃으면서 만일 서북풍을 마시면서 살 수 있다면 그는 틀림없이 하루 종일 서북쪽을 향해 입을 벌리고 있을 것이라고 말하곤 했다.

선배들은 그가 없는 자리에서 몰래 우리에게 차오 교수가 평소에 방귀도 아까워서 못 뀌고 꼭꼭 쌓아 두었다가 생일날 촛불을 끌 때 폭죽을 대신한다고 말해주었다.

차오 교수는 나이가 반백이 넘었는데도 줄곧 독신으로 살고 있다.

들리는 소문에 의하면 젊었을 때 한 여학생과 연애를 했었는데 나중에 무슨 이유인지 헤어지고 말았다고 했다.

그의 대학원생 제자들이 결혼을 할 때마다 그는 항상 하객으로 초청을 받아 은사로서 축하의 말을 하곤 한다. 그가 학생들에게 주는 축하의 선물은 영원히 변치 않는다. 명언 한마디가 바로 선물인 것이다.

내가 결혼할 때, 차오 교수는 전례 없는 이상한 태도를 보였다. 그의 행동에 장내에 있던 친구들이 전부 두려움에 떨 정도였다. 그는 여러 사람들 앞에서 아주 조심스럽게 주머니에 손을 넣더니 아주 정갈하게 포장된 작은 상자를 하나 꺼냈다. 그러고는 두 손을 떨면서 이를 나와 신부에게 건넸다. 그는 얼굴이 완전히 빨개졌고 두 눈에는 눈물방울이 맺혀 있었다. 그는 나에게 20여 년 전에 자신도 연애를 했었고, 심지어 결혼할 마음도 갖고 있었지만 갑작스런 변고로 인해 영원히 그럴 기회를 잃고 말았다고 말했다. 그러면서 그 작은 상자 안에 든 것은 자신이 결혼을 위해 준비했던 것인데 이제는 쓸모가 없어졌기 때문에 우리에게 선물한다는 것이라고 밝혔다.

나와 신부, 그리고 혼례에 참석한 모든 내빈들이 그의 이런 모습에 감동했다. 우리는 군중 앞에서 조심스럽게 포장을 풀어 그 작은 상자를 연 다음 모든 친지, 친구들에게 보여줌으로써 은사의 은혜에 보답하려 했다. 그 상자에는 차오 교수가 사랑했던 사람에게 미처 건네지 못했던 반지와 목걸이뿐만 아니라 사랑에 대한 그의 이해와 추구가 고스란히 담겨 있을 것이었다.

차오 교수가 재빨리 달려들어 우리의 흥분과 호기심을 저지시키더니 이 상자는 신혼 초야에 두 사람만 있는 곳에서 개봉해야 한다고 말했다. 그는 뭔가를 걱정하고 있었다.

그날 밤, 손님들이 전부 술에 취해 돌아가고 나서 나와 신부 둘이서만 침대 모서리에 앉아 격동에 찬 심정으로 그 정교하게 포장된 상자를 열었다. 마침내 안에 들어 있던 물건이 모습을 드러냈다. 콘돔 한 세트였다.

그의 결혼 선물이 20년 넘게 고이 간직해 온 콘돔이었다는 사실은 아무도 상상하지 못했을 것이다.

응급조치

 아들은 초등학교 3학년밖에 안 됐는데 키가 나보다 컸다. 아이는 어려서부터 응석받이로 크다 보니 훈련이 부족해 스스로 생활하는 능력이 떨어지고 다른 사람들에 대한 관심도 결여되어 있었다. 물론 이는 우리 아들 혼자만의 결점이 아니었다. 들리는 바에 의하면 이는 그 세대 아이들의 공통된 문제점이라고 했다.
 지난달에 아들은 겨울방학을 맞았다. 나는 연휴를 이용하여 아들을 데리고 함께 놀이동산으로 놀러 갔다.
 노는 것이라면 아들은 완전히 전문가였고 한번 노는 데 빠졌다 하면 좀처럼 헤어 나올 줄 몰랐다. 오전 내내 놀이동산에서 자신이 즐기고 싶은 것은 하나도 빼놓지 않고 전부 다 즐겼다.
 점심 때 내가 아이에게 양고기 꼬치를 사주겠다고 했지만 아이는 생각이 없다고 했다. 하는 수 없이 나는 아이가 좋아하는 맥도날드로 점심을 때워야 했다.

맥도날드에서 나와 몇 걸음 가지 않아 나는 갑자기 손으로 왼쪽 가슴을 움켜쥐고 길가에 주저앉았다.

영문도 모르는 아들은 한쪽에 멍하니 서서 어서 가자고 재촉했다. 내가 말했다.

"아들아, 이 아빠가 몸이 좀 불편한 것 같아. 얼른 근처에 있는 약국에 가서 구심환(救心丸) 좀 사다주겠니?"

아들은 영 내키지 않는 듯한 표정이었다.

"귀찮단 말이에요. 차라리 좀 참았다가 그냥 집으로 돌아가요!"

"안 돼, 아들아. 빨리 가! 빨리 가서 구심환 좀 사다줘!"

내가 재촉했다.

"여기 약국이 어디 있어요! 못 찾겠단 말이에요! 차라리 우리 얼른 택시 타고 집에 돌아가서 엄마한테 사오라고 하는 게 나을 것 같아요!"

아들은 그 자리에 선 채 좀처럼 움직일 줄 몰랐다.

"아들아, 아빠 말을 좀 들어. 아빠는 더 이상 견디지 못할 것 같아. 길을 건너 모퉁이만 돌아가면 50미터도 못 가서 약국이 하나 있어"

내가 숨을 헐떡거리며 말했다.

"에이, 정말 귀찮아 죽겠네. 아침 일찍 따라 나오는 게 아니었는데. 정말 재수 없는 건 항상 나라니까!"

아들은 거의 울상이 되어 있었다.

"어서, 아들아! 빨리 움직여!"

내가 몹시 힘들어 하는 목소리로 소리쳤다.

"돈은요? 약을 사려면 돈이 있어야 하잖아요!"

아들이 사뭇 불쾌한 듯한 어투로 물었다.

"우선 네가 갖고 있는 돈으로 사. 아빠가 몸을 일으킬 수가 없어서 그래!"

내가 억지로 고개를 들면서 말했다.

"그 돈은 내 거란 말이에요. 약을 사는 돈은 아빠가 내야지요."

아들이 고집을 피우며 말했다.

"알았다. 내 상의 주머니에서 꺼내 가거라!"

내가 힘없이 말했다. 아들은 50위안을 꺼내 느린 걸음으로 건널목을 건너기 시작했다.

내가 계속 무릎을 꿇고 엎드려 있자 적지 않은 구경꾼들이 몰렸다. 마음이 넉넉한 사람 하나가 120에 전화를 걸었고 이내 구급대가 현장에 도착했다.

나는 황급히 몸을 일으키며 구급대원들에게 설명했다.

"전 아무 문제도 없습니다. 그저 제 아들의 응급처리 능력을 훈련시키기 위해 쇼를 하고 있을 뿐이에요."

그러면서 방금 일어났던 일을 처음부터 끝까지 상세하게 설명해 주었다.

구급대의 의사는 나의 소란행위를 비난하지 않았다. 단지 앞으로 또 이런 '훈련'을 하면 안 된다고 점잖게 경고할 뿐이었다. 그들은 또 며칠 전에 한 아버지가 아들을 시험하기 위해 우물에 몸을 던졌지만 아들은 구하러 오지 않았을 뿐만 아니라 오히려 몽둥이를 찾아 아버지가 빠진 우물에 던지기까지 했다고 말해주었다. 다행히 사람들이 일찍 발견하여 경찰에 신고한 덕분에 자신들이 재빨리 달려가 구조할 수 있었다는 것이다. 그들은 마지막으로 한마디 더 덧붙였다.

"댁의 아드님은 그 집 아들에 비하면 아주 훌륭한 편이에요. 만족할 줄 아셔야 합니다!"

나는 그의 말을 마음에 새기면서 앞으로는 평생 이런 황당한 '훈련'을 하지 않기로 결심했다.

인정에 호소하다

경찰 동지, 제발 저 애를 풀어주세요. 저 애는 아직 어립니다. 맞아요. 저 애가 저를 때렸습니다. 하지만 그것도 완전히 저 애만을 탓할 일이 아니에요. 저도 잘못한 부분이 있거든요. 게다가 그다지 심하게 때리지도 않았어요. 보세요. 팔도 이렇게 들어 올릴 수 있고 오른쪽 다리도 움직일 수 있어요. 부러진 네 군데 뼈와 심줄도 이제 거의 다 나았어요. 왼쪽 눈도 사물을 볼 때 예전처럼 그렇게 흐릿하지 않고요. 눈의 부상은 전적으로 제 탓이에요. 어린애를 탓할 일이 아니지요. 저 애가 저를 향해 벽돌을 던졌을 때 제가 몸을 피하지만 않았어도 그런 일은 일어나지 않았을 거예요. 그곳이 딱딱해진 것은 원래 그런 거예요. 벽돌이 눈에 부딪치긴 했지만 이건 그 애를 탓할 일이 아니라고요.

경찰 동지, 저는 이렇게 나이를 많이 먹도록 평생 거짓말을 한 적이 없습니다. 하늘에 대고 맹세할 수 있어요. 동지들이 잘 못 알고 있는 거예요. 저 애가 매일 절 때린 것이 아니라 가끔씩 신체 접촉이 있었던 것뿐이에요. 정 못 믿으시겠다면 제 이웃들에게 물어보세요.

경찰 동지, 절대로 제가 동지를 속이는 게 아닙니다. 전 정말 괜찮아요. 학대나 폭행을 당한 적이 전혀 없다고요. 저는 평소에도 음식을 많이 먹지 않아요. 남들이 떠들어대는 얘기만 듣지 마시고 제 말을 믿으세요. 저는 사나흘에 한 끼를 먹을 때도 있어요. 그것도 다 저의 다이어트를 위한 것이지 저 애가 절 굶긴 것이 아니에요. 제 몸을 좀 보세요. 좀 마르긴 했지만 아무런 질병도 없이 건강하잖아요. 어떻게 저 애가 저를 때려 중상을 입혔다고 말할 수 있겠어요? 저의 이런 모습이 안 보이세요? 제가 거짓말로 우기는 것이 아닙니다. 내장에 아무 문제가 없어요. 자, 의사가 끊어준 증명서를 보면 아실 겁니다.

경찰 동지, 저 애가 절 때린 것은 제가 먼저 저 아이에게 손을 댔기 때문이에요. 20년 전에 제가 먼저 저 애를 때렸거든요. 저 애가 다섯 살 때 하도 개구쟁이라 과도를 들고 옆집 아가씨의 허벅지에 상처를 냈지 뭐예요. 그래서 여러 사람들이 보는 앞에서 엉덩이를 한 대 때려줬지요. 이제 와서 생각하면 너무나 후회되는 일이었어요. 그때 저 애를 때리지 말았어야 했어요. 그것도 여러 사람들이 보는 앞에서는 더더욱 그러지 말았어야 했지요. 그때 그 일이 어린 아이의 영혼에 큰 상처를 남겼을 거예요!

경찰 동지, 제발 저 애를 가두지 말아주세요. 저 애는 이제 겨우

스물다섯 살이라 아직 어립니다. 나라에 할 일이 얼마나 많은데 저런 애한테까지 신경을 쓰시는 겁니까! 에이, 모든 것이 다 제 탓이에요. 그때 제가 큰 소리로 살려달라고 외치지만 않았어도 동지들이 출동하는 일은 없었을 테니까요. 아, 아마 동지들은 모르실 겁니다. 저 애는 제 아들이에요! 저 애가 감옥에 들어가면 친척과 친구들 그리고 이웃 사람들이 저를 죽도록 비웃을 거란 말입니다. 그렇게 되면 제가 어떻게 고개를 들고 다닐 수 있겠어요? 그리고 어떻게 먼저 간 저 애 어미의 얼굴을 대할 수 있겠습니까? 제발 부탁입니다. 제발 저 애를 풀어주세요. 집으로 돌려보내주세요. 사실 저 애는 아직 어려서 세상 물정을 잘 모른다고요.

경찰 동지, 저 애 엄마에 관해 물으셨지요? 저 애 엄마가 바로 제 아내, 제 마누라입니다. 5년 전에 먼저 세상을 떴지요. 그때 저 애는 스무 살이었습니다. 저 애는 자기 엄마를 거의 때리지 않았어요. 그건 제가 증명할 수 있습니다. 제 아내는 갑자기 세상을 떠났어요. 본인이 조심하지 않아서 발생한 사고로 죽었지요. 아내는 베란다에서 옷을 말리고 있었어요. 발을 딛고 서 있는 자세가 안정적이지 못했지요. 그때 아들이 엄마를 골려줄 요량으로 살금살금 등 뒤로 다가가 살짝 밀었어요. 그 바람에 아내는 발이 미끄러져 아래로 추락하고 말았지요.

잠깐만요

"이제 일어나야 돼."
내가 네 번째 고함을 질렀다.
"잠깐만요."
아들도 네 번째 대답을 반복했다.
"어서 일어나 씻어."
녀석의 엄마도 최소한 세 번은 똑같은 재촉을 반복했다.
"잠깐만요."
아들도 똑같은 대답을 세 번째 하고 있었다.
아들이 초등학교에 들어간 첫날부터 우리는 매일 아침 이처럼 똑같은 재촉과 대답을 반복하고 있었다. 학년 말이 될 때마다 학교에서는 학부모에게 통지서를 보냈다. 이 통지서에는 매년 하루도 빠지지 않고 지각을 한 아들의 열등한 흔적이 기록되어 있었다.

"어서 숙제 해야지."

나와 아내는 매일 저녁 한 번 또 한 번 아들을 재촉했다.

"잠깐만요."

아들은 조금도 귀찮지 않다는 듯이 텔레비전의 채널을 돌리면서 조금도 귀찮지 않다는 듯이 우리의 재촉에 대답했다. 이리하여 우리는 항상 아들이 숙제를 제대로 하지 않았다는 전화 통보를 받아야 했다.

"양말을 빨아야지."

잠자리에 들기 전에 우리 부부는 혹시라도 잊을까봐 걱정되어 돌아가면서 아들에게 몇 번씩 일깨워주었다.

"잠깐만요."

녀석은 편안한 태도로 대꾸하는 것으로 그만이었다. 그 결과 주말만 되면 우리는 녀석의 침대 밑에서 냄새 나는 양말을 잔뜩 끄집어내 한꺼번에 빨아야 했다.

"빨리 수도꼭지 잠가."

아들은 매번 양치질을 할 때마다 벙글거리면서 수도 없이 거울을 들여다보곤 했다. 자신의 아름다운 치아를 감상하는 것이었다. 그러느라 수도꼭지에서는 물이 쉴 새 없이 쏟아져 나왔다.

"잠깐만요."

녀석은 조금도 긴장하거나 서두르지 않고 태연하게 거울을 향해 하얀 이를 드러내고 웃었다. 우리는 저녁에 퇴근하자마자 차를 놓치지 않으려고 서둘렀다. 집에 돌아와 보니 집 안이 온통 물바다가 되어 있었다. 아들은 무릎까지 차오른 물속에서 여전히 거울을 보면서 자신의 그 빌어먹을 치아를 감상하고 있었다.

한번은 나와 아내가 함께 출장을 갔다가 함께 돌아왔다.

"어서 문 열어. 우리는 열쇠가 없단 말이다."

우리 부부는 수도 없이 이렇게 외쳐댔다.

"잠깐만요."

아들은 방바닥에 주저앉아 컴퓨터 게임을 하면서 우리를 한없이 기다리게 했다. 나와 아내는 저녁부터 동이 틀 때까지 집에 들어가지 못했다.

나중에 아들은 출국을 하게 되었다. 외국에 나갈 기회가 있어 우리 부부는 아들에게 전화를 걸었다. 전화를 받은 아들은 이렇게 말했다.

"잠깐만요, 제가 다시 걸게요."

그때부터 우리는 전화기 옆에서 아들의 전화를 기다려야 했다. 하지만 5년이 지나 오늘까지 우리 두 부부는 아직도 아들이 "잠깐만요." 하고 끊은 전화를 다시 받지 못했다.

가사도우미

"차라리 가사도우미를 고용해. 업무도 많은 데다 집에 돌아가면 밥도 해야 하잖아. 공연히 몸 망치지 말라고!"

남편은 여러 차례 아내에게 이렇게 건의했다.

"내가 진즉에 말했잖아요. 가사도우미 쓸 생각 없다고 말이에요! 집 안에 낯선 사람이 산다는 사실이 적응하기 어려워요. 게다가 요즘 가사도우미들은 하나같이 오만방자하기 때문에 와봤자 별로 도움도 안 되고 누가 누구를 모시는 건지 구분하기도 어렵다고요."

아내의 태도는 여전히 강경하기만 했다.

"도우미가 있으면 하루 종일 피곤하다고 투덜대진 않을 것 아니겠소? 아무래도 가사도우미가 적지 않은 가사를 덜어줄 테고 그만큼 당신의 불평도 줄어들겠지."

남편은 신문을 보면서 중얼거리듯 다시 권했다.

"당신 혹시 젊고 예쁜 '둘째마누라'를 구하려는 것 아니에요? 내가 당신 속을 훤히 들여다보고 있는데 나를 속이려고요? 당신도 이미 젊지 않아요. 나이든 주제에 헛된 꿈만 꾸고 있군요!"

아내는 접시를 정리하면서 웃음을 섞어 비아냥거렸다.

"맙소사! 난 그렇게 멍청하지 않아! 그렇게 좋은 일을 당신이 알게 하진 않는단 말이오. 게다가 그런 사람을 당신 눈꺼풀 아래다 데려다 놓을 리가 있겠소? 정 마음이 놓이지 않는다면 나이가 여든 쯤 되는 할망구를 고용하면 될 게 아니오?"

남편이 퉁명스럽게 말을 받았다.

"여든이라고요? 그럼 우리 둘이서 남의 집 노인네를 봉양하자는 거예요? 당신은 가사도우미를 고용하려는 게 아니라 양어머니를 한 분 모시고 싶은 거로군요?"

아내가 남편을 향해 귀신 얼굴을 하며 말했다.

두 달 동안 계속되는 남편의 건의에 대해 아내는 동의하진 않았지만 마음속으로 무척 흐뭇해하고 있었다. 남편의 표현이 너무나 자상하고 살뜰했기 때문이다.

또다시 두 달이 지나 아내가 병이 나서 자리보전을 하고 말았다. 다급해진 남편은 다시 한번 가사도우미 고용을 건의했다. 아내는 무척 감동하면서 가서 적당한 사람을 찾아보라고 말했다. 단 퇴직한 여성노동자로서 성품이 착실하고 손발이 깨끗해야 한다는 것이었다. 아, 정말 힘든 일이었다. 가사도우미 시장에 가서 아내가 원하는 적절한 가사도우미를 찾는다는 것은 바다 속에서 바늘을 찾는 격이었다. 어떤 사람을 만나게 될지 정말 알 수 없었다.

"알았어요, 내가 반드시 당신 마음에 꼭 드는 사람을 찾아오도록 하겠소. 나는 운이 좋은 사람이거든!"

남편은 이렇게 아내를 위로했다.

다음 날, 남편은 신이 나서 여자 하나를 데리고 왔다. 키가 아주 크고 나이는 아내보다 한 살 위이지만 계란형에 아주 운치 있는 얼굴을 가진 여자였다. 남편은 아내에게 아주 훌륭한 가사도우미라고, 도우미 시장에 갔다가 한눈에 맘에 들었다고, 퇴직한 여성노동자인데다 같은 고향 사람이라고 말했다. 아내는 병상에 누운 채 가사도우미와 간단히 몇 마디 얘기를 나눠보았다. 사투리 억양을 들으니 남편 고향의 분위기가 느껴졌다. 그녀는 만족스런 표정으로 고개를 끄덕이며 집안 살림을 잘 부탁한다고 말했다.

가사도우미는 아주 성실하고 동작이 빨랐다. 집안일을 아주 깔끔하게 처리했고 이 집의 바깥주인과 안주인, 그리고 아들까지 철저하게 보살폈다. 일을 할 때나 말을 할 때나 속되거나 비천한 구석이 없고 아주 자연스런 모습이었다.

세월이 가면서 아내는 점차 가사도우미를 한 집안 식구로 여기게 되었다. 일이 없을 때면 그녀와 다양한 주제로 얘기를 나누곤 했다. 아내는 가사도우미의 처지를 무척 동정했다. 그녀의 남편은 교통사고로 목숨을 잃었고 슬하에 중학교를 다니는 아들이 하나 있었다. 그녀는 일찌감치 퇴직한 뒤로 아르바이트를 해서 번 돈으로 아이를 키우고 있었다. 아내는 여자에게 운명이 정말 고되긴 하지만 아들이 희망이라면서 점차 좋은 세월을 보내게 될 것이라고 말해주었다.

반년이 지나 아내의 몸이 좋아져 정상적으로 출근을 할 수 있게 되었다. 가사도우미가 말했다.

"이 집에서 계속 일했으면 좋겠어요. 월급은 안 주셔도 돼요. 먹고 자는 것만 해결되면 되니까요."

아내도 가사도우미와 정이 든 터였다. 게다가 가사도우미가 온 뒤로 모든 일이 훨씬 홀가분해진 것을 느끼고 있었다. 이리하여 아내는 가사도우미의 요청을 받아주기로 했다.

"원한다면 계속 남아 있도록 해요. 월급도 전과 똑같이 드리겠어요."

아들은 가사도우미가 가지 않게 됐다는 말을 듣고는 약간 불쾌한 표정을 보이더니 엄마랑 몇 마디 얘기를 주고받은 뒤로는 다시 열렸던 입을 닫아버렸다.

눈 깜짝할 사이에 또다시 석 달이 지났다. 하루는 식구들이 다 같이 저녁식사를 마치고 거실에서 텔레비전을 보고 있는데 누군가 문을 두드리는 소리가 들렸다. 가사도우미는 부엌에서 설거지를 하고 있던 터라 아들이 대신 나가 문을 열어주었다. 중년의 사내 하나가 들어왔다. 남편은 "아니." 하는 소리와 함께 입이 굳어 한동안 말을 하지 못했다.

"날 모르겠나? 왕워터우(窩頭: 옥수수나 수수 등 잡곡 가루를 원추형으로 빚어서 찐 음식.)!"

사내가 큰 목소리로 말했다. 왕워터우는 남편이 어렸을 때 고향에서 부르던 아명이었다. 아내는 찾아온 사람이 시골 사람임에 틀림이 없다고 생각했다.

"그래, 고향 사람이 찾아온 건 정말 오랜만이야!"

"아! 자네로군. 온다고 먼저 얘기라도 하지 그랬나? 집은 어떻게 찾았지?"

남편은 다소 놀라는 기색이었다.

"물어물어 알았지. 코 바로 밑에 입이 있지 않나?"

손님은 거드름을 피우면서 자리에 앉았다.

"자넨 아주 잘나가고 있군. 교수로 있다면서? 집도 정말 황궁 같구면."

손님이 계속 너털웃음을 웃으며 말을 이었다.

"위홍(玉紅), 손님 오셨어요. 어서 차 좀 내오세요!"

아내가 부엌에 대고 큰 소리로 가사도우미에게 말했다.

"아, 아니, 그럴 필요 없소"

남편이 황급히 아내를 저지했다.

"가요!"

어느새 가사도우미는 다반을 받쳐 들고 거실로 들어서고 있었다.

"다, 당신이 어떻게 여기에?"

갑자기 손님의 눈이 휘둥그레졌다.

다반이 가사도우미의 손에서 미끄러져 떨어지더니 거실 바닥에 나뒹굴었다.

"서로 아는 사이세요?"

아내가 놀란 얼굴로 물었다.

"이분은 저희 집 일을 도와주시는 가사도우미세요."

아내가 소개했다.

"가사도우미라고? 이 여자는 내 마누라요! 이런 못된 년, 집을 나간 지 거의 한 해가 다 되어가는군! 음, 알겠다. 왕워터우, 네놈이 잔머리를 굴렸던 게로구나! 네놈이 어떻게 감히 내 마누라를 가로채려 드는 거야! 우리는 셋 다 동창생이잖아. 중학교 다닐 때부터 네가 저 여잘 좋아했다는 건 나도 잘 알아. 하지만 넌 대학에 들어가면서 저 여잘 버렸잖아. 내가 키우고 있는 아이도 바로 네놈의 아들이란 말이야. 젠장, 네놈은 너무 많은 사람들을 속였어!"

지도원

　　"시간을 내서 우(武) 선생님을 한번 찾아가보도록 해. 그분은 너희들을 몹시 그리워하고 계신단 말이야. 나도 전에 몇 번 찾아가 뵈었는데 그때마다 우리 모두를 걱정하고 계셨어."
　　이는 작년 여름 라오치우(老邱)가 청뚜(成都)로 출장을 갔을 때 나와 한담을 주고받으면서 했던 말이다.
　　우 선생님은 내가 대학에 다닐 때의 지도원으로 담임선생님에 해당하는 분이었다. 라오치우는 내게 우 선생님이 두 해 전에 뇌 혈전으로 하마터면 세상을 떠나실 뻔했다고 말해주었다. 하지만 치료 후의 조리가 나쁘지 않아 기억력도 아주 좋아졌고 우리 반 40명 학생들의 이름을 일일이 다 호명할 수 있을 정도라고 했다. 작년 개교기념일에는 우리 반 동창들 20여 명이 모여 함께 학교를 찾았었다. 우 선생님은 우리들 하나하나의 모습을 보시고 너무 흥분하신 나머지 뇌 혈전이 다시 도져 세 달 동안이나 다시 병원 신세를 져야 했다. 사람이 늙으면 적막하기 마련이다. 우 선생님의 부인은 먼저 세상을 떠나신지 4년쯤 지났고 이제 선생님 혼자서 외롭고 쓸쓸한 여생을 보내고 있었다. 과거에 당신이 아끼고 사랑했던 간부 학생 몇 명도 모습을 드러냈다. 일부는 관료가 되어 너무 바쁘다 보니 동창생끼리도 얼굴 한 번 보기 어려웠다. 공청단(共靑團) 지부 서기였고 목이 유난히 길었던 쑨(孫)은 시위원회 서기가 된 뒤로 부정부패에 연루되어 14년 형을 받았다. 아, 대학에 다닐 때만 해도 그는 우 선생님이 가장 애지중지하던 학생으로서 기대도 가장 컸던 인물이다. 이런 이유로 라오치우는 헤어질 때 내게 다음번 베이징에서 회의를 할 때는 시간을 내서 꼭 담임선생님을 뵈러 가자고 다시 한번 당부했었다.

"자네는 곧 원사(院士)가 될 테니 우 선생님께서도 무척 자랑스러워하실 걸세. 지난번 개교기념일 행사 때는 자네가 없어서 우 선생님도 무척이나 아쉬워하셨네."

라오치우의 건의를 듣고 나는 마음속으로 정말 부끄러움을 금할 수 없었다. 솔직히 말해서 대학에 막 들어갔을 때부터 금년까지 딱 30년의 세월이 흘렀는데 그 사이에 한 번도 우 선생님을 찾아뵙지 못했기 때문이다. 어찌 된 일인지 대학 시절 내내 내 머리는 줄곧 흐릿하기만 한 것이 초등학교 때나 중고등학교 때처럼 그렇게 맑지 못했다. 기억에 남는 교수님들도 거의 없었다. 이리저리 생각해 봐도 기억나는 사람이라고는 지도원 선생님 한 분뿐이었다. 당시 우 선생님은 마흔이 갓 넘은 중년 초입의 나이였고 군부대에서 학교로

막 전입한 상태로 당 총지부 서기 겸 우리의 지도원을 맡게 되었다. 지도원은 학생들에게 수업을 하지 않고 학생들의 일상생활과 사상 상태만 관장하는 직책이었다. 사실 학생들의 마음속에 지도원이란 학문도 없고 이렇다 할 능력도 없는 그런 역할이었다. 그 유명한 교수들에 비하면 아주 별 볼 일 없는 지위였다. 하지만 돌이켜 생각해 보면 적극적이고 진취적인 학생들은 하나같이 지도원 선생님과 가깝게 지냈다. 게다가 그들은 대부분 학생 간부들이었다. 일부 학생들은 건강 또는 경제의 문제에 있어서도 지도원 선생님과 아주 두터운 감정을 나누고 있었다. 예컨대 라오치우는 간부가 아닌 데다 유명한 '환자'로 사흘이 멀다 하고 병원 출입을 했다. 대학 4년 동안 외래 치료는 물론 입원한 날까지 포함하면 거의 절반은 병원에 가 있었던 셈이다. 그 때문에 우 선생님은 적지 않은 정력과 돈을 허비해야 했고 그는 줄곧 우 선생님에게 가슴 깊이 감사하는 마음을 갖고 있었다. 당시 나는 반에서 가장 주목받지 못하는 보통 학생이었다. 간부도 아니었고 큰 병을 앓고 있지도 않았기 때문에 지도원 선생님과 대화를 나눌 기회도 거의 없었다. 하지만 지금 생각해 보면 우 선생님이 내게 남긴 인상이 가장 따스했던 것 같다. 반면에 그 유명한 교수들은 거의 기억조차 나지 않았다.

　나는 라오치우에게 다음에 베이징에 가면 꼭 시간을 내서 지도원 우 선생님 댁에 찾아뵙겠다고 약속했다. 졸업한 뒤로 이렇게 많은 세월이 흘렀는데 아직도 지도원 선생님이 학생들을 걱정하고 있다는 사실에 나는 마음속으로 감동과 부끄러움을 동시에 느끼고 있었다. 라오치우는 인정과 의리를 갖춘 친구였다. 우리는 같은 기숙사에서 4년을 함께 지내면서 깊은 정이 든 사이였다. 그가 한 말을 나는 가슴 깊이 새기고 있었다.

설이 다가왔다. 나는 마침 어떤 프로젝트의 심사를 위해 베이징에 가게 되었고, 저녁에 일이 없는 틈을 이용해서 우 선생님 댁을 찾아갔다.

우 선생님은 손님이 찾아온 것을 보시고는 몹시 반가워하셨다. 선생님은 타일 바닥 위를 종종걸음으로 달려 나와 내 두 손을 잡아끌며 소파에 앉으라고 권하셨다.

"전 선생님 제자입니다. 아직 기억하실지 모르겠네요?"

나는 문 안으로 들어서자마자 자기소개를 했다.

"기억하지. 기억하고말고. 정말 출세했더군. 그렇게 유명해졌는데 어떻게 자넬 모르겠나?"

우 선생님은 내 손을 꼭 잡아주셨다.

"아닙니다, 출세는요 뭘. 모든 게 다 선생님께서 잘 교육해주신 덕분이지요."

내 눈가가 촉촉하게 젖었다.

"이렇게 오랜 세월이 가도록 줄곧 선생님 생각을 하면서도 시간을 내지 못했습니다. 정말 죄송합니다. 제자로서의 자격도 없는 놈이 너무 실망만 시켜드려 죄송할 따름입니다."

"자네가 바쁘다는 건 나도 잘 알고 있네. 자네는 나랑 다르지. 나는 너무나 한가한 사람이라 아무 일도 없다네. 게다가 몸까지 좋지 않아 조직에 민폐만 끼치고 있다네. 지금 어떤 직책을 맡고 있나? 시위원회 서기라고 듣긴 했네만?"

선생님은 내게 가까이 다가앉으시며 다정한 어투로 물으셨다.

"서기가 아닙니다."

"또 승진했군! 잘 됐어. 난 자네가 유능하다는 걸 옛날부터 잘 알고 있었네. 대학 시절부터 자네가 이런 재목이라는 걸 알고 있었지. 고위 관료가 되는 게 얼마나 좋은 일인가! 우리 반에서 사국(司局)급 간부들이 여럿 배출됐지. 자네 말고도 류샤오멍(柳小萌)이란 여학생은 지금 부시장이 되어 있고 자네 반의 조직위원이었던 왕밍청(王名成)은 지금 사장(司長)으로 있다네. 그리고 반장을 하던 자오다후(趙大胡), 그 친구는 관리로 있다가 나중에 사업을 시작하더니 해외에까지 진출했지. 들리는 소문에 의하면 그린카드를 받아 국적까지 외국으로 옮긴 모양이야. 자네는 젊으니까 지금이 한창 열심히 일할 때지."

흥분한 우 선생님은 눈빛이 초롱초롱해지셨다.

"젊지 않습니다. 저도 이미 오십이 넘었는걸요."

내가 맞장구를 쳤다.

"오십 전후가 바로 관료가 되기에 가장 적합한 나이라네. 나는 자네만 생각하면 너무나 자랑스러워 마음이 흐뭇해진다네. 얼마 전에 누군가 자네가 기율위반으로 특수조사를 받았다고 하더라고. 정말 말도 안 되는 헛소리지! 요즘엔 헛소문이 너무 많아졌어. 왜 그런 줄 아나? 그게 다 질투심 때문이네. 이번에 이렇게 승진을 했으니 그런 헛소문은 굳이 공격하지 않아도 저절로 잦아들고 말 걸세."

우 선생님은 제자를 위해 울분을 토하셨다.

"우 선생님, 저희 반 학생들을 다 기억하시나요?"

내가 시험 삼아 여쭤보았다.

"물론이지. 내가 일흔이 넘다 보니 길을 걸을 때는 두 다리가 말을 잘 듣지 않아. 하지만 머리에는 전혀 문제가 없다네. 모든 걸 아주 똑똑하게 기억하고 있단 말일세. 자네 동기들 이름은 거의 다 기억하고 있지."

선생님은 자랑스러운 듯이 엄지손가락을 들어 올리는 동작을 취하셨다.

"멍신닝(孟新寧)도 기억하시나요?"

나는 내 이름을 말해보았다.

"멍신닝이라? 자네 동기인가?"

우 선생님은 잠시 생각이 나지 않는 표정이셨다.

"네, 우리 반 학생이었지요. 키가 아주 크고 스촨 출신이었어요."

내가 힌트를 좀 드려보았다.

"아, 그래. 아주 분명하게 기억이 나는군. 평소에 집체활동에 잘 참여하지 않던 친구 말이로군. 평소에 이상한 얘기를 잘 하다가 졸업한 뒤에는 고향의 한 중소기업에 들어갔던 그 평범한 친구 말이야."

우 선생님의 기억력은 정말 대단했다.

"그 친구는 지금 무슨 일을 하고 있나?"

"아직도 그곳에서 일하고 있습니다. 전국 모범노동자로 선발되기도 했지요."

나는 사실대로 말씀드렸다.

"그래. 사람은 평생 무슨 일을 하든지 다 마찬가지야. 모범노동자가 된 것만도 아주 훌륭한 일일세. 두 손에 의지하여 밥을 먹고 몸이 좀 고되긴 하지만 얼마나 마음이 편하겠나. 자네 동기들이 서로 돕는 게 중요해. 자네 같은 고위 관료가 그를 잘 위로해줘야 할 걸세. 자포자기하는 일이 없도록 말이야."

우 선생님이 아주 간곡하게 부탁하셨다.

"걱정하지 마세요. 그 친구는 아주 착실하게 잘 지내고 있습니다. 선생님도 건강 잘 챙기세요. 저희 학생들 걱정일랑 하지 마시고 영양이 있는 음식 많이 드세요. 제가 보양식품 몇 가지 가져왔어요. 선생님 용돈도 조금 드리고 갈게요. 좋아하시는 음식 사 드세요."

그러면서 나는 선생님의 손에 봉투를 하나 쥐어 드렸다.

"아이, 자네에게 이렇게 폐를 끼쳐서 되겠나. 어쨌든 정말 고맙네. 고마워. 모든 게 자네 개인의 마음일 뿐만 아니라 당과 정부의 보살핌이라고 알겠네. 자네 같은 고관이 백망지중에 나를 다 찾아준 것만도 영광인데 이렇게 과분한 선물까지 주니 정말 어찌해야 좋을지 모르겠군. 사람들에게 쑨 서기가 나를 찾아왔다고 하면 모두들 날 부러워할 거야."

우 선생님은 한사코 친절하게 나를 건물 아래까지 배웅해주려 하셨지만 나는 애써 말재주를 발휘하여 현관 입구까지만 나오시게 했다.

 나중에 나는 특별히 라오치우에게 전화를 걸어 우리를 항상 걱정하시는 지도원 선생님을 찾아뵈었다고 말했다. 하지만 세세한 사정은 설명하지 않았다. 선생님이 진정으로 보고 싶어 하는 사람은 목이 긴 쑨이고, 나는 그저 그를 대신해서 옛날에 그를 키워주신 지도원 선생님을 만나고 온 것뿐이라는 사실은 더더욱 말할 수 없었다.

어떤 유서

친애하는 교수님, 학우 여러분께.

여러분이 이 편지를 읽을 때쯤이면 저는 이미 이 세속의 세계를 떠나고 없을 겁니다. 천당에 박사 한 명이 늘어나는 셈이지요.

일찍이 중고등학교 시절부터 저는 자살을 염두에 두고 있었습니다. 단지 학위를 요구하는 사회에서 대학졸업장도 없이 자살을 한다는 것은 너무 체면이 서지 않는 일이라 그동안 내내 미뤄왔던 것뿐입니다. 그리하여 저는 어금니를 꽉 깨물고 공부에 매진하여 마침내 대학에 합격했습니다. 저는 원래 대학졸업식이 끝나자마자 뒤도 돌아보지 않고 곧장 인생을 마감할 계획이었습니다.

그러나 현실은 너무 잔혹했습니다. 4년 후 저는 갑자기 대학 학력을 가진 사람들이 소털처럼 많다는 사실을 깨닫게 되었습니다. 일개 학사학위 소지자로서는 죽을 자격이 없다는 것을 알게 되었지요. 하는 수 없이 저는 힘든 공부를 계속해야 했습니다. 취업의 기회를 포기하고 다시 2년을 공부한 결과 순조롭게 대학원 석사과정에 합격할 수 있었습니다. 학부에 다니는 동안 저희 아버지는 비싼 학비를 대기 위해 밖에 나가 야채와 양곡을 팔았고 심지어 피를 팔기도 했습니다. 제가 석사학위를 받을 때쯤에는 아버지가 편히 몸을 누일 수 있는 유일한 공간인 세 칸짜리 다 쓰러져 가는 기와집마저 팔아야 했습니다.

석사학위를 받은 뒤에도 저는 건물에서 뛰어내리지 않았습니다. 중국의 교육 사업이 갑자기 활발하게 발전하기 시작하더니 석사학위의 학력이 크게 평가절하 되었기 때문입니다. 저는 하는 수 없이 다시 한번 자살 시기를 미뤄야 했습니다. 반드시 박사학위를 취득해서 자살에 필요한 일정한 존중과 존엄을 확보해야 했지요.

이제는 저의 소원을 이루고 싶습니다. 이제는 2년 전에 저의 생활비를 마련하기 위해 신장을 적출하신 아버지에게 부끄럽지 않겠지요. 제가 높은 학력과 지식수준을 갖춘 자살자라는 사실을 자랑스럽게 여겨도 되겠지요.

어렵네요. 올 초에 드디어 자살에 필요한 박사학위를 취득했습니다. 제 박사학위 논문 성적은 아주 우수했습니다. 저는 어제 있었던 학위수여식에서 이미 박사모도 썼습니다. 저는 이제 가도 될 것 같습니다. 아주 떳떳하고 당당하게 갈 수 있을 것 같습니다.

잊지 말고 제 유골함이나 묘비명의 이름 뒤에 '박사'라는 두 글자를 꼭 써넣어주세요.

영원히 안녕.

00년 00월 00일
아무개

상

　　내 동료의 아이 중에 나오나오(鬧鬧)라는 아이가 있다. 두 살 때 유치원에 들어간 이 아이는 아주 빨리 반을 대표하는 선진분자가 되었다.
　　유치원에는 아주 완벽한 장려 제도와 평가 시스템이 갖춰져 있어서 행동이 우수하고 착한 아이들은 수시로 상을 받곤 했다. 우수한 행동에는 밥 빨리 먹기와 오줌 빨리 누기, 옷 빨리 입기, 신발 끈 빨리 매기, 밥 남기지 않기, 떼쓰지 않기, 남 때리지 않기, 울지 않기, 웃지 않기, 떠들지 않기 그리고 물건을 주우면 어른에게 건네주고 기율을 어긴 친구를 발견하면 즉시 선생님께 보고하기 등이 포함되어 있었다. 내용이 무척 잡다하고 항목도 번다했다.
　　표창과 장려의 권력은 선생님이 갖고 있었다. 다시 말해서 누구를 표창하고 누구를 표창하지 않느냐 하는 것이 전적으로 선생님 한 사람에 의해 결정되었다. 장려의 방식은 정신장려 위주였고 가끔씩 물질적인 자극이 수반되기도 했다. 상품은 대부분 빨간 꽃이나 작은 홍기(紅旗)였다.

빨간 꽃이란 고무에 꽃을 새긴 도장으로 아이들마다 한 권씩 갖고 있는 평가서에 찍어주는 것에 다름 아니었다. 때로는 선생님이 아이들의 손바닥이나 손등, 이마, 볼 등에 직접 도안을 그려줌으로써 장려 효과를 돌출시키기도 했다. 손과 얼굴에 그림을 그리면 쉽게 문질러 지울 수 있기 때문에 이런 상을 받을 때면 나오나오는 항상 자신의 영광이 쉽게 말살되지 않도록 손과 얼굴을 씻지 않으려고 온갖 구실을 찾아 각별히 조심하곤 했다.

나오나오는 빨간 꽃과 홍기를 매우 중시했고 상을 탈 수 있는 어떤 기회도 소홀히 하지 않았다. 그가 밥을 먹고 소변을 보는 속도는 반 전체에서 꼴등을 맴돌다가 어느새 일등으로 올라서면서 무수한 빨간 꽃을 상으로 받았다. 그러다 보니 빠오즈(包子 : 중국인들이 흔히 먹는 음식으로 우리의 왕만두와 비슷하다.)가 목에 걸려 하마터면 죽을 뻔한 적이 한두 번이 아니었고 한번은 국을 먹다가 코에서 피가 나는 바람에 병원에 실려 가기도 했다. 시간이 지나면서 그는 숨이 막히는 일 없이 음식을 빨리 삼킬 수 있는 승리의 비법을 터득해냈다. 다름이 아니라 선생님이 주의를 소홀히 하고 있는 사이에 만터우(饅頭 : 밀가루 반죽을 네모나게 성형하여 소를 넣지 않고 찐 음식.)나 밥을 반바지나 조끼 주머니, 신발이나 양말 등 잘 보이지 않는 곳에 감춘 다음 아무 일 없는 듯이 그릇을 깨끗이 핥아 먹는 것이었다. 나오나오는 한 번도 밥알을 흘리는 일이 없었고 식기는 거울로 쓸 수 있을 정도로 깨끗했다. 가끔씩 음식을 흘리기는 했지만 그럴 때마다 기지를 발휘하여 책임을 옆 테이블에 앉은 친구에게 뒤집어씌웠다.

오줌을 누는 데 있어서 나오나오는 거의 신동에 가까웠다. 동작이 느린 아이들이 미처 무릎을 구부리기도 전에 그는 이미 바지를 추켜올리고 있었다. 그는 오줌을 참는 방법도 터득하여 얼굴이 자줏빛이 될 때까지 오줌을 참기 일쑤였다. 그의 엄마가 유치원 대문 앞에 가서 기다리고 있다가 하루 종일 못 본 아들의 얼굴에 뽀뽀를 할 때면 어김없이 바지춤에서 축축한 물기와 함께 고약한 냄새가 올라오곤 했다. 그의 엄마가 격려하며 말했다.

"아들, 명예를 위해서 그랬구나. 잘 했어. 이 엄마가 매일 바지를 빨아줄게."

빨간 꽃이 열 개가 넘게 되면 선생님이 작은 홍기 하나를 선물로 주곤 했다. 모든 아이들이 빨간 꽃과 홍기를 획득한 상황이 교실 뒤쪽 게시판에 도표로 그려져 있었다. 나오나오는 여러 차례 맨 위에 이름이 올랐지만 어떤 달에는 2등 또는 3등으로 밀리기도 했다. 이럴 때면 그는 몹시 의기소침해졌고 그의 엄마 즉 나의 동료도 함께 기분이 저조해지곤 했다. 이런 상황에 부딪칠 때마다 그녀는 항상 내게 세상의 불공정과 사회풍기의 부패에 대한 불만과 원망을 토로하곤 했다. 자신이 아는 바로는 자기 아들을 뒤로 밀어낸 두 아이의 학부모가 고위 관료로서 막강한 부와 권력을 갖고 있기 때문에 자기 아이들에게 1등의 영광을 안겨줄 수 있었다는 것이다. 이리하여 그녀는 수시로 나오나오의 반 담임을 찾아가 작은 선물을 건네게 되었다.

　나오나오는 갈수록 더 상을 타는 데 혈안이 되었다. 그는 밥을 빨리 먹고 소변을 빨리 보는 것에만 의존하지 않고 다른 부분에서 자신이 1등의 영예를 독점하기 위한 방법을 찾아내기 시작했다. 스스로 빨간 꽃과 홍기를 많이 획득하는 동시에 다른 아이들의 표창을 방해하는 것이었다. 그는 기회가 있을 때마다 일부러 밥알을 바로 옆 테이블 밑에 흘렸고 몰래 다른 친구의 양말을 감추곤 했다. 나오나오는 고자질에도 열을 올리면서 눈을 커다랗게 뜨고서 다른 아이들의 잘못과 문제점을 찾았다. 선생님이 적시에 자기에게 빨간 꽃을 주지 않으면 원장을 찾아가 선생님을 일러바치는 일도 서슴지 않았다.

　나오나오의 강렬한 명예욕은 지금까지도 잘 유지되고 있다. 그는 이제 이미 고등학생이 되어 있다. 초등학교 때부터 그의 엄마는 학교와 직장에서 상을 타내는 갖가지 방법을 가정교육에 그대로 적용해 왔다. 그녀는 먼저 아들을 위해 수시로 각종 상장과 트로피, 상패 등을 만들어 상으로 주었을 뿐만 아니라 때때로 상금을 주기도 했다. 그러다 보니 나오나오의 성장과정은 온갖 상과 찬미로 가득 찼다.

　이와 동시에 나오나오의 엄마 즉 나의 동료도 아들로부터 영향을 받게 되었다. 그녀도 기회만 생겼다 하면 자신이 '마땅히 쟁취해야 하는 영예'를 절대 놓치려 하지 않았다. 이렇게 몇 년이 지나면서 그녀는 '노조 적극분자'를 비롯하여 '애국위생모범', '열심인 상', '방송체조 최우수 관중상', 합창대회 '우수응원상' 등 다양한 영예를 획득했다. 작년에 있었던 슈퍼우먼 선발대회에도 참가한 그녀는 무대에 뛰어 올라 한바탕 힘든 몸짓을 보이다가 그만 쓰러지고 말았다. 이 대회에서도 그녀는 '최우수 용기상' 증서를 놓치지 않았다.

그녀는 자신의 아들을 무척 자랑스러워했고 틈만 나면 동료들을 자기 집으로 끌고 가 나오나오가 유치원 때부터 타온 각종 상장과 명예증서들을 보여주며 자랑하곤 했다. 나도 그녀의 집에 끌려간 것이 다 합치면 열 번도 넘었다. 그녀는 상장을 구경한 사람들의 소감을 진지하게 기다렸고 그럴 때마다 모두들 "어머나!", "우와, 대단하네요!" 하며 감탄을 아끼지 않았다. 한번은 그녀가 눈물을 글썽이면서 자기 대신 아들의 미래를 좀 예측해달라고 부탁했다. 나는 한참 생각하다가 자신감에 넘치는 목소리로 나오나오가 장차 브레즈네프 같은 인물이 될 것임에 틀림이 없다고 말했다.

내 동료는 이 이상한 이름을 낯설어하는 것이 분명했다. 그녀는 어색한 웃음을 웃으면서 보다 상세한 설명을 기대했다. 나는 하는 수 없이 브레즈네프가 아주 위대한 인물이며 소련의 최고 지도자로서 한동안 지고무상의 권력을 누린 바 있으며 명예에 대한 욕구가 타의 추종을 불허한다고 설명해주었다. 그의 가슴에는 항상 수많은 훈장이 달려 있었고 옷을 벗어 바닥에 던져놓을 때면 천장에 매달린 전등이 흔들려 떨어질 정도였다. 한번은 그가 크렘린궁에 들어갈 때 한 관원이 놀라서 물었다.

"친애하는 브레즈네프 동지, 오늘은 왜 훈장을 달고 오지 않으셨나요?"

얼른 고개를 숙인 그는 금세 얼굴이 일그러졌다. 그러면서 혼잣말로 중얼거렸다.
"이런, 잠옷에서 훈장을 옮겨 다는 걸 잊었군!"
이런 얘기를 하면서 나오나오도 앞길이 창창하다고 말해주었다. 아울러 소련의 최고 장관처럼 어디를 가든지 자신에게 상을 주라고 덧붙였다.

나의 동료가 내 예측을 믿는지 안 믿는지는 알 수 없었다. 하지만 멍청한 미소 속에서 아들의 미래에 대한 그녀의 무한한 동경을 읽을 수 있었다.

지난주에 나의 동료는 서둘러 아들을 위해 대학의 추천입학생 자격을 신청했다. 그녀는 소형 승합차 두 대를 대절하여 나오나오가 어려서부터 받은 각종 상장과 트로피, 상패를 상자 네 개에 담아 전부 대학으로 싣고 갔다. 대학 학생모집 부서의 담당자가 아주 단호하게 말했다.

"댁의 아드님이 받은 이 상장들 가운데 절반은 가짜이고 절반은 쓸모없는 것들입니다."

몹시 화가 난 그녀는 그 자리에서 반나절이나 울어댔다. 간신히 경비원들이 다가와 상장과 트로피, 상패 등을 잘 챙겨서 집으로 돌아가라고 권했다.

두 번째 작은 이야기

어떤 의미

가출

　　　　　　미치도록 화가 난 후(胡) 부인은 집 안에 있는 모든 장식품들을 부숴버렸다. 이웃 사람들이 쫓아가 말리려 했지만 그녀는 한사코 문을 열지 않았다. 그녀는 집 안에 틀어박힌 채 이틀 밤낮을 대성통곡하고 나서야 겨우 몸을 추스르고 일어나 컵라면을 끓여 먹었다.

　그녀는 남편이 어린 가사도우미와 사통하여 도망친 일 때문에 속이 몹시 상했던 것이다. 앞다퉈 후 부인을 위로하러 온 이웃들은 신바람이 나서 그녀가 울면서 하소연하듯 들려주는 이야기에 귀를 기울였다.

　"이 파렴치한 개자식이 제 주제도 모르고 스스로 이름에 먹칠을 했다니까요. 나이가 들수록 점점 더 망나니짓만 늘더라고요. 재작년에는 사무실 타이피스트와 바람이 나서 아이까지 낳았다니까요. 젊고 예쁜 여자만 보면 아주 사족을 못 쓰더라고요. 그 망할 놈의 회사에 다니는 년들을 그놈은 절대로 가만 놔두질 않는다니까요. 저는 한 번도 이 일에 대해 그 작자한테 따져 본 적도 없었다고요."

그녀는 눈물을 닦았다.

"제가 사는 게 그렇게 쉬웠을 것 같아요? 요 몇 년 동안 제가 이 집안을 지키느라 안팎으로 얼마나 애를 태웠는데요? 전혀 예상치 못한 일들이 문제를 만든다니까요. 고양이가 병이 나지 않으면 개가 다리가 부러졌고, 그것도 아니면 어항 속의 물고기가 다 죽어버렸지요. 그러다 보면 속 썩이던 일들이 멀리 물러나곤 했어요. 적당한 가사도우미를 찾으려고 아는 사람들을 찾아다녀보기도 하고 지인들에게 부탁도 해봤지요. 지난 몇 년 동안 적지 않은 사람들을 시험 삼아 써봤지만 마음에 드는 사람이 하나도 없었어요. 그러다가 어렵사리 구한 아이가 또다시 그놈 꼬임에 넘어가 버렸단 말이에요. 그놈은 정말 도덕관념이 부족한 것 아닌가요? 천하의 오입쟁이 같으니라고! 어떻게 내 손에서 그년을 뺏어갈 수 있담. 이 천 번을 죽여도 시원찮을 놈, 어디 두고 보자고 절대로 곱게 죽지 못할 테니까."

후 부인은 이를 바득바득 갈았다.

"남편은 꼭 돌아올 거예요."

이웃 사람들은 이구동성으로 위로의 말을 건넸다.

"차라리 그 작자가 죽어버렸으면 좋겠어요! 제가 아쉬워하는 건 그 가사도우미에요. 참 좋은 애였는데! 제가 몇 년 동안이나 공을 들여서 제 마음에 꼭 드는 사람으로 골랐거든요. 제가 얼마나 속이 상하겠어요?"

후 부인은 또다시 훌쩍거리면서 울어댔다.

"후 부인, 너무 그렇게 괴로워하지 말아요. 그렇게 울다간 몸만 상한다고요."

모두들 그녀를 걱정했다.

"정말로 저를 도와주고 싶으시면 어서 저 대신 가사도우미를 한 명 물색해주세요. 그 애를 찾아서 데리고 와주면 더 좋고요. 제가 기르는 이 고양이와 강아지들이 그 애를 얼마나 좋아했는지, 그 애가 없으니까 이 귀여운 것들이 밥도 잘 안 먹어요. 보세요, 다들 말라서 꼴이 말이 아니잖아요!"

그녀는 더욱 슬프게 울어댔다.

이웃들은 반드시 그 아이를 찾아서 데리고 오겠다고 말했다. 후 부인은 원래 자신이 한 말은 반드시 지키는 사람인 데다 이번에도 또 큰 포상을 걸었기 때문이었다. 그럼 과장을 역임하기도 했던 그녀의 늙은 남편은 어떻게 될까! "호호, 그냥 죽어버려도 상관없어요!" 후 부인은 이렇게 말했다.

권위

누가 짜증나게 꼭두새벽부터 전화를 거는 거지!
나는 수화기를 들고 몹시 귀찮다는 듯이 말했다.
"여보세요?"
"전화 받은 분은 누구신가?"
수화기 저쪽에서 나보다 훨씬 더 생경한 말투로 물어왔다.
"누구를 찾으시는데요?"
나는 더 짜증이 나서 물었다.
"복무처(服務處) 처장과 통화하고 싶소. 나는 우윈천(吳雲塵)이라고 하오."
아뿔싸! 우리 국장님이었다. 이 영감은 직책은 그다지 높지 않지만 업무가 적지 않기 때문에 상대하기가 무척 어려운 편이었다. 오래된 이력을 과신하고 나이를 내세우면서 권위적으로 행동하는 사람이었다. 그의 수많은 부하 직원들과 학생들이 각 부처와 위원회에서 막강한 권력을 장악하고 있다 보니 그는 항상 지도자나 스승의 신분을 자처하면서 남들의 사소한 잘못들을 들춰내고 제멋대로 지껄이면서 누구든지 거침없이 찾아댔다.

"아, 국장님이시군요. 정말 죄송합니다. 제가 의외로 사람들 목소리를 잘 분간하지 못하거든요. 건강하시지요? 제게 무슨 분부하실 일이라도 있으신가요?"

나는 서둘러 저자세를 보이며 굽실거렸다.

"아, 당신은 처장이니까 그렇게까지 미안해할 것 없소. 젊은 사람이 높은 자리에서 큰일을 하다보면 말투도 따라서 높아지는 법이지. 내가 국(局)에서 일할 때 당신이 이느 부서에 있었더라?"

그는 말끝을 길게 끌었다.

"국장님께 보고 드립니다. 저는 당시 종합처에서 일반 간부로 일하고 있었습니다."

나는 줄곧 두 무릎은 굽히고 있었다.

"샤오비(小畢)가 처장으로 있었던 그 종합처 말인가? 당신은 꽤 빨리 올라온 거 같군. 내 말은 당신이 일을 퍽 잘한다는 뜻일세.─어험!"

영감은 수화기를 들고 기지개를 켜고 있는 것이 분명했다.

"네, 그렇습니다, 국장님. 지금은 비 국장님이 이끌고 있는 바로 그 부처입니다. 비 처장은 지금 저희 국장님이 되었습니다."

나는 또다시 무의식적으로 두 번이나 고개를 조아렸다.

"그건 나도 아네. 며칠 전에 내가 그에게 몇 마디 훈계를 했었지. 하지만 나는 그를 무척 좋아하네. 어제 장(章) 부장이 내게 식사를 대접하는 자리에서 내가 비 국장 칭찬을 몇 마디 했지. 젊은 사람들은 말이야 항상 격려를 좀 해줘야 하거든."

"네, 네, 네, 국장님께서는 항상 지당하신 말씀만 하십니다. 젊은 사람들은 당연히 선배님들께 자발적으로 가르침을 받고 배워야 하지요. 한데, 혹시 무슨 일이 있으신 건 아니신지요? 그게 아니라면, 혹시 분부하실 일이라도 있으신 건가요?"

나는 손으로 이마의 땀을 닦았다. 겨울인데도 왜 땀이 나는 건지 알 수 없었다.

"아무 일 없이 자네한테 전화를 걸면 안 되나?"

"그럴 리가 있겠습니까. 괜찮습니다. 제게 전화를 해주신 것만으로도 제겐 큰 영광입니다."

나는 훨씬 빠른 속도로 머리를 조아렸다.

"그렇게 말할 것 없네. 난 이미 늙었어. 별 쓸모가 없는 사람이지. 재직할 때처럼 내 말이 그렇게 효력이 있는 것 같지도 않고, 누구도 내 말을 쓸모 있다고 생각하지 않으니까 말이야. 하지만 다시 처음으로 돌아가 얘기하자면, 내가 좋은 일은 처리하지 못하지만 안 좋은 일을 처리하는 데는 문제가 없다네. 안 그런가? 자네 생각은 어떤가?"

"어르신, 그런 말씀 마십시오. 질책하실 사람이 있으면 직접적으로 질책을 하셔야죠. 저희 중에서 어르신의 부하 직원이 아닌 사람이 누가 있겠습니까?"

나는 두 다리에 힘이 빠지고 머리가 지끈거렸다. 특히 '안 좋은 일을 처리하는 데는 문제가 없다는' 말이 나를 몹시 긴장하게 만들었다.

"그게 말이야, 내가 방금 화장실에 갔었는데 변기통이 막혀 있지 않겠나. 물이 내려가질 않더라고. 자네 수화기에 대고 냄새 좀 맡아보겠나? 냄새가 아주 지독하지?"

"아, 네. 냄새가 나네요. 아니, 아닙니다. 농담이시겠지요. 냄새가 날 리가 없지요. 전화선이 막고 있잖아요."

"이 변기통은 지난주에 교체한 것이란 말일세. 어째서 품질이 이 모양인가? 변기 스위치도 작동하질 않는다네."

"제가 곧바로 사람을 보내 고치도록 하겠습니다."

"사람을 보내겠다고? 요즘 간부들은 권위가 정말 대단하군. 무슨 일이든지 남을 시킬 수 있으니 말이야. 나 때는 모든 일을 자신이 직접 해야 했는데 말이야."

"그러면 제가 직접 가도록 하겠습니다."

"됐네. 그냥 사람을 보내도록 하게. 자네도 수리하는 방법을 배워야 올 수 있을 테니까 말이야."

"잠시만 기다려주십시오. 곧바로 수리공을 보내겠습니다."

마침내 전화를 끊은 나는 언제부터인지 모르게 자신이 바닥에 무릎을 꿇고 있었다는 것을 알게 되었다. 나는 서둘러 옷을 입고 수리공에게 연락해 함께 가보자고 말했다. 또다시 전화벨이 울렸다.

"샤오왕인가(小王吧)?"

"네, 접니다."

대답을 하면서도 나는 '샤오왕바'(小王八 : '왕바'는 욕인데 공교롭게도 중국어로 '샤오왕인가' 하는 말의 끝부분이 같은 발음이다.)라는 말이 몹시 거북하게 들렸다.

"자네, 올 것 없네."

역시 국장 어르신의 목소리였다.

"방금 눌렀던 변기 스위치가 알고 보니 생수병 마개였네. 내 손자가 말썽을 부린 거였네. 녀석이 대변을 보면서 물을 마셨나 봐. 생수병 마개를 변기 물탱크 스위치 위에 올려놓았지 뭔가. 내 눈이 안 좋아서 그걸 잘 못 본 걸세. 노안이 온 거야. 병마개를 눌렀으니 아무리 힘을 줘서 눌러도 물은 안 나오고 온몸에 땀이 날 정도로 진만 뺐다니까. 하지만, 그래도 내 말은 일리가 있는 말일세."

"그럼요. 모두 지당하신 말씀이셨습니다."

나는 전화기를 집어던지고 싶었다. 하지만 늙은 호랑이가 수레를 끌고 있으니 누가 감히 그럴 수 있겠는가.

어떤 의미

나는 감히 내 상사가 교활한 여우라고 말할 수 있다. 아무리 뛰어난 사냥꾼이라 해도 내 상사를 당해낼 수 없을 것이라고 자신 있게 말할 수 있다.

알아야 할 것은 내가 그의 수하에서 거의 평생을 일해 왔지만 지금까지도 항상 오리무중인 상태에 빠지곤 한다는 점이다.

이런 사례는 셀 수 없이 많지만 단번에 다 떠오르지는 않는다. 매일 일어나는 수많은 일들이 실제로 그것을 증명하려고 하면 항상 머릿속이 새하얘지는 것처럼 말이다.

그렇다. 내 상사는 항상 입에 구두선을 달고 다닌다. 이런 사실이야말로 문제를 가장 잘 설명해 줄 수 있는 부분이다.

내 상사는 어떤 일을 판단하기 전에 항상 말 앞머리에 '어떤 의미'라는 단어를 덧붙인다. 무슨 말인지 알겠는가? 다시 말하자면 그는 대화를 할 때나 어떤 글을 평가할 때 항상 '어떤 의미에서는' 이라는 수식어가 붙는다.

그는 어떤 의미에서는 측근을 요직에 등용할 수도 있다고 말한다.

그는 어떤 의미에서는 어떤 일을 한 사람이 말하는 대로 실행하면 된다고 말한다.

그는 어떤 의미에서는 일부 잘못된 결정도 불가피한 일이라고 말한다.

그는 어떤 의미에서는 위법행위도 이해될 수 있다고 말한다.

우리 상사는 어떤 의미에서는 국유자산의 유실이 필연적인 것이라고 여긴다. 마찬가지로, 어떤 의미에서는 횡령과 부패가 합리적인 것이 되고 매관매직이 적극적인 역할이며 술집 여자들을 상대하고 도박을 하는 것도 피할 수 없는 일들이 된다.

나는 그의 '어떤 의미'로 인해 머리가 어지러웠다. 하지만 그는 어떤 의미에서는 나의 이런 반응이 정상적인 것이라고 말한다.

일전에 내가 직장에 있는 모든 동료들을 대표해서 그에게 이 모든 '어떤 의미'가 도대체 어떤 부류인지 분명하게 밝혀달라고 부탁한 적이 있었다. 그러자 그는 책상을 내리치면서 고함을 쳤다.

"어떤 의미에서, 어떤 것이라는 것은 그 어떤 것도 다 될 수 있다는 뜻이야!"

나는 감히 더 이상 계속해서 따져 묻지 못하고 그 자리에서 물러나 스스로를 자책할 따름이었다. 여러 차례 고민에 고민을 거듭한 결과, 어떤 의미에서 나는 기본적으로 어떤 바보 천치에 속한다는 사실을 깨닫게 되었다.

나중에 우리 상사는 '상규(雙規: 중국공산당 기율검사기관과 정부 행정 감찰기관의 특수조사)'에 회부되었다. 정해진 시간에 정해진 장소에서 두 기율검사 기관의 조사를 받게 된 것이다.

이 갑작스러운 변고에 대해 우리 국 사람들은 하나같이 이것이 어떤 의미에서는 조만간 반드시 일어날 일이었다고 생각했다.

향장

촌장(村長)에게는 간부직을 맡길 일이 아니었다. 내 눈앞에 앉아있는 이 향장은 더더욱 그랬다.

"촌민들 눈앞에 있는 촌장은 공명정대한 관리이겠지만 향장은 평소에 얼굴 한 번 보는 것도 그렇게 힘들다는 큰 간부에 속하지. 향장 이상의 각급 관원들은 일반 백성들이 텔레비전을 통해서만 그 풍채를 볼 수 있을 뿐, 생생하게 살아서 움직이는 실물을 직접 눈으로 볼 수는 없는 그런 사람들이니까 이런 눈요기는 다시는 없을 걸세."

향장의 이 한마디는 정말로 일리 있는 말이었다.

"베이징에 오면 안 돼. 나도 마음속에 다 생각이 있다네. 아무리 높은 관직이라고 해도 일단 베이징에 오면 작아지기 마련이지. 거짓말 조금도 보태지 않고 말하자면 나 같은 망할 놈의 향장은 말할 것도 없고 현장(縣長)이 온다고 해도 깨알만한 말단 관리에 불과하단 말이야. 비유를 들어서 설명하는 것이 훨씬 더 알기 쉽겠군. 예컨대 참깨만한 물건이 있다고 하세. 그것보다 더 작은 물건이 있을까? 아마 찾기 어려울 걸세. 참깨 위에 호두가 있고 호두 위에 사과나 수박이 있겠지. 자, 이들 가운데 어떤 것을 고른다 해도 참깨보다는 클 거야. 안 그렇겠나? 자, 그렇게 가만히 앉아 있지 말고 한 잔 더 따라. 관직이 아무리 낮아도 술은 마셔야지."

향장은 겸손하게 웃었다.

"그런데 말이야. 다시 하던 얘기로 돌아가자면, 베이징에서 관직을 지내는 것도 그다지 힘들 것 같지는 않더군. 사장(司長)이나 국장은 쉬울까? 쉽지 않을 걸세! 듣자하니 출퇴근할 때 전용차가 배치되지도 않는다고 하던데, 정말인지 거짓인지 모르겠네. 거주하는 집도 시장과 비교할 수 없을 정도라고 하더군. 지방에서 시장을 할 바에는 차라리 시장을 하지 말고 곧장 현장을 하는 게 낫지. 현장이야말로 황제와 마찬가지 아니겠나? 말 그대로 토황제(土皇帝)지. 주택과 전용차가 제공되는 것은 말할 것도 없고 그 지위나 세력이 한없이 크다니까! 정말이야. 내가 허풍을 떠는 게 결코 아니라네. 한번 밖으로 행차할 때의 모습을 보면 그 위세가 연극에 나오는 황제가 지방을 순시할 때와 별반 차이가 없을 정도라니까. 우리 같은 향급 간부들은 몸을 앞뒤로 굽실거리면서 손자처럼 그들의 시중을 들곤 하지. 우리는 더 높은 관원들을 본 적이 없다네. 시장이 우리와 악수만 해도 그런 경사가 없지. 단독으로 찍는 것이 아니라 단체로 찍는 사진도 감지덕지라네. 현장은 자주 만나면서 회의도 하고 보고도 하고,

향에 내려와서 업무 보고도 받곤 하지. 현장을 만나는 것은 그다지 신선한 일이 아니야. 보통 사람들은 이런 기회도 없다보니 나처럼 하찮은 향장을 만나는 것만으로 대단한 일로 여기지. 그래서 집에 돌아가면 반년 동안 이 이야기를 해대는 거라네. 자, 그럼 이어서 내 솔직한 얘기를 들어보게."

"향에서, 다시 말해 내가 관할하는 범위 안에서는 내가 가장 높지. 빌어먹을, 내가 한마디 하면 안 되는 일이 없다니까. 허풍이 아니라, 내가 발만 굴러도 향 전체에 지진이 나고 심지어 주변 향진까지도 흔들린다니까. 못 믿겠나? 나는 한 입으로 두 말 하는 사람이 아니라네. 정 못 믿겠다면 이 토끼 새끼들한테 물어보게. 누가 감히 내 말에 불복할 수 있는지 말이야. 살기 싫은 놈이 아니고서야 그렇게는 못할 걸세. 예전에 향장이 향에 내려오면 닭과 오리가 수난을 당한다는 말이 있었지. 하지만 요즘에 누가 아직도 빌어먹을 닭이나 오리를 먹고 있겠나? 요즘은 향장이 향에 내려가면 아가씨들이 수난을 당한다고 하더군. 하지만 이것도 말이 안 되는 소리야. 마누라가 밀착 감시를 하고 있을 뿐만 아니라 도무지 몸이 말을 듣지 않아. 안 그렇겠나? 나는 이번에 베이징에 오면서 차를 가지고 왔네. 편의를 위해서지. 나는 비행기를 탔고 차를 몰고 먼저 출발한 사람들이 공항으로 와서 나를 맞아주었지. 우리 차는 뭐 그리 좋은 차는 아니고 산지 얼마 안 되는 아우디 A6이라네. 작년에 산 홍치(紅旗)는 새로 승진한 부향장에게 타라고 주었지. 자, 들게나. 어서 들라고 '우량예(五糧液 : 중국의 고급 백주.)' 한 병 더 따자고. 오늘 베이징에서 친구들이랑 동창생들을 만나니 정말 즐겁군. 더 마시자고. 한 사람 앞에 한 병씩, 총량을 제한하기로 하세. 그러면 다 합쳐서 여섯 병이 되겠군. 술을 다 마시고 나면 목욕탕에 가서 목욕도 하고 사우나도 하자고. 가서 마사지도 좀 하고 말이야. 오늘 밤은 여기서 묵도록 하게. 듣자하니 여기가 베이징에서 가장 좋은 호텔 중의 하나라고 하더군. 어쩐지 좋다 했지. 그 빌어먹을 5성급 호텔들은 어떤지 아나? 서비스 수준이 형편없어. 자, 여기 음식 몇 가지만 더 가져와요. 계속 들게. 계속 마시자고!"

"자네는 베이징에서 학생들을 가르친 지 10년이 넘었으니 한번 고향에 내려가 둘러보는 것도 나쁘지 않을 것 같군. 너무 현실에서 벗어나 대중과 동떨어져서 지내지 말게. 우리에게 귀중한 의견도 제시해주고 말이야. 다음에 오면 내가 책임지고 대접하도록 하겠네. 자네 동창생의 능력이 얼마나 큰지 한번 보라고 자네가 오는 것만으로도 충분히 내 체면을 세워줄 수 있으니까 말일세. 혹시 무슨 어려운 문제가 있으면 서슴지 말고 내게 말해주게. 누가 우릴 보고 어렸을 때부터 함께 흙장난을 하던 오줌싸개들이었다고 하겠나. 저 친구를 좀 보게. 나랑 저 친구는 초등학교 동창인데 머리가 좋아 어렵지 않게 대학에 붙었지. 내 머리는 돼지불알이랑 다를 게 없어서 구구단도 제대로 못 외우는 데다 빌어먹을 글자를 열 개 쓰면 그 가운데 여덟 개를 틀리곤 했다니까. 나랑 저 친구는 서로 비교가 되지 않았어. 그래서 결국 이런 말단 관직이나 붙잡고 있는 게 아니겠나. 에이, 사람들을 서로 비교하는 건 정말 짜증나는 일이야. 자네가 시간을 내서 고향에 오면 내가 아주 후하게 접대해주겠네. 이곳 베이징은 너무 넓어서 내 능력 밖이라 뭐든지 제대로 처리할 수가 없어. 음식점의 종업원마저도 마음에 안 들거든. 자, 보라고, 주문한 음식이 아직도 안 나왔잖아. 빌어먹을! 어이, 멍청이, 가서 음식 빨리 내오라고 해. 우리가 아무리 촌놈이라고 해도 서비스를 엉망으로 하면 안 되잖아. 우리가 음식을 공짜로 먹는 것도 아니고 돈도 에누리 없이 그대로 다 내는데 어째서 우리가 이렇게 하염없이 음식을 기다려야 하는 거야. 어서 빨리 가서 재촉해 보라고. 멍청하게 똥만 쳐 먹고 있지 말고!"

향장은 격하게 화를 냈다.

"향장님, 종업원들이 옆방에 음식을 나르느라 지금 좀 바쁘답니다. 잠시만 기다리라고 했으니 곧 내올 겁니다."

'멍청이'가 돌아와서 보고했다.

"빌어먹을. 사장 좀 오라고 해. 이 못된 것들을 믿을 수가 없다니까. 이 집이 손님을 아주 우습게보네. 시골 사람도 사람이고 돈을 내고 밥을 먹는데 어째서 우리를 이렇게 기다리게 하는 거야! 빌어먹을, 멍청하게 앉아있지만 말고 어서 나가 봐. 다시 가서 빨리 음식을 내오라고 하란 말이야!"

흥분한 향장이 주먹으로 테이블을 내려치자 술잔이 엎어졌다.

"향장님, 지금 옆방에서 저희 시장님이 손님을 접대하고 계십니다. 베이징에 회의를 하러 오신 모양입니다. 조그만 더 기다려보지요."

'멍청이'는 이렇게 보고하면서 다시 향장의 지시를 기다렸다.

"뭐라고, 시장도 여기 와서 밥을 먹는다고? 빌어먹을, 뭘 더 기다려. 어서 나가자고 제기랄. 살금살금 나가도록 해. 시장 눈에 띄지 않게 말이야. 시장이 여기 와서 밥을 먹다니, 운수 한번 더럽게 사납네! 어서 가자고!"

순식간에 자리를 박차고 일어난 향장에게서 취기라고는 전혀 찾아볼 수 없었다.

방송국 사장

　　　　　　사장에게 업무 보고를 하는 일은 특별히 힘이 들었다.
　그가 시간이 없어서도 아니고 일부 윗사람들처럼 세부 사항이나 구체적인 숫자를 물고 늘어지면서 꼬치꼬치 따져서도 아니었다. 사장은 보고를 듣고 싶으면서도 상대방이 말을 하지 못하게 했다.
　무슨 뜻인지 잘 모르겠다고? 내 말은 누가 사장에게 업무 보고를 하러 가면 그는 항상 반갑게 맞아주기는 하지만 일단 입을 열어 보고를 시작하면 곧바로 자신이 화두를 빼앗아 한도 끝도 없이 이야기를 늘어놓는 것이다. 업무 보고의 내용은 한마디도 제대로 말하지 못했는데 그 어르신은 두세 시간을 장황하게 떠들어대 정말 웃지도 못하고 울지도 못할 상황을 만들어버리곤 했다. 맨 마지막에는 항상 자리에서 일어나 아주 예의바르게 말을 건넸다.

"여기까지 하지. 자네가 말하고자 하는 내용은 다 알겠네. 내 말대로 하도록 하게."

이렇게 오랜 시간이 지나다 보니 방송국 전체에서 이런 문제점을 모르는 사람이 없게 되었다. 사장의 면전에서는 누구나 영원히 실어증 상태에 빠지게 되었다. 평서(評書: 청취자들을 상대로 쥘부채와 손수건, 딱따기 등의 도구를 사용해 가며 주로 장편의 이야기를 들려주는 설창문학의 일종.)를 하는 사람이나 스포츠 중계를 하는 사람이라 할지라도 그의 앞에만 서면 침묵할 수밖에 없을 것이다. 단 한 마디도 끼어들 틈이 없는 것이다. 그가 우리 방송국 사장만 아니었어도, 우리 상사만 아니었어도, 우리의 운명을 쥐고 있는 사람만 아니었어도 일찌감치 주먹으로 그를 한 대 후려친 다음 철사로 그의 입을 꿰매고 테이프로 칭칭 감아 시멘트로 발라 다시는 입을 열지 못하도록 철저하게 봉해 버렸을 것이다.

하지만 말하기 좋아하는 그의 버릇을 고칠 방법이 없기 때문에 방송국의 모든 '우두머리'들 가운데 누구도 그와 얘기하려고 하지 않았다. 그는 매일 쉬지 않고 사람들과 담화나 보고, 상의를 위한 약속을 잡았지만 사실은 이 모든 것이 형식에 지나지 않았다. 그는 단 한 번의 예외도 없이 자기 혼자 발언권을 독점하여 떠들어댐으로써 사람들을 기진맥진하게 만들었다.

나는 사장 사무실의 주임으로서 매일 사장에게 중대하고 다급한 업무들을 보고하지 않을 수 없었다. 하지만 그의 면전에서 말을 한 마디라도 온전하게 마무리를 짓는 일은 정말로 너무나 어려웠다. 그가 간헐적으로 숨을 돌리는 시간이나 혹은 물을 마시는 기회를 기다렸다가 귀를 막을 틈도 없이 천둥소리가 울리는 것처럼 재빨리 업무보고를 마쳐야 했다. 마치 프로그램 사이에 중간방송을 내보내는 것 같은 끼어들기였다. 하지만 실제로 사장이 숨을 돌리거나 물을 마시는 기회는 거의 없었다.

지난주에 나는 그의 사무실에 들어가 서둘러 업무관련 보고를 하려고 했다. 내가 말했다.

"국장님이……."

그는 평소와 마찬가지로 재빨리 말머리를 잡아챘다.

"국장과 나는 사이가 좋아. 우리는 오랜 친구나 다름없네. 옛날에 시골에도 함께 내려갔고 대학도 함께 다녔지. 나중에 그는 신문을 만들었고 나는 방송을 만들게 되었다네."

마침내 사장이 컵을 집어 들었다. 이 틈을 놓치지 않고 내가 재빨리 말했다.

"국장님이……."

그는 얼른 손을 거둬들였다.

"국장은 나를 잘 보살피고 배려하는 편이지. 일전에 그와 함께 외국에 출장을 갔는데 말이야, 정말 웃기더군! 길거리에서 내내 우스갯소리를 얼마나 해대던지."

반 시간이 지나 그가 다시 컵을 집어 들었다. 나는 그가 쏟아놓는 말의 맥을 자를 방법이 없어서 얼른 화제를 바꿨다.

"사모님께서……."

그는 또다시 컵을 내려놓았다.

"내 아내는 정말 쉽지 않았지. 왕년에 주변에는 물론이고, 아주 먼 곳까지 뛰어난 미모에 대한 소문이 퍼지는 바람에 거리를 걷다보면 고개를 돌리고 쳐다보는 사람들이 정말 많았다니까."

거의 절망에 빠진 나는 가끔씩 시계를 쳐다보면서 점점 호흡이 가빠져만 갔다.

또다시 한 시간이나 지나고서야 사장은 마침내 기지개를 켜고 하품을 하면서 말을 이었다.

"아, 시간이 정말 빨리 가는군. 점심시간이 된 줄도 몰랐네. 자, 오늘은 여기까지 하지. 자네가 하려는 말은 내가 다 잘 알고 있네. 그럼 그렇게 하도록 하게!"

다급한 마음에 나는 순간적으로 그의 멱살을 잡아챘다.

"사장님, 제게 끝까지 말 한마디 할 기회를 안 주실 건가요? 한마디만 하고 그 말이 끝남과 동시에 전 죽어도 좋습니다."

그는 그 자리에 멍한 표정으로 서 있었다. 그가 아무런 반응도 보이지 않는 틈을 타서 내가 곧바로 고함을 치며 말했다.

"첫째, 국장님이 오전에 사장님께 긴급회의에 참석하시라고 했습니다. 둘째, 사장님 사모님이 두 시간 전에 차에 치이셨습니다."

그가 끼어들 틈조차 주지 않고 나는 재빨리 몸을 돌려 그의 사무실을 뛰쳐나오면서 부서질 정도로 세게 문을 닫아버렸다.

전화고장

　　　　　국장이 전화를 걸어 내게 의견을 묻다니, 나는 과분한 총애에 정말로 어쩔 줄 몰랐다.
　"곧 회기 중 심사가 있어 여러 사람들의 의견이 듣고 싶군. 자네는 국에 오래 있었으니 이곳 상황도 잘 알 테니까 우선 자네 의견부터 들어보고 싶네."
　국장이 상냥하게 전화로 나의 의견을 물어왔다.
　"바쁘신 와중에 이렇게 직접 전화까지 주시다니 정말 황송해서 몸 둘 바를 모르겠습니다. 국장님께서는 취임하신 이후로 줄곧 개혁을 단행하시고 모든 일을 실질적으로 처리하셨습니다. 이로 인해 기관 내의 여러 상사와 부하 직원들로부터 많은 박수갈채까지 받고 계십니다. 저희들은 그저 국장님에 대해 탄복할 따름입니다."
　나는 일말의 주저도 없이 아첨을 해댔다.

"괜히 듣기 좋은 말만 골라서 하지 말게. 뭔가 다른 견해들은 없던가?"

갑자기 국장의 목소리가 변했다. 마치 주석대에 앉아서 말하는 것 같았다.

"다른 견해요? 생각을 좀 해보겠습니다."

나는 조바심이 나서 안절부절못했다.

"어서 얘기해 보게. 다른 견해들을 얘기해보라고 우물쭈물하지 말고 말이야."

국장은 약간 짜증이 섞인 어투로 말했다.

"있습니다. 있어요. 있고말고요."

내가 서둘러 말했다.

"어떤 간부 하나가 맡은 바 업무에 최선을 다하시는 국장님의 태도에 큰 감동을 받았다고 하더군요. 그러면서 국장님이 자주 야근을 하신다고 알려주더라고요."

나는 운전기사 샤오정(小鄭)이 내게 국장이 자주 밤에 '마작'을 하다가 한밤중에 불러내 집까지 데려다 달라고 하는 통해 낮에는 심한 졸음에 시달리곤 한다고 말했던 것이 생각나 이렇게 말했다.

"일이라는 게 어디 퇴근했다고 바로 집에 갈 수 있는 건가? 자네들도 종종 야근을 하지 않던가? 그리고 또?"

국장은 매우 만족스런 얼굴이었다.

"또 한 동료는 국장님이 자기 자신을 매우 엄격하게 다스린다고 말하더군요. 그러면서 식사도 체면에 얽매이지 않고 간소하고 변변찮은 음식에도 만족하신다고 했습니다."

나는 또 비서 라오푸(老付)가 했던 말이 기억났다. 그는 주말마다 국장을 데리고 교외에 있는 이름난 농가식당에 가서 주로 산나물과 야생과실을 먹는다고 했다.

"그건 아주 당연한 일 아닌가! 지도급 간부일수록 더더욱 솔선수범해서 근검절약을 해야지, 어떻게 겉치레를 하면서 돈을 낭비할 수 있겠나? 또 어떤 보고가 있었지?"

국장이 하품을 하면서 물었다.

"없습니다. 모두들 이구동성으로 국장님께서 조직을 이끄는데 일가견이 있다는 둥, 사상이 해방되었다는 둥, 과단성 있게 일을 추진한다는 둥…… 칭찬 일색이었습니다."

제멋대로 몇 마디 떠들던 나도 갑자기 졸음이 쏟아졌다. 국장의 하품이 전화선을 타고 내게도 전염이 된 모양이었다.

"모두들 주택 제도 개혁에 대해서 어떻게 생각하던가?"

국장이 또다시 말짱한 정신으로 물었다.

"주택 제도 개혁에 대한 반응 역시 괜찮은 편이었습니다. 그러니까, 에, 저……."

주택 제도 개혁에 대해 말하려는 순간 나도 정신이 번쩍 들면서 더욱 확실하게 말했다. 나는 가슴속에 울분이 가득 차 있었다.

"그러니까 뭐란 말이야. 할 말이 있으면 똑바로 해보라고!"

국장의 말투가 또다시 자신의 직무에 부합하는 수준으로 돌아와 있었다.

"에, 그러니까,…… 국장님과 부국장님 몇 분이 점유하고 있는 집이 너무 많다고 생각합니다."

"뭐라고?!"

국장이 목소리를 높였다.

"사람들은 일반적으로 국장님의 기준을 초과한 주택 분배가 악영향을 미쳐 인민들이 생각하고 있는 국장님의 위신에도 큰 손상을 입혔다고 말하고 있습니다."

나는 조심성 없이 속에 있던 얘기를 다 털어놔버렸다.

"자네 전화가 어떻게 된 건가? 이봐, 여보게,…… 이봐, 왜 지지직거리는 소리만 나는 거지? 잡음이 너무 크잖아. 잘 안 들리네. 이봐, 뭐라고?"

큰 목소리로 고함을 치던 국장은 이내 전화를 끊어버렸다.

전화가 나를 도와준 건지 아니면 국장이 똑똑히 듣지 못한 것인지 알 수 없었다. 내게 어떤 재앙이 일어난 건지도 알 수 없었다! 전화가 정말로 적시에 고장이 나버렸기 때문이다.

일인자

주(周) 비서는 확실히 수준이 높았다. 나는 마음속 깊이 그에게 탄복하고 있었다. 그는 운이 좋을 뿐만 아니라 능력도 있고 학문 역시 뛰어났다.

그는 나와 어렸을 때부터 함께 자랐고 초등학교와 중학교 모두 같은 반이었기 때문에 서로 아주 잘 아는 사이였다. 주 비서의 아명은 '얼꺼우즈(二狗子 : 두 번째 개라는 뜻이다.)'였지만 지금은 그렇게 부를 수 없었다. 어디서든지 누구나 그에게 존칭을 써서 '주 비서'라고 불렀다.

주 비서와 친한 척하려는 사람들이 많은 이유는 그가 바로 시장의 비서이기 때문이었다. 그를 거치지 않고서는 누구도 시장과 직접 연락할 수 없었다. 접견과 종합보고, 시찰, 사진촬영, 인터뷰, 회의 그리고 '성의'를 표하는 등의 일까지 어떤 것 하나 비서의 안배에 달려있지 않은 것이 없었다. 심지어 시장 부인에게 일이 생겨 시장을 찾을 때도 먼저 주 비서를 통해야만 했다. 그의 권력이 얼마나 컸던지, 현장이나 구장(區長), 사장(司長) 등 할 것 없이 모두들 주 비서 앞에서 머리를 조아리고 허리를 굽혔다. 우리네 보통 사람들 앞에서와 전혀 다른 모습들이었다.

나는 한 해 동안 꼬박 방법을 강구해내 주 비서를 한두 번 만난 적이 있다. 그가 바쁘다는 것은 나도 잘 알고 있었다. 내가 그를 만나려고 한 것은 그에게 어떤 일의 처리를 부탁하기 위해서가 아니었다. 나는 관리가 되고 싶지도 않았고 한꺼번에 큰돈을 벌고 싶지도 않았다. 그리고 싶지 않은 것이 아니라 그럴 능력이 없었다. 내가 주 비서를 만나려 한 것은 그의 말을 듣고 싶어서였다. 그는 학문이 깊고 식견도 넓기 때문에 편하게 무슨 이야기를 나누든지 간에 듣기만 해도 중요한 교육을 받는 기분이었고 지식이 일취월장하는 느낌이 들었다. 얘기 나온 김에 나를 약간 과장하여 말하자면 정말로 학구적인 사람이라고 할 수 있다.

주 비서가 맨 처음 마을의 문서 담당자가 되었을 때, 마을 사람들 가운데 절반 정도는 그를 주 비서라고 불러주었지만 나머지 사람들은 옛날처럼 그를 '얼꺼우즈'라고 불렀다. 촌장이 향장으로 승급하자 그도 따라서 향 정부로 가게 되었다. 그 뒤로 향장은 향진 기업국의 국장과 부현장, 부서기, 서기, 부시장 등을 차례로 거쳐 시장이 되었고 주 비서는 줄곧 그를 따라다녔다. 지금까지도 사람들은 여전히 20년 전처럼 그를 '주 비서'라고 부르고 있지만 시장처럼 몇 년 사이에 어떤 호칭이 변한 것이 아니라 사뭇 이상하고 어색하게 느끼고 있었다. 일전에 주 비서는 이런 상황을 가리켜 '현재의 상태를 유지하면서 미래의 변화를 예의주시하는 것'이라고 말한 적이 있었다.

고위 간부의 비서로 일한다는 것은 쉽지 않은 직책일 뿐만 아니라 매우 중요한 지위인 데다 책임도 적지 않았다. 물론 주 비서는 예외였다. 그는 총명하고 부지런했으며 보통 사람들보다 머리 회전이 빨랐다. 우리는 어렸을 적부터 그의 이런 점들을 믿고 따랐었다.

우리는 일 년에 겨우 한두 번 정도 만나서 밥을 먹거나 술을 마시면서 이야기를 나누었을 뿐, 실질적으로 어떤 일도 함께 처리한 적이 없었다. 나는 주로 주 비서가 들려주는 신선한 사건들에 관한 얘기를 들을 뿐이었다. 그는 입이 무거운 사람이라 고위 간부들 사이의 관계에 대해서는 한 번도 얘기한 적이 없었다. 우리도 이 점을 잘 알고 있었기 때문에 그의 직업적 도덕성에 탄복하곤 했다.

하지만 한번은 그가 고위 간부들의 이야기를 한 적이 있었다. 얘기가 너무 재미있어서 집으로 돌아온 뒤에도 보름동안이나 생각이 났고 생각할수록 더 재미가 있었다.

그는 고위 간부와 일반 군중의 차이는 주로 손에 나타난다고 말했다. 손의 감촉도 다르고 손짓의 자세는 더더욱 다르다는 것이다.

고위 간부들의 손과 서민들의 손은 질감 면에서도 당연히 다를 것이다. 이 점은 충분히 납득이 갔다. 농민이나 노동자들의 손은 하루 종일 호미 자루를 쥐거나 기계를 닦느라 거칠어지고 딱딱해져 관료들의 손처럼 그렇게 매끈하지도 않고 살결이 곱지도 않다. 한번 잡아 보면 연약하고 부드러운 느낌은 전혀 들지 않을 것이었다.

손짓이란 평상시에 손을 두는 자세를 말한다. 이 점에 있어서 고위 간부들과 군중들의 차이가 크리라는 것은 충분히 이해가 되지만 나는 진지하게 신경을 써본 적이 없었다.

주 비서는 시장을 예로 들어 말했다. 촌장을 거쳐 현장으로 있을 때 그는 평소에 손으로 뒷짐을 자주 졌다고 한다. 논두렁이나 밭 사이 오솔길을 걸으면서 사람들과 이야기를 할 때면 대개 뒷짐을 지고 다녔고, 그가 자발적으로 손을 내밀어 사람들에게 악수를 건넨 적은 거의 없었다고 한다.

현급 간부가 된 뒤로 그의 손은 앞쪽으로 옮겨갔다. 관중들 앞에 서기 전에는 거의 모든 순간에 두 손을 하복부 혹은 복부 중앙에 교차시켜 가지런히 모으고 있었다. 어디에 가든 항상 그런 자세였다. 주민들이나 노동자, 간부 등을 만날 때면 항상 자발적으로 악수를 건네곤 했다. 말이 악수이지 실제로는 그저 손만 내밀어 다른 사람들이 악수를 할 수 있도록 허락할 뿐, 자신은 결코 힘을 주지 않았다.

시급 간부의 직위를 맡게 되었을 때에도 평소 그는 손을 여전히 복부 한가운데 교차시켜 가지런히 모으고 있었다. 이런 동작은 텔레비전에서 쉽게 볼 수 있는 포즈로서, 특히 접견이나 회견, 시찰 등의 활동을 할 때면 그의 손은 항상 이런 자세를 취하고 있었다. 이런 자세가 아닐 때는 대부분 습관적인 동작을 하고 있었다. 지금 예전과 달라진 점이 있다면 악수하기 위해 손을 내미는 범위가 작아지고 대신 손을 흔드는 장면이 많아졌다는 것이다. 시장은 군중들을 만나 모든 사람들과 일일이 악수를 나눌 수 없기 때문에 부득이하게 다수의 사람들을 향해 끊임없이 손을 흔드는 것이다.

거봐, 주 비서의 얘기가 아주 흥미롭지.

몇 달 전에 시장이 차 사고를 당해 한쪽 손과 팔이 전부 부러졌다고 했다. 나는 앞으로 시장의 손짓이 변하지나 않을까 걱정이 되었다.

어제 텔레비전 뉴스에서 또다시 시장 어르신의 모습을 보았다. 허참, 그가 서기로 승진을 한 것이 아닌가! 매체의 기자들을 마주하여 그는 힘들게 손을 흔들고 있었다. 하지만 두 손을 교차하여 다소곳이 모으고 있는 모습은 한 번도 볼 수가 없었다.

나는 이제야 그가 진정한 '한 손(一把手: 일종의 쌍관어로 한 손이라는 뜻과 일인자라는 뜻을 동시에 가지고 있다.)'이 되었다는 것을 알게 되었다.

쓰레기 줍기

조금도 과장하지 않고 말해서 내 운명은 그로 인해 바뀌었다.

사실, 그와 나는 아무런 관계도 아니다. 친척도 아니고 친구도 아니다. 깊은 왕래가 있었던 사이는 더더욱 아니다. 그저 예전에 잠시 알고 지내던 사이일 뿐이다. 하지만 그런 그가 나의 삶을 철저하게 바꾸어 놓았다.

젊었을 때 나는 몇 해 동안 부모와 형제자매를 포함한 주변 사람들에게 '인간 말종'으로 인식되었고 완전한 '쓰레기' 취급을 받았다. 사람들에게 문제를 일으키고 친척들에게 고민거리와 두려움만 더해 줄 뿐, 아무런 쓸모도 없는 그런 사람이었다. 명목상으로 나는 국유기업에 소속된 사회주의의 건설자였지만 내가 했던 일은 혼란과 파괴가 전부였다. 내가 공장 간부의 면전에서 칼로 내 새끼손가락을 자르는 거사를 벌인 일로 인해 나는 사람들이 몸이 닿거나 만지는 것조차 꺼리는 '폭발성' 물품이 되어 있었다. 나는 온갖 허세를 부리면서 거칠고 난폭한 불량 영웅의 모습으로 내 내면에 있는 열등감과 나약함을 감추려 했다. 나는 내 자신이 아무짝에도 쓸모없는 인간이고 사람들이 멸시하면서도 두려워하는 악귀라는 사실을 분명하게 알고 있었다.

  그가 왔다. 그는 근시안경을 쓰고 점잖고 고상하며 온순하고 유머러스한 대학 졸업생이었다. 그는 먼저 기술 요원으로 일하다가 나중에는 내가 있던 작업장의 주임이 되었다. 그는 나를 피하지도 않았고 다른 사람들처럼 안절부절 못하면서 억지로 친근하게 구는 일도 없었다. 하지만 그의 눈빛은 항상 내게 야릇한 기분을 갖게 했다. 나는 그의 그런 눈빛이 무얼 의미하는지 알 수 없었지만 그 안에 그의 진실함과 애정 어린 관심, 격려가 담겨 있다는 것은 이해할 수 있었다. 그 전에는 내가 가장 많이 듣던 소리가 부모님의 질책이나 선생님의 훈계, 동료와 간부들의 위선과 호의가 담긴 충고들이었다. 그의 눈빛에 담겨 있는 것처럼 부지불식간에 모든 것을 깨끗이 쓸어가버리는 깊은 의미는 한 번도 경험할 수 없었다. 그는 농담을 좋아했고 우스갯소리로 사람들을 웃기는 것을 좋아했다. 나와 다른 사람을 비교하고 차별하는 법도 없었다. 나는 그의 눈에는 모든 사람이 다 훌륭해 보이고, 그의 고도 근시 안경에는 오로지 사람들의 장점만 보일 거라는 생각도 했었다. 그는 나를 일부로 칭찬한 적은 없었지만 나는 그가 나를 존중하고 있다는 것을 실감하고 있었다. 이런 감정은 아주 진실했고 무척 강렬했다. 나는 그가 원하는 방향으로 가서 뭐든지 해보기로 마음먹었다. (그의 바람은 내가 모든 것을 깊이 헤아리고 행동으로 옮기는 것이었다.) 게다가 하면 할수록 익숙해졌고 더욱 힘이 났다.

　2년이 채 못 되어 그가 다른 곳으로 전근을 가게 되었다. 그가 전출되어 가기 며칠 전, 그는 우리 작업장에서의 마지막 야근을 끝내고 나오면서 공장 친구들과 함께 이야기를 나누고 있었다. 그는 자기가 어렸을 때 가장 좋아했던 일이 고물이나 쓰레기를 줍는 일이었다고 말했다. 초등학교에 들어가기 전부터 고등학교에 갈 때까지 그는 어떤 상황에도 굴하지 않고 거의 매일 닥치는 대로 마을에 주둔하고 있는 부대의 생활구역과 병원, 복축장 등을 돌아다니며 쓰레기 더미를 헤치고 석탄재나 톱밥, 못 쓰게 된 쇠붙이, 깨진 유리, 폐지, 자투리 천, 치약 껍데기 등을 주웠다고 했다. 집안 형편이 어려워 살아갈 길이 막막했던 그는 주워온 무말랭이와 썩어 문드러진 채소 이파리, 콩 껍질 등으로 허기를 채웠고 석탄재와 톱밥으로 불을 때 난방을 해결했다. 못 쓰게 된 쇠붙이와 깨진 유리는 고물상에 가져가, 이를 팔아서 번 돈으로 학비와 잡비, 책값을 해결했다. 거의 대부분의 사람들에게 있어서 이는 말로만 듣고는 이해하기 어려운 쓰라린 경험이었다. 하지만 이런 이야기를 하는 내내 그의 어투와 표정에는 즐거움과 흥분이 가득 차 있었다. 그는 쓰레기 더미 속에서 무수한 즐거움을 발견했다. 오색찬란한 사탕 포장지와 담뱃갑, 화병들은 그의 유년 시절의 가장 귀중한 소장품이 되었다. 그는 나중에 퇴직하고 나면 옛날에 했던 일을 다시 시작할 것이라고 말했다.

몇 년이 지나 그는 공장에서 현과 시를 거쳐 다시 성(省) 소재지로 가게 되었다. 그는 아주 높은 관료가 되었고 평판도 매우 좋았다. 이렇게 거리가 점점 벌어지다 보니 우리는 줄곧 연락을 하지 못하게 되었다. 그러던 어느 해에 나는 잡지에서 그의 사진을 한 장 발견하게 되었다. 시진 속 그의 모습 뒤로는 쓰레기 더미가 펼쳐져 있었다. 나는 자신도 모르게 그가 얘기하던 과거의 경력과 그가 했던 헐후어 (歇後語 : 숙어의 일종으로 대부분이 해학적이고 형상적인 어구로 되어 있다.)가 생각났다. 쓰레기 더미 사진을 찍으려면 앞을 찍어야지 배경이 되어선 안 되다는 말이었다.

얼마 전, 나는 외지의 한 현성으로 출장을 갔다가 기차역 부근에서 한 노인이 길가에서 폐지와 생수병 등을 줍고 있는 모습을 보게 되었다. 순간 머릿속에 자연스럽게 그의 모습이 떠올라 꼼꼼하고 능숙한 노인의 동작을 주시했다. 마치 그를 다시 만난 것 같은 기분이었다. 나는 내 자신의 착시 현상에 한바탕 웃어댔지만 그 노인은 확실히 그와 무척 닮은 모습이었다. 하지만 가까이 다가가 물어보지는 않았다. 사람을 잘못 보았을지도 모른다는 생각 때문이기도 했고 또 정말로 그일지도 모른다는 두려움 때문이기도 했다.

집으로 돌아온 나는 특별히 그의 상황을 알아보았다. 그를 알고 있는 사람들 말에 따르면, 그는 퇴직 후에 정말로 고집스럽게 내가 출장을 갔던 그 현으로 이사를 갔다고 했다.

이제, 나는 마음속으로 그 노인이 바로 그였다는 사실을 확신하게 감정은 아주 진실했고 무척 강렬했다. 나는 그가 원하는 방향으로 가서 뭐든지 해보기로 마음먹었다. (그의 바람은 내가 모든 것을 깊이 헤아리고 행동으로 옮기는 것이었다.) 게다가 하면 할수록 익숙해졌고 더욱 힘이 났다.

 2년이 채 못 되어 그가 다른 곳으로 전근을 가게 되었다. 그가 전출되어 가기 며칠 전, 그는 우리 작업장에서의 마지막 야근을 끝내고 나오면서 공장 친구들과 함께 이야기를 나누고 있었다. 그는 자기가 어렸을 때 가장 좋아했던 일이 고물이나 쓰레기를 줍는 일이었다고 말했다. 초등학교에 들어가기 전부터 고등학교에 갈 때까지 그는 어떤 상황에도 굴하지 않고 거의 매일 닥치는 대로 마을에 주둔하고 있는 부대의 생활구역과 병원, 목축장 등을 돌아다니며 쓰레기 더미를 헤치고 석탄재나 톱밥, 못 쓰게 된 쇠붙이, 깨진 유리, 폐지, 자투리 천, 치약 껍데기 등을 주웠다고 했다. 집안 형편이 어려워 살아갈 길이 막막했던 그는 주워온 무말랭이와 썩어 문드러진 채소 이파리, 콩 껍질 등으로 허기를 채웠고 석탄재와 톱밥으로 불을 때 난방을 해결했다. 못 쓰게 된 쇠붙이와 깨진 유리는 고물상에 가져가, 이를 팔아서 번 돈으로 학비와 잡비, 책값을 해결했다. 거의 대부분의 사람들에게 있어서 이는 말로만 듣고는 이해하기 어려운 쓰라린 경험이었다. 하지만 이런 이야기를 하는 내내 그의 어투와 표정에는 즐거움과 흥분이 가득 차 있었다. 그는 쓰레기 더미 속에서 무수한 즐거움을 발견했다. 오색찬란한 사탕 포장지와 담뱃갑, 화병들은 그의 유년 시절의 가장 귀중한 소장품이 되었다. 그는 나중에 퇴직하고 나면 옛날에 했던 일을 다시 시작할 것이라고 말했다.

몇 년이 지나 그는 공장에서 현과 시를 거쳐 다시 성(省) 소재지로 가게 되었다. 그는 아주 높은 관료가 되었고 평판도 매우 좋았다. 이렇게 거리가 점점 벌어지다 보니 우리는 줄곧 연락을 하지 못하게 되었다. 그러던 어느 해에 나는 잡지에서 그의 사진을 한 장 발견하게 되었다. 사진 속 그의 모습 뒤로는 쓰레기 더미가 펼쳐져 있었다. 나는 자신도 모르게 그가 얘기하던 과거의 경력과 그가 했던 헐후어(歇後語 : 숙어의 일종으로 대부분이 해학적이고 형상적인 어구로 되어 있다.)가 생각났다. 쓰레기 더미 사진을 찍으려면 앞을 찍어야지 배경이 되어선 안 된다는 말이었다.

얼마 전, 나는 외지의 한 현성으로 출장을 갔다가 기차역 부근에서 한 노인이 길가에서 폐지와 생수병 등을 줍고 있는 모습을 보게 되었다. 순간 머릿속에 자연스럽게 그의 모습이 떠올라 꼼꼼하고 능숙한 노인의 동작을 주시했다. 마치 그를 다시 만난 것 같은 기분이었다. 나는 내 자신의 착시 현상에 한바탕 웃어댔지만 그 노인은 확실히 그와 무척 닮은 모습이었다. 하지만 가까이 다가가 물어보지는 않았다. 사람을 잘못 보았을지도 모른다는 생각 때문이기도 했고 또 정말로 그일지도 모른다는 두려움 때문이기도 했다.

집으로 돌아온 나는 특별히 그의 상황을 알아보았다. 그를 알고 있는 사람들 말에 따르면, 그는 퇴직 후에 정말로 고집스럽게 내가 출장을 갔던 그 현으로 이사를 갔다고 했다.

이제, 나는 마음속으로 그 노인이 바로 그였다는 사실을 확신하게 되었다. 그는 어렸을 때부터 쓰레기 더미에서 사용할 수 있는 물건을 찾는 데 능숙하고 모든 물건에 가치가 있다고 여기는 사람이었다. 작은 작업장에서든 아니면 큰 기관에서든 그는 항상 수많은 인재들을 발견하고 배양했다. 그 가운데는 사람들로부터 '사회의 쓰레기' 또는 '인간 말종'으로 여겨지던 나 같은 사람도 포함되어 있었다.

콜라

시(市)로 조사연구를 하러 간 성장(誠長)은 그 기간에 시 기관 청년간부들이 전부 참가하는 좌담회를 열고자 했다. 이제 대학을 갓 졸업한 아밍(阿明)도 운 좋게 참가자로 선발되어 회의장의 타원형 테이블 앞에 잔뜩 흥분한 채로 앉아 있었다.

회의 참가자들의 앞 테이블에는 마이크와 명패, 그리고 코카콜라가 한 병씩 놓여 있었다.

좌담회에서는 앞다퉈 거수로 의사 표시를 하면서 모두들 몇 마디 말이라도 해서 간부들에게 좋은 인상을 주고 싶어 발버둥을 쳤다. 하지만 시간 관계상 아밍은 끝내 뜻을 이룰 수 없었다. 발언할 기회만 엿보느라 산회가 되어서야 목이 마른 것을 깨달은 그는 진행자가 폐회를 선언하는 순간에 무의식적으로 손을 뻗어 테이블 위에 놓여있던 자신의 콜라병을 집어 그대로 주머니 속에 집어넣어 버렸다.

그의 이런 동작을 성장과 함께 조사연구를 수행하러 온 시장이 직접 목격했다. 이맛살을 찌푸리던 시장은 비서에게 아밍을 가리키며 누구냐고 물었다. 비서는 이제 막 대외경제무역위원회의 업무에 배치된 대학생이라고 대답했다.

성장이 조사연구 작업을 마치자 시장은 위원회와 부, 국의 간부들이 전부 참가하는 특별회의를 소집해서 성장이 고찰하는 기간의 중요한 지시사항들과 아울러 이번 성장 접대업무에 대한 간략한 총결산 내용을 하달했다. 이 자리에서 시장은 접대하는 과정에 부족했던 부분들을 지적하다가 대외경제무역위원회에 새로 온 대학생을 거론하면서 규정을 잘 모른 채 작은 이익을 탐해 이미지는 아랑곳하지 않고 음료수를 주머니에 쑤셔 넣었던 일을 지적했다. 체면을 구긴 대외경제무역위원회의 간부는 돌아오자마자 아밍을 찾았다. 그는 아밍에게 완곡한 어조로 기관 업무에서 주의해야 할 사소한 일들에 관해 설명하면서 아밍이 콜라를 주머니에 집어넣은 일로 인해 시장에게 질책을 받은 일을 대충 말해주었다. 이에 가슴속에 울분이 가득 찬 아밍은 주임에게 자세한 상황을 설명하려 했다. 주임이 손을 내저으며 말했다.

"됐네, 됐어. 다음부터 주의하면 되네."

아밍은 돌아온 뒤에도 생각하면 생각할수록 화가 났다. 원래 그 콜라는 회의 참가자에게 마시라고 나눠준 것인데 그 자리에서 마셨다면 아무 일도 없었을 것이 아닌가? 그 자리에서 마시는 건 괜찮고 가져와서 마신 것은 잘못된 일이고 사소한 이익을 탐한 것이고, 규정을 잘 모르는 행동이라니, 이것이 대체 무슨 규정이고 무슨 논리란 말인가? 대학 시절에 양성된 고지식한 버릇이 발작한 아밍은 그날 밤으로 시장에게 편지를 한 통 써서 다른 각도에서 자기 행동의 합리성을 설명했다. 원래부터 아밍의 성과 이름도 몰랐던 시장은 편지에서 그가 자신을 행동을 지적할 뿐만 아니라 편지에 중요한 부분에 굵은 선으로 밑줄까지 그어놓은 것을 보고서는 몹시 화가 났다. 편지 내용이 빠르게 조직부와 대외경제무역위원회에 알려지자 간부들은 무척 난처한 기색을 보이며 모두들 아밍을 불러 이야기를 해보기로 마음먹었다.

그들과 얘기를 할수록 아밍은 더욱더 혼란스러웠고 자신의 문제가 더 심각하게 느껴졌다. 그는 한 통 한 통 자아검토서를 쓰기 시작했고 주위의 동료들에게 일일이 자신의 행동에 대해 해명을 했다. 또 한 번은 월급을 털어 박스채로 코카콜라를 사다가 사람들을 대접했고 연달아 여러 번 헌혈을 하면서 자신이 절대로 사소한 이익을 탐하는 사람이 아닐 뿐만 아니라 사리사욕을 챙기는 사람도 아니라는 것을 증명하려고 애썼다.

그러나 모든 일이 헛수고가 되고 말았다. 아밍은 절망했다. 기관 내에서 소집된 각 부문회의에서 구체적으로 지명해서 말하지는 않았지만 '콜라' 사건이 부정적인 사례로 남게 되었다. 모든 간부들이 청년간부들에게 백성을 위한 집권과 사욕을 버리고 공익을 위해 힘쓰는 사상을 수립해야 한다고 말했다.

아밍은 상소하기로 마음먹었지만 자신이 박해를 받았다는 증거를 찾을 수가 없었다. 아무도 그의 월급 지급을 유보하지 않았고 아무도 그의 업무를 중단시키지 않았다. 하지만 그는 왠지 모르게 항상 어딘가 불편하게만 느껴졌다. 그렇게 어색하고 우울하게 여러 해가 지나갔다.

정부 기관들이 개혁을 진행할 때 그는 자발적으로 기층(基層)으로 갈 것을 요구했다. 간부들은 그의 요구를 허락해주었다.

아밍은 혼자 가벼운 마음으로 어느 가난한 마을에서의 임시직을 자원하여 촌장 보조를 맡게 되었다. 부임하던 날, 그는 도시에서 한 차 가득 '코카콜라'를 사서 마을에 도착하자마자 남녀노소를 가리지 않고 누구나 마음껏 마실 수 있게 해주었다.

한 달 후, 아밍은 비판 통보를 받았다. 자신이 기층으로 내려가 '신나게 먹고 마시고 했다'는 것이었다. 그는 마음속으로 깨달았다. '신나게 먹었다'는 혐의에는 증거가 없지만 '신나게 마셨다'는 비판에는 확실한 증거가 있었던 것이다.

혼례

    반년도 안 되는 시간 동안 샤오자(小賈)는 계속해서 일곱 번이나 혼례를 치렀다.
  일곱 번 결혼을 한 것은 아니다. 아니, 일곱 번 결혼하긴 했지만 신부는 단 한 사람이었다. 아니, 신랑도 한 사람이었다. 허 참, 어째서 말을 할수록 더 난해해지는 건지 모르겠다. 다시 말하자면 한 쌍의 신혼부부가 반년 사이에 되풀이해서 결혼의식을 일곱 번이나 치른 것이었다.
  왜 그럴까? 병에 걸렸나? 밥 먹고 할 짓이 없어서? 머리를 물속에 처박았나? 그것도 아니면 기네스북에 올리려고?…… 다 아니었다. 사실대로 말하면 믿지 않을 수도 있을 것이다. 사실, 이것은 일종의 음모였다. 물론, 좋은 쪽으로 생각하자면 일종의 창의적인 발상일 수도 있었다.

샤오쟈는 부(部)에서 일하는 보통 청년으로 대학을 졸업하고 부에 배치된 지 2년도 채 안 되었다.

어려서부터 아주 큰 정치적 포부를 가지고 있었던 샤오쟈는 초등학교 시절부터 친구들에게 자주 사탕을 나눠주고 연필 등을 선물했다. 설에도 잊지 않고 선생님에게 벽걸이 달력과 연하장 등의 작은 선물 등을 보냈다. 덕분에 그는 6년 동안 반장을 지낼 수 있었다.

중고등학교 때와 대학 시절에도 그는 이전과 다름없이 사람들에게 최선을 다했고 학생간부를 맡으면서도 항상 사람들을 위해 일할 생각만 했다. 그와 공부를 함께 했거나 일을 함께 했던 사람들 가운데 샤오쟈의 선물을 안 받아 본 사람은 거의 없었다.

샤오쟈가 친구를 찾아 결혼 상대에 관해 이야기하는 것은 비교적 쉬운 일이 아니었다. 그가 관심을 갖는 것은 여자 친구의 외모나 재능, 학벌이 아니라 여자의 부모님이었다. 그는 예전부터 조금도 거리낌 없이 외모가 좀 예쁘거나 못생긴 것은 아무래도 상관없고 나이가 좀 많거나 적은 것도 상관없으며 키가 좀 크거나 작은 것도 아무 문제가 안 되지만, 부모님들은 반드시 적당한 직위를 갖추고 있어야 한다고 솔직하게 말했었다. 그의 솔직하지만 전혀 현실성이 없는 바람은 점점 더 커져만 갔다. 하지만 여자들은 오히려 그의 터무니없는 야심에 코웃음을 쳤다.

집안 어른들은 그에게 어서 장가를 가라고 재촉했다. 하지만 샤오쟈는 무수한 우여곡절을 겪으면서도 아직 원하는 바를 이루지 못했다. 그러다가 마침내 나이가 자기보다 세 살이 많은 데다 이혼 경력이 있는 여자와 결혼을 하게 되었다. 또한 그녀의 아버지인 현재의 장인어른은 퇴직한 부사(副司)급 연구원에 지나지 않았다.

물론, 그래도 샤오쟈의 혼인은 그의 업무에 적지 않은 도움이 되었다. 그가 부에 가서 일할 수 있게 된 것이다. 들리는 바로는 '퇴직'한 부사급 연구원인 장인이 도와준 덕분이라고 했다.

샤오쟈의 결혼식은 요즘 일부 사람들처럼 허영심을 만족시키기 위해 호화스럽게 치러지진 않았다. 호텔 식당에서 몇 백 명의 하객들을 초대하는 그런 겉치레는 없었다. 샤오쟈는 줄곧 구체적으로 일을 진행하면서 모든 기회와 계획들을 훨씬 더 의미 있는 일에 이용하려 했다.

그는 큰 덩어리를 잘게 분할하는 방식을 채택하여 매번 겨우 대여섯 명의 하객들만 초대했다. 초대된 사람들은 모두 그가 신중하게 고른 사람들로서 장차 그의 정치적 행보에 도움이 될 만한 사람들이었다. 물론, 이는 그가 결혼을 반복하는 전체 구상의 한 부분이었다. 또 다른 일면은 온갖 궁리를 다해가면서 부장이 자신의 결혼식에 참석하도록 유도하는 것이었다. 그의 이런 간절한 소망은 훨씬 더 은밀하게 계획되고 있었다. 그는 부장과 사진을 찍고 싶었고 이런 생각은 그의 주변에서도 한두 사람만 알고 있을 뿐이었다.

이 때문에 샤오쟈는 반년 동안 줄곧 부장의 비서와 연락을 유지하고 있었다. 부장이 어느 호텔이나 음식점에서 접대를 하는지 확실하게 파악됐다 하면 그는 재빨리 결혼식을 준비하여 신부에게 웨딩드레스를 입혔고 최대한 부장 일행과 가까운 방을 예약했다.

부장은 워낙 거물이라 잘 알지도 못하는 일개 사무원의 결혼식에 쉽게 참석할 리 없었다. 때문에 샤오쟈는 한 번 또 한 번 반복해서 결혼식을 올렸고, 한 번 또 한 번 그의 계획도 반복적으로 물거품이 되었다. 부장이 식사를 하고 있을 때, 바로 그 옆방에서 결혼식을 치르기는 했지만 부장은 줄곧 갖가지 핑계로 신혼부부와 단체 사진 찍는 것을 불편해했다.

하지만 하늘은 스스로 돕는 자를 돕는 법이었다. 샤오쟈가 일곱 번째 결혼식을 치르던 날, 마침내 부장이 술잔을 들고 찾아왔다. 비서와 다른 관리들을 대동한 부장은 샤오쟈 부부의 결혼식을 축하해 주었다. 흥분한 샤오쟈는 눈에 눈물까지 고였다. 사진촬영은 특별히 밝고 선명하게 잘 나올 수 있도록 조명이 밝은 곳에서 이루어졌다. 샤오쟈 부부는 따로 부장과 기념사진을 찍게 해달라고 간청했고, 부장은 고개를 끄덕이며 흔쾌히 허락해주었다. 신부는 이번에도 기회를 놓치지 않고 부장과 팔짱을 끼었고 행복한 표정으로 렌즈를 바라보았다.

이제, 샤오쟈의 태도와 어투는 이전과 아주 많이 달라져 있다. 그는 정교하게 만든 사진첩 하나를 몸에 지니고 다니면서 사람들을 만날 때마다 꺼내 보여주었다. 흥분한 그는 오만한 태도로 부장이 직접 자신의 결혼식에 참가했으며 혼례의 증인이 되어주었다고 자랑했다. 특히 외지로 출장을 나갈 때면 그는 온갖 방법을 다 동원하여 결혼사진을 지방의 관원들에게 보여주려고 애썼다. 그가 상대하는 지방 관원들은 대부분 현급 이하의 관원들로서 이런 사진을 보면 하나같이 그를 부장 본인이기라도 한 것처럼 대했고, 접대하는 품격도 훨씬 높은 수준으로 끌어올렸다.

샤오자는 또 이 사진들을 전부 크게 확대하여 액자에 끼운 다음 집 안 곳곳의 벽에 가득 걸어놓았다. 특히 부장과 단독으로 찍은 사진은 여러 장 현상하여 우편엽서를 만들어 자신이 중시하는 친구들에게 부쳤다.

얼마 후 부장은 승진을 했고 거의 매일 텔레비전에 얼굴을 내밀었다. 샤오자의 사진들도 덩달아 가치가 치솟아 그에게 큰 도움을 주었다. 병원에 가서 진찰을 받을 때도 그는 이 사진을 이용하여 접수를 했고 시장에 가서 채소를 살 때에도 사진을 이용해 에누리를 했으며 터미널에 가서 차표를 살 때도 사진을 이용해서 할인을 받았다.

화를 내다

"의사 선생님, 저는 성격이 안 좋아서 늘 화를 냅니다. 친구들이 저더러 선생님을 찾아가 보라고 권하더군요. 제게 심리적으로 무슨 문제가 있는 것은 아닐까요?"

"지도 간부시니까 업무 스트레스가 커서 이따금씩 감정적으로 격해져서 화를 내시는 건데, 이는 대단히 정상적인 일입니다. 너무 예민하게 반응하실 필요 없습니다."

"의사 선생님, 저는 거의 매일 화를 냅니다. 사무실에 들어가기만 하면 화를 안 내는 때가 없습니다. 사람들을 보면 욕을 하고, 일이 생기면 말다툼부터 하며, 누구를 보든지 한바탕 훈계부터 하는 바람에 직장에서 함께 일하는 사람들 모두가 저를 두려워할 정도입니다. 제 등 뒤에서 '살아있는 염라대왕'이라는 별명까지 붙였더라고요."

"어렸을 때도 성격이 지금 같았나요? 아니면 나중에 점차 이렇게 된 것인가요? 예컨대 선생의 기억 속에 화를 내는 감정이 점차적으로 커진 것 같지는 않나요? 시쳇말로 이렇게 말할 수 있지요. '관직이 높아질수록 화도 자란다.'라고 말입니다. 직위가 높아질수록 화를 내는 빈도수는 더 많아지는 법이니까요."

"네, 네, 맞습니다. 제 아내도 선생님과 똑같은 말을 한 적이 있습니다."

"그렇다면, 가족들 즉, 아내나 아이들에게도 화를 내십니까?"

"아니요, 그런 적은 단 한 번도 없습니다."

"그렇다면, 상사 앞에서 화를 내신 적은 있습니까?"

"아니요, 어떻게 감히 화를 낼 수 있겠습니까?"

"그렇다면, 부모님 앞에서 화를 내신 적은 있나요?"

"아니요, 두 분 다 이미 돌아가셨습니다."

"아니 그렇다면, 부하 직원들한테 화를 내지 않으면 누구한테 화를 낼 수 있겠습니까? 이건 지극히 정상적인 일 아닙니까?"

"그렇습니다. 아주 일리 있는 말씀이시네요."

"윗사람이 부하 직원이나 하급 기관에게 화를 내는 것은 그들을 존중해서일 겁니다. 또한 일종의 애정 어린 관심 때문이기도 하지요. '때려야 친한 사이이고, 욕을 해야 사랑하는 것이다.'라는 말처럼 말입니다. 이런 일 때문에 망설이실 것 없습니다. 제가 선생 위치에 있다면, 허 참, 제가 어떻게 그들을 처벌하는지 보셨을 텐데 말입니다. 컵을 깨고 탁자를 내려치면서 눈을 부라리겠지요. 침을 뱉는 것이 뭐 그리 대수이겠습니까? 이빨로 깨물고 손가락으로 꼬집고 발로 걷어차고 엉덩이로 내리누르고 마구 소리를 지르면서 욕을 해댔을 겁니다. 빌어먹을 개자식, 등신새끼, 망할 자식, 머저리, 멍청이, 네에미 그러고도 아직도 살고 싶냐, 이 개새끼 정말 따끔한 맛을 봐야겠군, 이런 병신 새끼 멀리 썩 꺼지지 못해, 이런 쌍놈의 새끼가 어딜 기어올라……."

"아이고, 의사 선생님, 화내지 마세요. 그럼 안녕히 계세요. 저는 이만 먼저 물러가겠습니다."

"이런 제 조상 얼굴에 똥칠할 놈이 빨리도 뛰어가네. 이 새끼를 보온병을 깨뜨려 찔러 죽일까보다. 네가 그렇게 뛰어가도록 그냥 놔 둘 줄 알아?"

작은 진의 혼사

아들의 생각대로 하자면 혼사는 하늘을 찌를 듯이 성대하게 치를 필요가 없었지만 아버지는 생각이 달랐다. 아들이 말했다.

"결혼증명서나 받고 온 가족이 함께 식사하는 것이 좋지 않을까요? 결혼은 두 사람의 일인데 굳이 군중집회를 여는 것처럼 많은 사람들을 동원해서 다른 사람들까지 쓸데없이 참견하게 만들 필요가 있느냐고요?"

아버지가 심드렁한 표정으로 아들을 향해 호통을 쳤다.

"이 자식은 어렸을 때부터 부모 말도 안 듣고 겁도 많아 무슨 일만 생기면 책임을 회피하더니만, 결혼 같은 대사를 어떻게 남몰래 소리 소문도 없이 치르겠다는 거냐? 어찌됐건 내가 진장(鎭長)인데 어떻게 아들 결혼식에 손님들을 초대하지 않을 수 있겠느냐? 게다가 애당초 네가 결혼 상대를 얘기했을 때도 나와 네 엄마는 둘 다 반대했었다. 우리 집안의 조건대로 하자면 어떤 며느리라도 못 구했겠느냐? 네가 한사코 가난한 집 여식을 원하면서 죽어도 부모 말을 들으려 하지 않았던 게 아니냐! 좋다. 우리가 너의 결정을 용인했다고 치자. 하지만 이번 혼사만큼은 반드시 성대하게 치러서 같은 진에 사는 사람들에게 웃음거리가 되는 일이 없도록 해야 할 것이다."

아들은 속으로 부모님들의 선의를 이해하면서도 진장인 아버지의 또 다른 생각 역시 명확하게 꿰뚫어보고 있었다. 아버지의 속셈은 체면을 차릴 뿐만 아니라 이번 기회에 직급의 고하의 관계없이 부하 직원들로부터 두둑한 축의금과 선물을 챙기려는 것이었다.

방법이 없었다. 아들은 아버지의 뜻을 거역할 수가 없게 되자 하는 수 없이 아버지 뜻에 따르기로 했다. 먼저 날을 정하고 결혼식장을 잡은 다음 청첩장을 돌리면서 가족 전체가 기쁜 마음으로 바쁜 나날을 보냈다.

신부의 집과 신랑의 집은 겨우 길 하나를 사이를 두고 있었다. 때문에 신부를 맞이할 때도 걸어서 2, 3분밖에 안 걸리는 거리라 굳이 차를 타고 올 필요가 전혀 없었다. 진장인 아버지는 신부가 걸어서 혼례식장으로 오는 것은 부적합할 뿐만 아니라 체면이 깎인다는 생각에 반드시 차량을 동원하여 신부를 맞이해야 한다고 주장했다. 이리하여 진에서 가장 훌륭한 승용차를 빌려 신부를 태우고 진을 두 바퀴 정도 돈 다음 결혼식장 문 안으로 들어서기로 했다.

결혼식 당일 진 전체 사람들이 거의 다 큰길가로 나와 진 여기저기를 느린 속도로 달리는 신부의 차량 행렬을 구경했다. 화려하게 꽃단장을 하고 차에 타고 있던 신부는 미간을 찌푸린 채 얼굴이 새하얗게 질려 있었다.

　차량이 진장의 집 마당 밖에 멈춰 서자 결혼식에 참가하는 사람들 모두가 이를 에워싼 채 신부의 아름다운 모습을 바라보고 있었다. 뜻밖에도 신부는 차문이 열리자마자 곧장 땅바닥에 쭈그리고 앉아 여러 사람들이 보는 앞에서 토악질을 하기 시작했다. 씁쓸한 쓸개즙이 나올 때까지 뱃속에 아무 것도 남기지 않고 전부 다 토해냈다.

　이 광경을 구경하고 있던 사람들 가운데 몇몇이 덩달아 속이 메스꺼워 헛구역질을 해댔다. 한 노마님이 탄식을 했다.

　"요즘 젊은이들은 정말로 부끄러운 줄 모른다니까. 시집오기 전에 아이부터 먼저 배가지고 오다니. 내가 보기에 적어도 석 달은 된 것 같군."

　진장은 너무나 창피한 나머지 손에 잡히는 대로, 닥치는 대로 볜파오(鞭炮 : 한 꿰미에 죽 꿴 연발 폭죽으로 주로 혼례와 설 명절에 터뜨린다.) 한 다발을 집어 들고서는 아들을 향해 내던지려고 덤벼들었다. 재빨리 피하지 못한 아들은 볜파오에 한 대 세게 얻어맞았다. 그러고 나서도 계속 달아났다. 뒤를 쫓아가던 아버지가 큰 소리로 욕을 해댔다.

　"이런 변변찮은 놈 같으니라고, 네가 하는 짓이 다 그렇지 뭐! 한데 꼭 이렇게 망신살이 뻗치게 해야 했느냐?"

　노마님이 서둘러 큰 소리로 진장을 말렸다.

　"큰조카, 몸 생각해서 화내지 마시게. 아이를 갖고 시집오는 것이 아이를 안고 찾아오는 것보다 낫지 않은가!"

신랑이 도망치면서 소리를 질렀다.

"쥐뿔도 모르면서 왜들 그러세요? 멀미를 해서 그런 거지 임신을 한 게 아니란 말이에요!"

사람들이 일제히 웃음을 터뜨렸다. 모두들 신랑이 거짓말을 하고 있다는 듯한 반응이었다.

승진

대학을 졸업하던 해에 나와 정(鄭) 아무개는 같은 부처인 성 정부 판공청(辦公廳) 기요처(機要處) 비밀보안과로 배치되었다.

판공청 인사처에서 대학생을 선발하는 업무를 담당하는 부처장 라오페이(老費)는 한눈에 내가 마음에 들어 이름을 부르면서 그 자리에서 학과의 학생 직업 배치를 주관하는 선생님에게 자신의 뜻을 밝혔다. 그는 성 정부 판공청의 기요처에는 나처럼 글쓰기 능력이 뛰어나고 문체에 힘이 있는 사람이 필요하다면서 내 졸업논문을 자세히 검토해 본 결과 수준이 아주 높았다고 말했다. 그러면서 관련서류도 가져다 열람하고 각 분야의 조건들을 종합한 결과 나를 받아들이기로 결정했다고 말했다. 학과 선생님들과 나의 지도 선생님은 그의 의견에 동의했다. 아울러 정 아무개를 라오페이에게 추천하면서 반복적으로 정 아무개의 여러 가지 장점을 소개했다. 결론적으로 말해서 라오페이가 먼저 선택한 나와는 절대 비견할 수 없을 정도로 훌륭한 학생이고 심지어 어떤 분야에서는 정 아무개가 기요처의 문서와 기타 업무들을 처리하는 데 훨씬 더 적합할 것이라는 것이었다. 라오페이 처장은 원래 나 한 사람만 받아들일 생각이었으나 학과의 끈덕진 추천과 건의를 뿌리치지 못하고 하는 수 없이 예외적으로 다른 부서에 신입 사원 자리를 빼내, 나와 내 동창인 정 아무개를 동시에 받아들이게 되었다. 그 일이 있고 나서 지도 선생님은 사적인 자리에서 내게 이렇게 말했다.

"사실 자네도 알다시피 정 아무개의 성적은 그다지 좋지 않고 글쓰기 실력 역시 매우 형편없네. 다른 모든 분야의 성적도 자네와 전혀 비교할 수 없을 정도지. 하지만 학과에서는 그를 도와줘야 하기 때문에 그의 평가서를 좋게 써주었던 걸세. 그렇게라도 하지 않으면 어떤 회사가 그를 데려다 쓰겠나? 자네는 매우 우수하기 때문에 자네를 마음에 들어 하는 기관도 아주 많네. 그래서 우리는 자네의 기록을 빌려 정 아무개를 한데 묶어 자리를 마련해주려고 했던 걸세. 이를테면 채소를 파는 것이랑 비슷한 이치라고 할 수 있지. 상태가 좋은 것과 안 좋은 것을 한데 묶어 파는 셈이란 말일세. 그렇지 않고서야 실력 없는 학생들을 어떻게 처리할 수 있겠나?"

나는 알듯 모를 듯한 얘기지만 수긍한다는 의미로 연신 고개를 끄덕였다.

정 아무개는 나와 같은 과에서 3년을 일하다가 종합과의 부과장으로 승진하여 전근을 갔다. 그는 우리와 함께 성 기관으로 들어온 대학생들 가운데 승진이 가장 빠른 케이스 중의 하나였다. 과장 따류(大劉)가 흥분하여 내게 말했다.

"이번엔 아주 잘 됐어. 마침내 내 짐을 덜게 되었으니 말이야. 샤오정(小鄭 : 정 아무개를 말함.)은 정말로 밥통이야. 제대로 할 줄 아는 업무가 하나도 없다니까. 자네와 그는 같은 반 동창생이라면서 어떻게 그렇게 차이가 날 수 있는 건지 모르겠네? 자네는 글도 아주 잘 쓰고 남달리 성실한 데다 무슨 일을 맡겨도 아주 훌륭하게 처리하는데 말이야. 그 친구는 참 좋겠어! 나원참, 갈수록 더 잘 먹고 잘 자고 더 게을러지게 되니 말이야. 젊은 사람이 그렇게 발전이 없으니 장차 어떻게 될지 궁금하군. 이런 사람이 어떻게 우리 과에서 일을 하게 되었는지 모르겠네. 오히려 일만 망치고 말이야! 이제 아주 잘 됐어. 결국 나가게 됐으니까 말이야. 다시는 우리 조직에 오지 못하게 됐지. 자네는 몰랐겠지만 정 아무개를 내쫓으려고 내가 무진 애를 썼다네. 내가 업무분류처 처장과 종합과 과장에게 정 아무개를 보배 같은 인물이라고 칭찬하면서 그를 파격적으로 특진시켜 데려다 쓰도록 건의했단 말일세. 그래서 그들은 정 아무개에게 차장이라는 직위를 마련해준 거야. 정말 거저먹은 셈이지. 그에게 이렇게 자리를 마련해주지 않으면 그가 어디 나가려고 하겠나? 자네는 능력 있는 사원이니까 누구도 내놓으려고 하지 않는 걸세!"

따류는 말을 마치고 내 어깨를 가볍게 두드리며 전적인 신임을 표했다. 나는 속으로 적이 감동했다.

2년이 채 못 되어 정 아무개는 또다시 종합과 차장에서 기록보관소의 과장급 부주임으로 전출되었다. 따류가 종합과 과장이 이번 일로 머리를 많이 썼다고 내게 말해주었다. 종합과 과장은 여러 차례 따류를 욕했다.

"자네는 사지로 사람을 밀어 넣고도 모른 척 하긴가! 정 아무개 같은 머저리를 자네가 내게 추천하지 않았나. 그거 너무 심한 짓 아닌가!"

정 아무개는 기록보관소에서 3년을 일하다가 판공청에서 완전히 퇴출되었다. 성 상업청의 품질검사처의 부처장으로 승진한 것이었다. 한번은 판공청 인사처의 페이 처장이 나를 보더니 특별히 정 아무개에 관해 얘기했다.

"당초에 나는 정 아무개를 받아들이고 싶지 않았네. 자네 학교가 생떼를 쓰면서 필사적으로 추천만 하지 않았더라면 그 어떤 재주를 부려도 그가 우리 기관에 들어오는 일은 없었을 걸세. 그런 폐물을 누가 들이려 하겠나! 그런 친구가 어떻게 판공청에서 그렇게 중요한 부서의 간부로 일을 할 수 있겠나? 그래서 판공청에서는 그를 내쫓기로 결심했지. 이제야 나도 시름을 놓을 수 있을 것 같네. 승진한 거라고? 승진이 아니면 그가 어떻게 자리를 옮기겠나? 사실 겉으로는 승진한 것처럼 보이지만 사실은 좌천당한 것이라고 하는 것이 맞는 말이야. 듣자하니 최근에 자네가 비밀보안과 차장으로 승진했다지? 열심히 하게. 자네야 정말 얻기 힘든 인재이니 이번 기회를 소중하게 여겨야 할 거야!"

나는 상사의 훈계를 마음에 새기면서 예전과 마찬가지로 자신의 업무에 충실했다.

또다시 3년이 지나 정 아무개는 과학기술청으로 완전히 전출되어 특허처에서 처장급 연구원으로 일하게 되었다. 실질적으로는 처장과 같은 대우를 받게 된 셈이었다. 정 아무개는 처장급 연구원 자리에서 4년을 보내다가 마침내 교육청의 부청장으로 진급하게 되었다. 그가 계속해서 승진할 수 있었던 이유는 딱 한 가지였다. 다름 아니라 어떤 기관이나 어떤 부서의 어떤 직위에서든지 아무 것도 감당할 수 없다는 것이었다! 그가 어떤 부서로 전근되든지 간에 그가 들어간 부서에서는 하나같이 그를 가급적 빨리 내쫓을 생각만 했다. 어떻게 하면 그를 빨리 다른 곳으로 떠나보낼 수 있을까? 유일한 방법은 그를 과대 포장하여 다른 기관에 추천함으로써 승진하여 옮겨 가게 하는 것뿐이었다. 마치 부동산 개발업자들이 토지수용에 불복하는 세대들을 빨리 이주시키려 할 때 사용하는 수법 및 대가와 유사하다고 할 수 있었다. 정 아무개는 중국 간부 임용제도가 갖고 있는 본질적인 폐단의 가장 큰 수혜자였다. 그는 사람이 나쁜 것이 아니라 단지 능력이 부족했을 뿐이다.

얼마 지나지 않아 학교의 개교 100주년 기념행사에서 우리는 그해의 졸업생으로 다시금 모교를 방문했다. 기념행사에서 우리 반은 교육 주관부서의 지도자로서 연단에 단정하게 앉아있는 정 아무개를 제외하고 나머지 동창생들은 전부 사람들이 떼 지어 움직이고 있는 운동장 맨 뒷줄에 서 있었다. 동창생들이 계속해서 추론한 결과에 의

하면 정 아무개가 지금까지 걸어온 궤적대로라면 그가 앞으로 더 승진할 공간은 여전히 넓었다. 이것이야말로 필연적인 논리였다. 그리하여 사람들은 학교 기념행사가 끝나면 반드시 앞으로 밀치고 나가서 정 청장에게 함께 기념사진을 찍자고 요청해야 한다고 말했다. 짐작컨대 이 사진은 몇 년 후에 대단히 중요한 의미를 갖게 될 터였다.

　나는 동창생들의 분석과 의견에 찬동하면서 솔선수범하여 연단 앞으로 나아가 정 청장에게 함께 단체사진을 찍자고 청했다. 내가 다른 사람들보다 정 아무개와 더 밀접한 관계를 맺고 있었기 때문이다. 그와 함께 공부하고 일을 했을 뿐만 아니라 지금도 여전히 비밀보안과에서 일하고 있고 아직도 과장이라는 요직을 맡고 있으니 말이다!

탄복

나는 가슴속 깊이 쫭(莊) 지도자에게 탄복하고 있다. 몇 년 동안 나는 그의 면전에서 가슴속 깊은 곳에서 우러나오는 존경과 사모의 마음을 표현할 기회를 찾고 싶었다. 하지만 이런 기회는 축구복권에 당첨되는 확률보다 낮아 좀처럼 찾을 수 없었다. 그는 사(司)급 고위 관료로서 나는 그를 알지만 그는 나를 안다고 할 수 없었다. 나 같은 하급 간부는 그저 회의장 연단에서 백 미터쯤 떨어진 맨 뒷줄에 서서 목을 빼고 흐릿한 모습이 신비롭기까지 한 그의 풍채를 쳐다볼 뿐이었다. 다행히 회의장 앞줄에 앉은 나보다 직급이 높은 간부의 말에 따르면 쫭 지도자의 연설은 수준이 대단히 높아 마치 물뿌리개로 꽃에 물을 주는 것처럼 '촉촉하고 세밀하며 소리도 없지만' 매번 그가 격앙될 때마다 사방으로 침이 튀었다고 한다. 또 어떤 사람은 내게 가까운 거리에서 관찰해보면 연설하고 있는 쟝 지도자의 양쪽 입가에 '회오리가 눈보라를 일으키는' 모습을 볼 수 있을 것이라고 말했다. 사실 이런 말은 다른 부하 직원의 아첨임에 틀림이 없었다. 그에 관한 견해가 양쪽으로 갈라져 있는 것뿐이었다.

내가 쟝 지도자에게서 탄복하고 부러워하는 부분은 바로 그의 연설 수준이었다. 나처럼 천성적으로 과묵한 말단 간부는 몇 마디만 해도 되는 간단한 행사에서도 사전에 원고를 준비하지 않으면 그야말로 입도 뻥긋하지 못하고 겨우 두세 마디 하다가 허둥지둥 말을 마무리하기 일쑤였다. 원고를 준비해 간 경우에도 더듬거리면서 몇 마디 핵심 사항을 읽어내려 갈 뿐, 절대로 원고에 적힌 대로 체계 있게 일장 연설을 하지는 못했다. 이로 인해 나는 스스로 지독한 열등의식에 사로잡혀 있었고 어쩌다 길게 연설할 때면 사람들이 듣기 싫어하지 않을까 두려워했다. 이런 내게 쟝 지도자는 찬란한 빛을 심어준 본보기나 다름없었다. 그는 오랫동안 나를 괴롭혀 온 열등의식을 불식시켜 주었다. 일찍이 그의 비서는 내게 쟝 지도자가 연설에 자신감을 갖게 된 비결을 말해준 적이 있었다.

"청중을 사람으로 보지 않으면 된다네. 연단 아래 새카맣게 모여 있는 사람들의 머리를 무나 배추로 여기라고. 자네가 기어코 군중을 사람들로 봐야겠다면 아무것도 모르는 바보 멍청이로 여기도록 하게. 그러면 마음 놓고 연설을 할 수 있을 걸세. 자네가 하는 말들이 전부 그들이 가장 듣기 원하는 것이고 가장 듣기 좋은 말이라는 확신이 생길 거라고."

쟝 지도자가 사석에서 이렇게 말한 것인지는 알 수 없었다. 하지만 그가 공개석상에서 연설하는 것을 보면서 나는 어렴풋이 이 점을 실감할 수 있었다.

연단에 서 있는 쟝 지도자는 무척 흥분해 있는 것처럼 보였고 눈빛 또한 격정으로 가득 차 있었다. 그는 입을 열었다 하면 늘 이렇게 말하곤 했다.

"오늘 이 회의에 참가하게 되어 매우 기쁩니다."

그런 다음 아주 겸손하고 낮은 어조로 사람들에게 사과의 뜻을 표했다.

"조금 전에 회의를 하나 끝내고 오느라 너무 늦었습니다. 여러분들 모두 너무 오래 기다리시게 해서 죄송합니다."

그러고는 다음 회의가 몇 시, 몇 분에 예정되어 있기 때문에 간단히 몇 마디밖에 할 수 없으며 연설을 마치자마자 곧바로 다음 회의장으로 가야한다면서 청중들의 양해를 구했다. 우렁찬 박수소리가 이어지자 그는 곧 매우 침착한 어조로 '간단하게 몇 마디만' 이야기하기 시작했다. 사실 이 몇 마디는 그렇게 간단하지 않았다. 두세 시간으로는 절대로 끝이 나지 않았다. 쟝 지도자를 잘 아는 간부들은 뒤에서 이렇게 말하곤 했다.

"하늘도 안 무섭고 땅도 무섭지 않지만 쟝 지도자의 연설만큼은 정말 두렵다니까!"

많은 경험을 바탕으로 그들은 서류가방 속에 과자나 빵, 초콜릿 등의 간식을 챙겨 가지고 다니면서 상사가 정신없이 연설하느라 식사 시간마저 잊어버릴 때마다 수시로 배를 채움으로써 어지럼증이나 구토, 저혈당, 허탈 등의 부작용을 예방했다.

쟝 지도자의 연설이나 보고를 처음 듣는 사람은 쉽게 알아볼 수 있었다. 초조하고 불안한 표정으로 수시로 미간을 찌푸리거나 고개를 내저으며 시계를 들여다보는 사람이 바로 그런 사람이었다. 한번은 내 옆자리에 앉아 있던 베테랑 말단 간부가 수시로 시계를 들여다보자, 그 앞자리에 앉아 있던 동료가 쟝 지도자가 연설할 때는 시계를 봐서는 안 되고 일력을 봐야 한다고 말했다. 나는 이 말에 진심으로 공감했다. 쟝 지도자는 아주 간단한 일을 대단히 복잡하고 장황하게 말하는 능력을 갖고 있었다. 이는 긴 시간과 상관없이 정말로 쓸모없는 능력이었다. 참깨만한 일을 그는 아무나 오를 수 없는 높은 경지의 큰 이치로 결론을 내렸다. 연설을 하는 내내 수분이 많은 것을 염려하여 그는 물도 마시지 않았다.

쟝 지도자가 원고를 손에 들고 연설을 할 때면 모두들 마음을 놓았다. 원고가 아무리 길어도 다 읽고 끝나는 시간이 정해져 있기 때문이다. 입에서 나오는 대로 장황하게 떠들 때의 끝도 없고 기약도 없는 아득함과는 달랐다. 물론, 때로는 뜻밖의 사건이 벌어질 때도 있었다. 예컨대 얼마 전 한 회의에서 연설을 마치고 연단에서 내려오던 쟝 지도자가 청중들 앞에서 자기 비서를 마구 꾸짖는 일이 발생했다. 그 광경을 나도 두 눈으로 직접 목격했다.

"자네 어떻게 된 건가. 원고를 이렇게 길게 쓰면 어쩌란 말이야? 내가 말하지 않았나? 한 시간 정도만 말할 거라고 말이야. 그런데 어째서 내게 세 시간이나 원고를 읽게 한 건가?"

비서는 얼굴이 새빨개졌다. 그렇게 부끄러워하는 표정은 나조차도 받아주기 어려웠다. 그가 기어 들어가는 소리로 해명을 했다.

"죄송합니다. 지도자님, 제가 작성한 원고의 사본 2부를 미리 빼놓는다는 것을 깜빡 했습니다."

나는 일반 간부라면 똑같은 원고 한 부를 반복해서 세 번 읽었다는 점을 알아채지 못했을 것이라고 확신했다. 문제는 나처럼 열심히 귀를 기울여 듣고 있었던 사람들을 포함하여 천 명이 넘는 청중들 가운데 그의 연설 내용을 의심하는 사람이 하나도 없었다는 것이다. 이는 정말로 믿기 어려운 사실이었다. 나는 항상 잠이 부족한 동료들을 알고 있었다. 그들은 업무가 많을 때면 당연히 수면이 부족하기 때문에 항상 지도자가 청산유수처럼 연설을 하는 동안 남몰래 졸곤 했다. 하지만 회의시간이면 말짱한 정신으로 눈을 크게 뜨고 있던 사람들이 적지 않았는데 어떻게 지도자가 똑같은 원고를 세 번씩이나 읽었는데도 그걸 알아차리지 못했단 말인가? 결론은 딱 한 가지였다. 원고의 내용이 너무 좋았던 것이다. 세 번이 아니라 서른 번을 읽었다 해도 사람들은 여전히 기분 좋게 들었을 것이고 아무리 다시 들어도 싫증이 나지 않았을 것이다.

이 점이 바로 내가 일개 말단 간부로서 쟝 지도자에 대해 탄복해 마지않는 진정한 이유이다.

이명

　　　　　　마누라가 출국한 그날부터 국장은 귀가 울리는 것을 느끼기 시작했다. 뉴스 듣는 것을 좋아하는 국장은 집에 있을 때면 텔레비전을 켜지 않으면 언제나 포켓형 라디오를 켜놓고 있었다. 뉴스는 그의 정치적 생명선이었다. 그러나 이제 그는 더 이상 뉴스를 들을 수 없게 되었다. 침대에 누울 때마다 귓속에서 뭔가 소리가 났기 때문이다. 한때는 노랫소리 같기도 하다가 또 잠시 후에는 말하는 소리처럼 들리기도 했다. 때로는 옹옹거리는 소리가 들리다가 또 갑자기 지지직거리는 소리로 변하곤 했다. 그는 짜증이 나서 죽을 지경이었다. 이리저리 몸을 뒤척이면서 잠도 제대로 자지 못했다. 왼쪽으로 누우면 오른쪽 귀에서 나는 소리가 커지고 오른쪽으로 누우면 왼쪽 귀에서 나는 소리가 커졌다. 그는 아예 반듯하게 누워 버렸다. 그러자 조금 나아진 것 같기는 했지만 양쪽 귀의 이명이 완전히 잦아들지는 않았다.

　다음 날 오전, 그는 일찍 일어나 병원을 찾아갔다. 그가 의사 선생님에게 증상을 상세히 설명하자 의사 선생님은 진지하게 검사를 해보고는 귓속에 염증이 생겼다면서 사흘 치 항생제를 처방해주었다. 아울러 복용하는 소염제도 처방해주었다.

　사흘이 지났는데도 이명 증상은 사라지지 않았다. 그는 한의원을 찾아가기로 마음먹었다. 한의원에서는 그의 맥을 짚어보고 설태를 살펴보더니 마지막으로 신장이 허해졌다는 진단을 내렸다. 의사는 그에게 방사를 절제하라는 주의와 함께 탕약을 처방해주면서 반드시 사기그릇에 먹어야 한다고 말했다. 그는 한의사의 말이 양의(洋醫)보다 더 이치에 맞는다고 생각했다.

　한 주 동안 한약을 먹었는데도 증상은 여전히 호전되지 않자 그는 마음이 초조해지기 시작했다. 결국 정신병원의 심리치료 병동을 찾아가보기로 했다. 의사는 대단한 인내심을 보이면서 그의 자각증상을 다 듣고 나서 그의 성장과정에서의 경력에 관해 상세히 물어보았다. 그러면서 아주 재미있는 질문들을 던졌다. 예컨대 어렸을 때 부친이 귀를 파준 적이 있느냐, 성(性) 환각 같은 증상을 경험한 적이 있느냐 하는 것들이었다. 그가 일일이 다 대답하고 나자 의사는 마음을 편안하게 갖고 아침에 침대에서 오래 뒹굴지 말고 녹색식물을 마주하여 심호흡을 자주하라는 등의 처방을 내려주었다. 아울러 비타민을 포함하여 기분을 조절해줄 수 있는 약물을 처방해주었다. 그러면서 의사는 일주일 후에 다시 와보라고 말했다.

그는 양약과 한약, 신경을 조절해주고 수면을 도와주는 약을 약간의 시차를 두고 한꺼번에 먹다 보니 위에 부담이 가서 식욕이 크게 저하되었다. 이런 식으로 한 달이 지나자 몸만 많이 야위고 이명 증상은 여전히 사라지지 않았다.

아내는 예정된 시기에 맞춰 귀국했다. 그는 처량한 얼굴로 아내에게 자신의 병세와 그간의 고통을 호소했다.

"이명이라고요? 귀에서 노랫소리가 들리다가 말하는 소리가 들리고 웅웅거리는 소리와 지지직거리는 소리가 반복된다고요? 정말 이상하네요. 어떻게 당신은 그렇게 이상한 병만 걸리는 거죠? 참, 제 포켓형 라디오는 어디다 놨어요? 출국할 때 가져가려 했는데 깜빡했지 뭐에요?"

그녀는 이렇게 말하면서 침대를 구석구석 뒤지기 시작하더니 베개 밑에서 성냥갑만 한 물건을 찾아냈다.

"쳇, 이명이 여전하시겠네요. 라디오가 한 달 째 켜져 있잖아요. 전지가 다 달았겠네요."

아내가 그에게 다가서며 퉁명스럽게 말했다.

도우미

　　F시에서 발생한 부정부패 사건이 최고 정책결정자들을 뒤흔들어 놓았다.
　지도급 간부들은 특별히 엄격한 처리를 지시하면서 기율감찰 부서에 어떤 사람이 연루되어 있고 그의 권력이 얼마나 크든 간에 철저히 조사하여 엄정하게 징치하라는 주문을 내렸다.
　즉시 전문조사팀이 구성되어 신속하게 F시로 달려갔다.
　맨 처음 파견된 기율검사 간부들은 아무런 소득도 없이 돌아왔다. 보고된 내용이 실제 사실과 전혀 부합하지 않기 때문에 부정부패 사건은 애당초 성립하지 않는다는 것이 그들의 결론이었다.
　두 번째로 F시에 파견된 기율검사 요원들은 보다 힘들고 세밀한 작업을 진행하면서 훨씬 긴 시간을 보냈다. 그러나 조사 결과는 첫 번째 팀의 보고와 기본적으로 일치했다.

현지 민중들과 사건의 내막을 잘 아는 사람들의 보고 자료가 다시 한번 정책결정자들에게 배달되었다. 수많은 사실들이 앞서 파견된 두 개의 전문조사팀이 정도를 달리하여 현지 관리들로부터 접대를 받아 이미 부패에 오염되었다는 것을 증명하고 있었다. 따라서 그들은 실제로 범죄의 공모자가 된 셈이었다. 혹은 부패 혐의자들을 위한 보호막 역할을 하고 있다고도 할 수 있었다.

F시의 이 단단한 껍데기를 벗기는 일에 대한 최고정책결정자들의 결심에는 추호의 동요도 없었다. 이리하여 신중한 선발과 엄격한 검사를 거친 세 번째 전문조사팀이 F시로 내려갔다. 그들은 부정부패의 진상을 철저히 밝혀내겠다고 굳게 맹세했다.

효과는 매우 뚜렷했다. F시 시위원회와 시 정부, 세관, 세무서 등의 '방어선'이 하나하나 뚫리면서 부패사건의 규모와 뇌물 액수, 사건의 심각성과 영향, 연루자의 범위, 관련된 간부의 수, 급별 직무의 수준 등이 낱낱이 밝혀졌다. 전국이 발칵 뒤집힐 것이 분명했다.

조사를 계속할 것인가? 조사하라! 상부의 태도는 여전히 완강했다. 전문조사팀은 두 달 동안 더 분투를 계속했다. 몹시 힘든 작업이었다. 거의 매일 밤낮을 가리지 않고 하루 종일 일을 해야 했다.

연루된 관리들이 너무 많았다. 이 사건에 연루되지 않은 사람을 찾는 것이 더 어려울 정도였다.

일부 관리들은 강력한 심리전에 직면하여 마음이 흔들리기 시작했다. 적지 않은 사람들이 자발적으로 전문조사팀을 찾아와 자수를 하면서 관대한 처리를 호소했다.

품질검사국 2처의 부처장 왕얼(王二)은 내면의 격렬한 사상투쟁을 거쳐 최대한 빨리 고통에서 벗어나기로 마음먹었다. 그는 이 사건 때문에 지난 20일 동안 하루도 편안한 잠을 자지 못했다. 그는 자신이 이미 기율을 어기고 범죄를 저질렀으며 그 후과가 엄중하리라는 것을 잘 알고 있었다. 그의 아내도 끝없이 잔소리를 하면서 잘잘못을 가릴 줄 모른다고 비난했다. 그는 멘탈이 붕괴되기 직전이었다. 하루하루를 불안 속에서 고통스럽게 보내느니 차라리 자발적으로 사실을 털어놓고 죽든 살든 결판을 내는 것이 좋을 것 같았다. 마침내 그는 마음을 정하고 어금니를 악물고서 몹시 긴장한 표정으로 전문조사팀 사무실 건물로 들어섰다.

대청과 복도는 사람들로 가득했다. 이날은 규정된 자수 기한의 마지막 날이었다. 그는 고개를 푹 숙인 채 혹시라도 아는 사람을 만날까 가슴이 조마조마했다. 하지만 난처한 장면을 피할 수는 없었다. 누군가 그를 알아보고 인사를 건넨 것이다. 고개를 들어보니 앞줄과 뒷줄에 서 있는 사람들 가운데 10여 명이 자신의 동료이거나 친한 친구들이었다.

마침내 그의 차례가 되었다. 그는 창백해진 얼굴로 다리를 부들부들 떨면서 전문조사팀 간부의 책상 앞으로 다가가서는 우물쭈물하면서 자신의 이름과 직장, 직위를 말했다.

"본인이 어떤 일을 저질렀는지 말해보시오."

책상 너머에 앉은 기율검사 간부가 종이에 뭔가를 적으면서 큰 소리로 말했다.

"저는 3만 위안의 뇌물을 받았습니다."

그는 하마터면 울음이 터질 뻔했다.

"얼마요? 3만 위안?"

기율검사 간부가 그의 대답을 반복했다.

"네, 3만 위안입니다."

간부는 너무 놀라서 숨이 끊어지려는 것 같았다.

"정말이오?"

전문조사팀 간부가 눈을 커다랗게 뜨고서 그를 쳐다보았다.

"사실입니다!"

왕얼이 어금니를 앙다물고 말했다.

"어허, 마침내 아주 청렴한 간부를 한 분 만나게 됐군요."

그 젊은 기율검사 간부는 흥분하여 손바닥을 비벼댔다.

왕얼은 얼굴에 온통 식은땀을 흘리며 멍하니 서 있었다. 두 귀에서 윙- 하는 소리가 울리는 것 같았다. 그는 입을 헤 벌린 채 당장이라도 목젖이 말라 죽을 것만 같았다. 말이 한 마디도 나오지 않았.

검찰관 하나가 가까이 다가오더니 손으로 그의 어깨를 세게 두드리며 말했다.

"여기서 이러고 있지 말고 어서 가서 우리 일 좀 도와줘요. 오래 전부터 우릴 도와줄만한 사람을 찾고 있었소. 하지만 빌어먹을, 여긴 온통 탐관오리들 천지라 믿을 사람이 있어야지요! 당신처럼 청렴한 사람이라면 우리가 요구하는 조건에 부합하는 것 같소. 여기 남아서 우리와 함께 사건을 조사하는 데 동참해 주시오!"

왕얼은 그날로 전문조사팀의 일원이 되었다.

파운드

　　라오천(老陳) 처장은 영국에 대한 인상이 매우 좋지 않았다. 그는 거의 모든 일에 영국을 비난했다.
　그는 영국인들이 이미 농민으로 퇴화했으면서도 양복과 넥타이를 걸치고 있는 것에 불과하다고 여겼다. 산업혁명의 시대는 일찍감치 머나먼 메아리가 되어버리고 후대 사람들에게 남긴 것은 조상들이 한때 가졌던 비등하는 세월에 대한 흐릿한 추억뿐이라는 것이다.
　영국은 오래된 자본주의 국가로서 사회주의 국가들과 전문적으로 대적하고 있다. 중국은 우측통행인데 그들은 왼쪽으로 다니지 않으면 안 된다. 자동차 핸들의 위치도 중국과 정반대이고 전기 콘센트도 이상하게 만들어져 중국에서 가져온 전자제품은 도무지 들어가질 않는다.
　라오천을 정말 참지 못하게 만든 것은 영국 파운드다. 그는 영국 파운드가 이 세상의 모든 경찰 곤봉보다 더 대단하다고 말했다. 한 방 쳤다 하면 치명적인 것이다. 라오천은 평소에 국내에서 돈을 쓰는 것을 두려워하면서 마누라가 상점을 구경할 때도 함께 가는 것을 거절했다. 그의 심장이 마누라가 계산대에서 돈을 지불하는 그 순간을 견딜 수 없기 때문이다. 마누라도 라오천에게 그런 병이 있다는 것을 알고 있었다. 때문에 수도요금과 전기료 같은 사소한 지출도 자신이 직접 처리했다.

라오천은 평생 손님을 초대한 적도 없고 입당하지도 않았다. 손님 대접에는 돈이 들고 입당을 하면 당비를 내야 하기 때문이다. 바로 이 점이 그의 정치적 선택을 바꾸어놓았다. 라오천의 이번 출국은 경비를 직장에서 제공했다. 비행기 표 뿐만 아니라 국외에서의 교통과 숙식도 전부 포함되었다. 매일 75파운드씩 제공하되 초과지출을 보조해주지는 않았지만 남는 것은 전부 자신의 몫이었다. 라오천은 계산을 좋아하는 사람이라 숫자에 대한 반응이 매우 빨랐다. 그는 이 금액을 인민폐로 환산할 경우 적지 않은 액수라는 것을 재빨리 알아차렸다. 75파운드면 인민폐로 1125위안이나 됐다. 열흘 치를 전부 모으면 만 위안이 넘었다! 직장에서 이 돈을 그에게 지급해준다면 그는 기꺼이 출국할 터였다. 물론 출국을 하지 않는다면 누가 이런 돈을 주겠는가?

라오천 외에 몇 명이 함께 출국하게 되어 있었다. 그런데 숙식을 함께 하도록 마련되어 있다는 사실이 라오천으로서는 고민거리였다. 그의 생각에 따르면 조건이 좋든 나쁘든 하룻밤 자는 것은 마찬가지였다. 침대만 있으면 될 것을 왜 굳이 두 사람이 한 방을 써야 한단 말인가? 하루 30파운드면 영국 호텔로는 이미 아주 저급한 수준이라 라오천의 눈에는 이것이 돈을 물에 던지는 것과 다를 바 없었다. 너무나 가슴 아픈 일이 아닐 수 없었다. 그가 함께 떠나는 사람들에게 말했다.

"자네들은 자고 싶은 데서 자도록 해. 나는 다리 밑이나 복도에서 자는 게 편하고 달콤하거든!"

먹는 문제는 비교적 쉽게 해결할 수 있었다. 라오천은 컵라면을 충분히 준비했다. 하루에 세 개씩 마흔 다섯 개를 준비한 것이다. 컵라면을 먹으려면 더운 물이 있어야 하지만 라오천은 이에 대해서도 주도면밀하게 준비했다. 중국에서 '러더콰이(熱得快 : 코일을 이용한 전기 가열기.)'를 세 개나 사 가지고 간 것이다. 하지만 일이 뜻대로 풀리지 않으려는지 라오천이 투숙한 여관의 콘센트에는 네모난 구멍이 없었다. 라오천은 콘센트를 사용할 수 없게 되자 다급해진 나머지 입에서 하얀 거품이 나왔다. 화가 난 그는 컵라면을 그냥 씹어 먹었다. 그런 다음 수돗물을 마셨다. 병에 든 생수의 가격도 알아봤는데 가장 싼 것이 한 병에 1파운드나 됐기 때문이다.

"너무 비싸, 영국 놈들은 명실상부한 강도들이야. 그 옛날 세계 각지에서 약탈과 노략질을 일삼더니 지금도 그 짓을 계속하고 있군. 1파운드면 인민폐로 15위안인데 물 한 모금에 그 정도의 비용을 지출한다는 건 정말 말도 안 돼! 차라리 목말라 죽는 한이 있어도 저 놈들의 '황금 물'은 마시지 않겠다!"

라오천은 씩씩거리며 굳게 맹세했다.

수돗물을 마신 라오천은 배탈이 나지 않을까 걱정이 되어 황롄수(黃連素 : 중국산 소화제 이름.)를 한 알 먹었다. 이리하여 황롄수를 물과 함께 마시는 것이 라오천이 매일 해야 하는 필수 과제가 되었다.

중국인들에게 있어서 영국의 물가는 너무 높은 것이 분명했고 그 이치는 아주 간단했다. 영국 파운드와 중국 인민폐의 대환율이 1:15로 파운드가 인민폐의 열다섯 배에 달하는 것이다. 일반적으로 말해서 이는 영국의 물가가 중국의 거의 두 배에 가깝다는 것을 의미한다. 라오천은 이 점에 대해 계속 불만을 갖고 있었던 것이다. 그가 욕을 해댔다.

"그 개 같은 경제학자들은 종일 방귀만 뀌고 있나? 영국 파운드가 어째서 그렇게 가치가 높은 거야! 전부 개똥같은 놈들로 제국주의와 자본주의를 위해서만 힘을 쓰고 있지. 줄곧 우리 중국 인민들에게 해를 입힐 궁리만 한다니까!"

호텔에 투숙하거나 식사를 할 때는 약간의 팁을 주어야 했다. 한 번에 1, 2파운드면 족했다. 이는 영국인들의 습관이었다. 하지만 이런 습관이 라오천에게는 도저히 받아들일 수도 없고 준수할 필요도 없는 것이었다. 그가 말했다.

"무엇 때문에 팁을 준단 말인가? 숙박비와 식비를 다 지불했으니 방을 청소하고 쟁반을 정리하는 것은 저들의 당연한 업무다. 습관이라고? 무슨 얼어 죽을 습관이란 말인가? 내가 그들의 이 나쁜 병폐를 고쳐주고 그들에게 최소한 인민에게 봉사하는 정신을 갖게 하지

앉으면 안 될 것 같군. 팁을 주고 싶은 사람은 얼마든지 주라고 난 절대로 못주니까! 설마 팁을 안 준다고 저들이 나를 감옥에 보내진 않겠지!"

　라오천은 외국에 나가 있는 보름 동안 하루도 빠지지 않고 욕을 했다. 그 결과 마침내 수백 파운드를 절약할 수 있었다. 집에 돌아와 그가 가장 먼저 한 일은 화장실에 가는 것이었다. 팬티를 벗은 그는 비밀스런 곳에 감춰두었던 영국 파운드화를 꺼냈다. 엉덩이를 드러낸 채 그는 신이 나서 마누라 앞으로 달려가 몸을 흔들어댔다. 라오천의 마누라는 그가 보름 동안이나 해외에 나가 있다 보니 강렬한 생리적 욕구가 생긴 것이라고 오해했다. 라오천은 얼굴이 온통 빨개진 채 이상한 눈빛을 하고 있는 마누라를 향해 다가가면서 쉬지 않고 손에 든 지폐를 흔들어댔다.

　"이걸 좀 봐! 이게 영국 파운드화야! 정말 대단한 파운드화라고!"

행복지수 백점

　　반 관방조직의 위탁을 받아 50여 명의 전문 인사들로 구성된 조사팀이 노년의 행복감 문제에 관한 전문 연구조사를 진행했다. 이 프로젝트를 위탁한 쪽은 전국 규모의 협회이고 프로젝트 담당자들은 여러 대학의 교수와 부교수, 강사, 그리고 대학원생들로 구성되어 있었다.
　이 조사연구의 목적은 도시인구 가운데 노년층의 생활 상태를 적시에 정확하게 이해하고 나아가 정책결정자들에게 가장 확실한 1차 자료를 제공함으로써 그들의 정책결정에 근거로 삼아 문제해결에 커다란 도움을 주는 것이었다.
　"상황을 정확하게 파악하는 것이 정책결정의 첫걸음입니다."
　위탁한 기관의 책임자는 이 점을 재삼 강조했다. 그가 이 한 마디를 할 때의 목소리는 너무나 간절했다. 너무나 진지하고 의미심장한 말이었다.
　연구조사 팀은 위탁자의 요구에 따라 진지하고 상세하게 연구조사의 방법을 상정했다. 억 명에 가까운 노인인구가 분포하는 도시와 농촌에 대한 전면조사는 불가능했고 게다가 조사 경비에 제한이 있었기 때문에 하는 수 없이 표본조사 방식으로 조사를 진행해야 했다. 방법상의 편의를 위해 그들은 네 개의 대도시 안의 주거단지 20여 곳을 선택하여 단지마다 열 명씩의 노인을 직접 방문하여 탐문하는 방식으로 실질적인 정보를 확보하려 했다.
　조사연구 팀은 네 개의 소조로 나뉘어 각각 네 개의 도시로 파견되었다. 조사팀에게 한 가지 난제가 생겼다. 상급 부서의 소개서나 구두 통지가 없이는 아파트단지 주민위원회에서 적절한 도움을 받을 수 없었던 것이다. 이리하여 그들은 각자 주민위원회의 상급 부서인 가도(街道)사무소를 찾아가 도움을 청했다. 그러나 가도사무소 측은 전문가들에게 보다 높은 상급 기관의 지시를 받아올 것을 요구했다. 아파트 단지에서도 시의 민정 부서에 부탁하고 마지막으로 일주일의 시간을 더 들여서야 관계가 순조로워지고 소속이 보완되었다.
　교수와 부교수들이 데리고 온 조사팀은 모든 도시에서 무작위로 다섯 개의 단지를 골라 작업을 전개해 나갔다. 그러나 시에서는 이들이 현지 상황에 익숙하지 않을 뿐만 아니라 주민위원회 위원들의 이름도 잘 모른다면서 이는 눈 감고 코끼리 다리를 만지는 격이라고 지적했다. 자신들도 아파트 단지 주민위원회의 분포를 잘 모르니 한 단지를 추천해 줄 테니 그들과 연락을 취해보라는 것이 그들의 충고였다.

단지에서는 이들을 아주 친절하게 맞아주었다. 관련된 간부들도 조사팀의 의견을 다 듣고 나서는 역시 이런 생각에 문제가 있다고 말했다. 어떤 가도사무소의 간부는 일을 질질 끌거나 공무가 번다하여 조사팀에게 제대로 응대하지 못할 수 있기 때문이었다. 이리하여 단지에서는 사무처리 능력이 비교적 뛰어난 사무소를 지정하여 조사팀의 업무에 협조하게 했다. 똑같은 의도에서 가도사무소는 또 조사팀의 전문가들을 업무성과가 뛰어난 단지 주민위원회에 소개해주었다. 이제 모든 것이 순조롭게 진행되는 것 같았다.

주민위원회는 상급기관의 체면과 신임을 고려하여 주도면밀하게 멀리서 온 손님들을 맞아주었다.

그들이 가는 아파트 단지의 주민 위원회는 업무조건이 최고 수준이라고 할 수 있었다. 회의실의 벽면에는 온갖 상장과 페넌트, 각종 규장제도, 표어, 구호, 서비스 원칙 등이 가득 걸려 있었다. 주민위원회의 책임자들은 거의 전부가 중년 여성들이었고 하나같이 친절하게 웃는 얼굴을 하면서 쉴 새 없이 조사팀의 전문가들에게 차와 과일 등을 권했다.

조사팀의 의도를 알게 된 그녀들은 일제히 적극적인 협조의사를 밝혔다.

"문제없어요. 열 명의 노부인을 찾는 것은 일도 아니지요. 스무 명이나 서른 명을 찾아달라고 하셔도 찾아드릴 수 있습니다. 너무 애쓰지 마세요. 저희들이 그분들을 불러드릴 테니까요."

조사팀의 전문가들은 가가호호를 직접 방문하는 방식을 취하고 있다고 말했다. 주민위원회의 주임은 개별방문도 문제될 것 없다고 말했다. 자신들이 길을 안내하면서 한 집 한 집 데려다주겠다는 것이었다.

조사팀의 팀원 몇 명이 낮은 목소리로 의견을 주고받았다. 그러고는 이런 조사방식으로는 노인들의 진정한 생활 상태를 이해할 수 없다면서 주민위원회 간부들의 호의를 완곡하게 사양했다. 자신들이 알아서 직접 가정방문을 진행하겠다는 것이었다.

"어떻게 그럴 수 있겠습니까?"

주민위원회 주임은 즉시 그런 방법에 동의할 수 없다는 태도를 밝혔다.

"노인들의 이름은 물론 몇 동 몇 호에 사는지도 모르는 데다 무작정 찾아갔다가는 나쁜 사람들로 오해받기 십상입니다. 이런 방법은 절대로 바람직하지 않습니다."

"그럼 저희들에게 단지 노인들의 주소록을 좀 보여주실 수 있겠습니까? 저희는 무작위 표본조사를 할 생각이거든요."

조사팀을 이끌고 있는 교수가 말했다.

"뭐라고요? 무작위 표본조사라고요?"

주민위원회 주임은 이런 단어를 들어보지 못했던 모양이었다.

"아, 네. 저희가 노인들의 주소록에서 임의로 열 분을 선택한 다음 하나하나 직접 방문을 신행하는 겁니다. 이런 방법에 대해 어떻게 생각하십니까?"

교수가 친절하게 설명해주었다.

"그거야 문제없지요!"

주임은 직원에게 딱딱한 가죽으로 된 서류철을 가져오게 하더니 한참을 뒤적거리다가 교수에게 넘겨주었다.

"직접 보시지요. 노부인들의 명단은 여기 다 있습니다. 알아서 고르세요."

이리하여 조사팀은 함께 주소록을 살펴보면서 열 명의 노인 명단을 선정했다.

"아, 이 분은 안 됩니다. 정신이 흐려진지 오래거든요. 치매인데도 본인은 인정하지 않고 있지요. 여러분들의 질문에 제대로 대답하기 어려울 겁니다. 이 후(胡)씨 부인도 안 돼요. 대소변 실금이라 항상 침대에 대소변을 해결합니다. 아예 집 안에 들어갈 수가 없어요. 냄새가 공중화장실보다 더 지독하거든요! 이 취(曲)씨 노인은 말을 못 하십니다. 어렸을 때부터 벙어리에 귀머거리라 가스통이 터졌는데도 소리를 듣지 못해 작년에는 하마터면 돌아가실 뻔한 일도 있었다니까요. 이 훠(霍) 어르신은 오래 전부터 이곳에 살지 않습니다. 아들 며느리가 데려가 버렸어요. 방 두 칸인 그 집은 아들이 차지하고 있습니다. 그다음 몇 분도 잘못 선택하셨네요. 한 분은 작년 겨울에 연탄가스 중독으로 집 안에서 돌아가셨는데 봄이 되어서야 시신이 완전히 부패한 상태로 발견되었지요. 또 한 분은 지난달에 실수로 건물 밖으로 떨어져 돌아가셨습니다. 이 두 분의 주민등록이 왜 아직 말소되지 않았는지 모르겠군요. 주소록에서도 삭제되었어야 하는 데 말입니다. 샤오왕(小王), 자네 일을 너무 건성으로 처리하는 것 아닌가? 또 이 분은 쓰레기 줍는 것을 너무 좋아해서 매일 쓰레기 더미에서 주무세요. 아무리 해도 그분을 찾지 못하실 겁니다. 차라리 우리가 골라 드리는 것이 낫겠네요. 이건 여러분 탓이 아니에요. 여러분들은 아무래도 외부인이라 우리처럼 이곳 노인들의 사정을 잘 알 수 없을 테니까요!"

조사팀은 다시 몇 명의 노인을 골랐으나 역시 이런저런 이유로 직접 방문이 불가능했다.

결국 주민위원회의 건의에 따라 열 명의 명단이 확정되었다. 조사팀은 한 집 한 집 찾아다니며 방문조사를 시작했다.

이 열 명의 노인들은 하나같이 건강상태가 양호했고 멘탈 상태도 상당히 긍정적이었다. 이들 노인들은 모두 만년의 생활에 상당히 만족하고 있었고 넘치는 행복감을 말로 그대로 다 표현해냈다. 아울러 현행 노인우대정책을 칭찬하면서 각급 지방정부가 특별히 아파트 단지 주민위원회에 지대한 관심을 보이고 있다고 말했다.

네 개의 전문조사팀은 작자 수집한 정보를 바탕으로 과학적인 분석을 거쳐 도시 노인들의 행복지수가 백점이라는 결론을 내놓았다.

중요한 일

자오(趙) 과장은 내게 보고해야 할 중요한 일이 있다고 했다. 나는 하는 수 없이 하던 일을 멈추고 특별히 시간을 내서 사무실에서 그와 만나기로 약속을 했다.

"처장의 표정이 매우 밝군! 무슨 좋은 일이 있는 모양이야? 누구나 좋은 일이 있으면 정신이 맑아지는 법이거든!"

그가 사무실로 들어서자마자 입에 꿀이라도 바른 것처럼 신이 나서 말했다.

"아, 그래?"

나도 억지로 어색하게 웃어주었다. 어서 자리에 앉으라는 뜻이었다.

"내 예측이 맞았어. 자네에게 정말 좋은 일이 생겼고 게다가 그 일이 거의 문 앞에 도착해 있네. 듣자하니 자네가 작년에 가입한 편드가 대박이 난 모양이야. 2백만 위안쯤 벌었을 걸세. 한턱내야 하는 것 아닌가!"

그는 자리에 엉덩이를 내려놓기도 전에 이렇게 너스레를 떨었다.

"누가 그런 소리를 하던가?"

내가 미간에 주름을 잡으며 물었다.

"작년에는 펀드가 이상할 정도로 폭등했어. 거의 두 배로 뛰었지. 젠장, 내게는 그런 안목이나 운이 따르지 않는다니까! 난 자네 같지 못해. 간부라면 좀 높은데 서서 멀리 내다볼 줄 알아야 하는데 말이야. 대국을 파악해서 기회를 잡을 줄 알아야 하는 법이지. 맞아, 기회 얘기가 나왔으니 말인데, 자네는 또 진급할 것 같더군. 상부에서 곧 발표할 예정이래. 이렇게 좋은 일들은 어째서 우리 같은 사람들에게는 찾아오지 않는 건지 모르겠네. 우리도 밥 좀 살 수 있게 해 주면 안 되는 건가?"

그는 얼굴 가득 참담한 표정을 지었다.

"아니, 그게 말이야."

나는 완곡하게 그의 말을 끊으려고 애썼다.

"맞아, 맞아, 그, 그 친구 부인이 요즘 아주 잘나가더라고! 그 친구 새 부인 말이야. 아주 젊고 예쁘다더군. 우리한테는 언제쯤 보여줄 작정인지 모르겠어. 그 예쁜 모습을 보면 눈에 인이 박힐 거야. 이럴 때 쓰는 성어가 뭐더라? 그래, 금옥, 금옥장교(金屋藏嬌: 훌륭한 집에 미인을 감춰둠.)라고 하지. 햇볕을 쏘이지 않고 그렇게 깊이 감춰 두기만 하다가는 독이 생기고 탈이 날 텐데 말이야. 이런, 네 이 더러운 주둥이 좀 보게나. 친구 부인을 우유케이크로 만들고 있네. 어쨌든 괜찮은 비유야. 우유케이크가 얼마나 달콤한가. 아무도 감히 입을 대지 못할 걸세! 우리 마누라는 영 딴판이야. 아예 쌀 찌개미로 만든 워터우라고 하는 게 낫지. 한입 베어 물면 이가 아프고 목구멍으로 삼키면 목소리를 상하게 될 거야! 진작부터 갈아치우고 싶었지만 어디 방법이 있어야지. 그 여잔 암호랑이 같아서 내가 이런 생각을 갖고 있다는 걸 알게 되면 당장 나를 물어뜯어 죽이려 들 걸세. 게다가 나의 이런 몸으로 어떻게 그 여잘 당해낼 수 있겠나. 그저 얻어맞는 수밖에 없지. 나의 이런 사정은 자네와는 비교도 할 수 없을 걸세. 자네는 권력 있겠다, 돈 있겠다, 게다가 매력까지 있으니 어떤 아가씨가 자네를 보고 군침을 흘리지 않겠나. 나에 비하면 자네는 금옥장교라고 할 것도 없이 곧게 뻗은 탄탄대로를 걷고 있다고 하는 게 더 적절할 거야."

이 친구는 평소와 달리 장황하게 말도 안 되는 소리들을 늘어놓고 있었다.

그의 넋두리에 나의 얼굴색은 갈수록 보기 흉측하게 변해 갔다. 나는 고개를 숙인 채 서류를 검토하면서 그의 말에 아무런 반응도 보이지 않았다.

"금옥장교에서 '교(嬌)'자만 얘기하고 금옥을 잊고 있었군. 남자들의 이런 덕성은 어떻게 할 수가 없는 것 같아. 여자 얘기만 나오면 두 눈이 초롱초롱해지고 두 다리가 후들거린다니까. 처장, 들리는 소문에 의하면 자네의 그 새집이 아주 호화로우면서도 수준이 있다고 하더군. 적지 않은 돈이 들었겠지? 요즘엔 값이 오르지 않는 물건이 없으니 집값도 엄청 올랐을 거야? 자네가 새로 구입한 그 집만 해도 100만 위안은 올랐을 걸세. 그런데 지금 또 오르고 있고 아직도 얼마든지 상승의 여지가 있다고 하더라고. 아마 4, 5년 지나면 자네 집값이 1,800만 위안은 되고도 남을 걸세! 정말 훌륭해. 실력만 있는 것이 아니라 안목도 있으니 말일세. 내가 상사인 자네에게 아첨하는 게 아니라 진심으로 자네가 부럽기만 하네. 나는 절대로 앞에서 하는 말과 뒤에서 하는 말이 다른 그런 사람이 아닐세."

그는 나의 표정 변화에는 조금도 개의치 않는지 여전히 말도 안 되는 헛소리를 지껄여대고 있었다.

"자네 아들은 어떤가? 어느 나라에 유학하고 있다고 했지? 이런, 내 기억력 좀 봐. 생각났다. 영국이라고 했지. 그래, 영국이었어. 모두들 그 나라는 대학 운영이 아주 훌륭하다고 하더군. 우리 국내 대학들과는 비교도 할 수 없지. 우리나라는 엉뚱한 아이들이 대학에 들어간다니까. 나는 아이들을 외국에 유학 보내는 데 전적으로 찬성하네. 단지 학비가 좀 비싸 일반인들은 감당하기 어렵다는 게 흠이지. 영국 파운드는 정말 장난이 아니야. 가치가 인민폐의 열대여섯 배는 된다니까. 어째서 이런 거지? 이건 중국인들이 손해를 보고 있는 것이 분명하다고! 하지만 처장 자네는 여건이 되잖아. 이런 돈은 정말로 아깝지가 않을 거야. 충분히 쓸 만한 돈이지! 어떤 사람들은 고관으로 있으면서 돈을 많이 벌긴 하지만 자기 아들 일은 나 몰라라 하고 있더군. 그런 건 절대로 성공이라고 할 수 없을 거야. 하늘과 땅이 아무리 크다 해도 아들의 일만큼 크지는 않지. 자네는 또 내가 아부한다고 할지 모르겠지만 사실이야. 자네는 정말 멀리 내다 볼 줄 아는 안목을 지녔더군. 아들이 잘 풀리기만 하면 인생의 후반은 만사형통이지. 나도 자네를 본받아 가랑이가 찢어지는 한이 있더라도 자식을 해외로 내보내야겠네."

그는 갈수록 정도에서 벗어나고 있었다.

나는 서류철을 테이블 위에 집어던지듯이 내려놓았다. 그 소리에 그는 흠칫 놀라는 표정이었다.

"자네 오늘 취했나? 아니면 약을 잘못 먹은 게로군?"

나는 손가락으로 그의 코를 가리키며 어금니를 앙다물고 매몰차게 따져댔다.

"아니, 아닐세. 난 술도 마시지 않았고 약도 먹지 않았네."

그가 고개를 가로저으며 대답했다.

"그럼 머리를 개에게 물렸나?"

이렇게 말하면서 나는 의자에서 벌떡 일어섰다.

"헤헤, 개가 어떻게 머리를 문단 말인가?"

그는 또 고개를 좌우로 흔들었다.

"그럼 오늘 무엇 때문에 날 찾아왔나?"

내가 단도직입적으로 물었다.

"보고를 하러 왔지!"

그가 대답했다.

"뭘 보고한단 말인가?"

"업무를 보고하러 왔다네!"

"대체 무슨 업무인데 그래?"

"중요한 일이라네."

"그 중요한 일이라는 게 대체 뭔가?"

"아, 갑자기 생각이 안 나네!"

그는 어색하게 웃으면서 머리를 긁적였다.

"이만 나가주게. 아주 멀리 가버리라고. 어서!"

나는 화가 나서 그를 향해 펜을 집어던지며 말했다. 이 친구는 원숭이보다 반응이 더 빨랐다. 순식간에 후다닥 문밖으로 나간 것이다.

나는 반나절 동안이나 화가 가라앉지 않았다. 이 개자식을 단호하게 정리해야겠다고 마음먹었다. 자오 과장을 처리할 방법을 모색하고 있는 중에 그가 문틈으로 얼굴을 반쯤 내밀었다.

"미안하네, 처장. 자네에게 보고하려 했던 중요한 일이 생각났네. 어제 새로 부임한 청장님이 우리 외삼촌이라는 소문이 들리더군."

세 번째 작은 이야기

사정이 변할 수 있다

스캔들

　처음에는 자료원인 미스 루다(陸大)와 학과장 사이에 그런 풍류의 운사(韻事)가 있으리라고는 누구도 믿지 않았다.
　그러던 어느 날 학과장의 부인이 씩씩거리며 자료실 문을 박차고 들어와서는 미스 루를 가리키면서 한바탕 거친 욕설을 퍼부었다. 온갖 더럽고 악독한 단어들을 전부 리스 루에게 쏟아 부은 것이다. 소문이 실증으로 전환되는 순간이었다.
　미스 루가 자료실 밖으로 나올 때는 두 눈이 빨갛게 부어 있었다. 어떻게든 해명을 하려고 애는 써봤지만 그녀의 애매한 태도는 아무리 해도 감출 수 없었다.
　과 선생님들 사이에는 사건의 발생과 현재 상황을 추측하느라 의견이 분분했다. 처음 소문을 들었을 때는 절대 그럴 리가 없다고 생각했던 사람들도 견해가 흔들리기 시작하면서 세상이 정말 이상하다는 생각을 하게 되었다. 뜻밖에도 불가사의한 일이 일어났다는 반응들이었다.

미스 루는 노처녀로서 대학을 졸업한 뒤로 줄곧 학교에 남아 과 자료실에서 일하고 있었다. 그녀는 성격이 내성적인 데다 말이 없고 과묵한 편이었다. 게다가 생김새도 평범한 편이었다. 얼굴이 못 생겨 아무도 가까이 다가가려 하지 않을 것이라고 말하는 사람도 있었다. 평소에 그녀는 거의 책장 속에 갇혀 있다시피 하면서 각종 문서와 카드, 도서목록 등을 정리하느라 사람들과 대면하는 일이 거의 없었다. 과의 남녀 선생님들도 그녀와 얘기할 동기나 흥미가 전혀 없었다. 그런데 어떻게 그녀와 학과장 사이에 그런 낭만적인 이야기가 일어날 수 있단 말인가? 정말 이해하기 어려운 일이었다.

더 믿을 수 없는 사실이 한 가지 있었다. 학과장은 해외에서 유학을 하고 돌아온 박사로 학문이 깊을 뿐만 아니라 외모도 출중하고 고아한 취미를 갖추고 있어 그를 앙모하고 추종하는 사람들 중에는 용모가 뛰어난 미녀와 교사, 그리고 학생들이 적지 않았다. 그는 좀처럼 여자 대학원생들을 받지도 않았다. 들리는 소문에 의하면 스캔들에 휘말리기 싫어서라고 했다. 물론 부인이 있는 한 그런 생각을 갖는다 해도 감히 행동으로 옮길 만한 용기는 없었다. 하지만 그럼에도 그는 고집스럽게 미스 루를 마음에 둔 것이다.

과의 다른 선생님들은 아무리 생각해도 이해가 되지 않았다. 일부 젊은 여선생들과 여자 대학원생들은 분노를 드러내기도 했다. 그녀들은 이것이 전형적인 스캔들이라고 생각했다. 미스 루가 못

생겼기 때문에 일부 여교수들과 여자 대학원생들은 자신들이 애모해 마지않는 학과장의 행위에 대해 질투로 마음을 앓기도 하고 코웃음을 치기도 했으며 미국에서 박사학위를 받은 사람의 품위가 이것밖에 안 되냐며 비난하기도 했다. 훨씬 더 많은 여교수와 여자 대학원생들이 미스 루에 대해 혐오감과 분노, 질투와 부러움 등이 뒤섞인 복잡한 반응을 보였지만 절대로 용서하거나 동정하진 않았다.

미스 루는 고개를 숙인 채 자신에게 쏟아지는 온갖 감정들과 복잡한 시선을 애써 외면했다. 그녀는 화장실에서 간단히 얼굴을 씻고는 조용히 자료실로 돌아와 열람석에 앉은 다음 평소와 다름없이 자신의 업무에 몰두했다. 옆방과 복도에서는 그녀를 조롱하는 웃음소리가 끊이지 않았지만 그녀의 정상적인 업무에는 아무런 영향도 미치지 못했다.

퇴근 후 미스 루는 자신의 독신자 숙소로 돌아왔다. 거울을 마주한 그녀의 얼굴에 야릇한 미소가 피어올랐다. 그녀는 하늘이 내려준 좋은 기회에 감사하고 있었다. 이전에는 학과장이 학술회의에 참가하느라 급하게 논문을 준비하기 위해 자신에게 문헌자료를 찾아달라고 부탁하지 않는 한, 그에게 다가갈 수 있는 기회가 영원히 주어지지 않았었다. 이처럼 더 없이 귀한 기회가 그녀로 하여금 스캔들을 일으켜야겠다는 강렬한 충동을 느끼게 했다. 그녀는 계산기로 이 낭만적인 풍류 사건의 시나리오를 다 짠 다음 그 질투심 많은 학과장 부인을 포함하여 이 사건에 관련될 인사들에게 일일이 발송했다.

미스 루는 거울을 보면서 다시 한번 회심의 미소를 지었다. 그녀는 이 스캔들이 계속 지속될 수 있기를 갈망했다. 색정 사건의 여주인공으로서 그녀는 계속 관심의 대상이 되고 싶었던 것이다.

가상의 사랑

　　　　　　내가 그대를 사랑한다 해도 마음에 둘 필요는 없어요. 나는 그저 가상의 사랑을 하는 것뿐이니까요. 나는 다음과 같은 절차를 밟을 생각이에요.
　나를 알지도 못하면서 어떻게 사랑한단 말인가요?
　그렇게 조급해할 것 없어요. 첫눈에 반한다는 얘기도 못 들어봤어요? 게다가 난 곧 당신을 알게 될 겁니다. 내가 아주 정성껏 다음 단계를 준비할 거라고 말하지 않았나요? 우선 제 신분을 소개하지요. 그래야 당신도 날 알 수 있을 테니까요. 예컨대 내가 스스로를 고급 간부 집안 출신이라고 가정하는 겁니다. 대학을 졸업하고 나서 우선 군대에 들어가 티베트로 배치되었다고 치는 거예요. 이어서 중동지역으로 파견되어 군사감찰원으로 일했지요. 얼굴에 난 상처는 전화가 남긴 기념품이라고나 할까요. 귀국한 뒤에는 경상(經商)활동에 종사하여 지금은 한 회사의 사장이 되어 있는 겁니다. 이번 외출에서 푹신푹신한 침대칸에서 죽도록 아름답지만 윤리를 저버린 아가씨를 만나게 되었지요? 절 모르시겠어요? 당신은 곧 나의 진실한 정성에 마음이 흔들리게 될 겁니다. 그리고 내게 자신이 어떤 사람인지 소개하게 되지요.

너무 웃기는군요. 저는 절대로 낯선 사람이 혼자서 북치고 나팔 부는 얘기를 믿지 않아요.

그래요. 당신의 경계심은 충분히 이해합니다. 당신은 용모가 아름다울 뿐만 아니라 두뇌도 아주 명석하시니까요. 여자가 이런 두 가지 장점을 겸비한다는 것은 무척 보기 드문 일이지요.

정말 지루하네요. 당신의 그런 사탕발림이 대부분의 여자들에게 정신을 빼놓는 최면제가 될 수도 있겠군요.

지나친 칭찬이십니다. 이건 당신에 대한 직관적인 인상일 뿐이에요. 모든 여자들이 이런 평가를 받을 수 있는 건 결코 아닙니다.

너무 재미있군요. 그다음 단계는 어떤 건가요?

서두르지 마세요. 우선 물을 좀 드시지요. 제가 차를 우려 드리는 것이 좋겠군요. 여기 저장(浙江)성의 한 지도급 간부가 선물로 보내준 명차가 있어요. 룽징차(龍井茶)인데 이래봬도 명전(明前: 청명절 전에 딴 부드러운 잎으로 만든 녹차의 일종.)입니다. 한번 드셔보세요. 뜨거우니 조심하시고요. 장거리 여행에서는 물을 마시는 것이 밥을 먹는 것보다 더 중요하지요.

감사합니다. 얘기를 계속해보세요.

사실은 할 만한 얘기도 없습니다. 저는 말을 잘 하는 사람이 못 되거든요. 자, 이거 받으세요. 소독용 물티슈에요. 얼굴을 좀 닦으세요. 중국 기차는 실내 환경이 별로 안 좋거든요. 제가 미국과 유럽에서 연수를 받을 때는 항상 휴가를 이용해서 혼자 여기저기 여행을 다녔지요. 여행 환경이 중국과는 비교도 할 수 없을 정도로 훌륭했어요.

그다음 단계는 어떤 것인지 말해보세요. 정말 듣고 싶군요.

좋습니다. 저는 그저 편하게 얘기하고 있는 거예요. 그냥 우스갯소리라 생각하시고 너무 심각하게 받아들이지 마세요. 우선 오렌지 좀 드시지요. 제가 껍질을 벗겨드리겠습니다.

고마워요. 하지만 배가 불러서 못 먹겠네요.

과일을 많이 먹으면 미용에 좋습니다. 비타민은 인체에 가장 필요한 영양분이지요. 저는 사하라 사막을 횡단한 적이 있었습니다. 그때 위기에 처했다가 결국 오렌지 하나로 생명을 구했었지요.

사하라 사막엘 가셨었다고요?

네, 몇 년 전의 일이지요. 제가 중동에서 일한 적이 있다고 하지 않았나요? 자, 손을 좀 닦으세요. 오렌지 즙은 아주 끈적끈적하거든요.

감사합니다. 한데 당신은 어떤 사업을 하시나요?

생물 프로젝트를 비롯해서 전자기술, 금융채권, 국제무역 등등 거의 모든 분야에 손을 대고 있습니다. 사실 저는 사업을 하는 것이 아니라 일하는 것 자체가 목적이거든요. 시나 철학에 대해서도 큰 관심을 갖고 있지요. 나중에 좀 한가해지면 중국에서 가장 큰 시 잡지를 발행하고 세계 최대의 철학대학원을 건립하여 세계 일류의 철학가들을 전부 한자리에 모아 인생에 관한 토론을 벌일 생각도 갖고 있습니다.

아야, 정말 미안해요. 제 손이……

어디 좀 볼까요. 겁내지 마세요. 살짝 까진 것뿐이에요. 여기 반창고가 있으니 잘 싸매기만 하면 될 겁니다. 손이 정말 예쁘시군요 수상도 나쁘지 않고요.

수상도 볼 줄 아세요?

그저 우연한 기회에 불가의 한 대사(大師)를 알게 되어 그분에게서 조금 배운 것뿐입니다. 자, 그럼 제가 좀 봐드리지요. 빛이 좀 부족하니까 이쪽으로 건너와 앉으시겠습니까?

수상이 좋은 편이라고요? 저를 속이시면 안 돼요.

당신의 손금이 이치를 말해주고 있어요. 제 말을 잘 들어보세요. 피곤하시지요? 이런 자세로 오래 앉아 있으면 몸이 아주 불편해지지요. 제 어깨에 몸을 기대세요. 괜찮아요.

아 짜증나, 누가 문을 두드리는 거야. 누구요?

차표 좀 검사하겠습니다.

낮에는 뭐하고 이런 오밤중에 표를 검사한다는 거요? 여기 있으니 잘 살펴보시구려!

이웃을 사다

　　　　　　부동산 개발업자의 주장에 따르면 현대인들의 거주 관념이 철저히 변해야 한다고 한다. 집을 살 때는 주로 환경과 이웃을 고려해서 사야 한다는 것이다. 환경이 아름답고 이웃들이 고상하면 자연히 사람의 품위가 올라가고 집값도 함께 상승한다는 것이 개발업자들의 주장이다. 개발업자들은 돈을 벌려 하고 소비자들은 주거 조건을 개선하려고 한다. 이러한 양자의 목적이 자연스럽게 부합하여 좋은 이웃을 찾게 되고 양자 모두 이익을 보게 되는 것이다.
　나는 집을 사는 것이 이웃을 사는 것이라는 주장을 전적으로 옹호한다. 때문에 침을 튀겨가면서 관념이 여전히 깨어있지 못하고 지나치게 보수적인 마누라를 설득했다. 그녀에게 이사를 결정하게 하기 위해 나는 '맹모삼천(孟母三遷)'의 전고에서부터 시작하여 한 달을 꼬박 들여 입이 닳도록 설득을 했다. 마침내 마누라도 좋은 이웃을 갖는다는 것이 큰 재산을 갖는 것과 같다는 이치를 인정하게 되었다. 물론 이런 재산은 무형의 재산이다. 지금의 이웃들은 그렇지 못했다. 하나같이 머리를 감지 않아 뒤통수에 까치집을 짓고 다니고 얼굴도 무섭고 흉악했다. 그런 사람들과 한데 어울리다가는 여덟 평생이 지나도 사람들로부터 존중을 받는 명사가 될 수 없었다.

나도 좋은 이웃이 사는 집을 찾기 시작했다. 좋은 이웃이란 어떤 사람들인가? 물론 명망이 있는 사람들일 것이다. 나와 마누라의 가장 큰 꿈은 전후좌우에 유명한 성악가나 작가, 과학자, 경찰국장 같은 이웃이 사는 집에 사는 것이었다. 나는 딸이 허스키한 목소리로 성악가에게서 공짜 지도를 받아 듣기 좋은 소리로 노래를 할 수 있기를 기대했다. 우리는 또 딸이 유명 작가의 아들과 교제할 수 있기를 기대했다. 작가로부터 직접적인 지도를 받을 수는 없겠지만 머지않은 장래에 전국 규모의 글짓기 대회에서 좋은 성적을 낼 수 있으리라 믿어 마지않았다. 과학자인 이웃은 틀림없이 친절한 사람일 것이고 독특한 혜안을 갖고 있을 것이었다. 그런 사람이 조금만 도와줘도 우리 아이는 큰 힘을 들이지 않고도 깊은 깨달음을 얻을 것이었다. 그때가 되면 딸의 수학선생에게 한 차례 단단히 훈계를 할 작정이었다. 한번은 그 수학선생이 반 전체 학생들이 모인 자리에서 우리 딸을 백치라고 나무라면서 그것이 부모의 근친결혼이 가져다준 선물이라고 단언했다고 한다. 경찰국장을 이웃으로 선택하는 이유는 굳이 말하지 않아도 누구나 다 알 수 있을 것이다. 다름 아닌 안전을 확보하기 위해서인 것이다. 이처럼 권세를 지닌 사람과 이웃이 된다면 누구도 감히 우리를 건드리지 못할 것이고 방범문도 필요 없을 것이다. 혹시나 누군가 그 집에 선물을 보내다가 잘못하여 선물이 우리 집으로 배달된다면 뜻밖의 불로소득을 얻을 수도 있을 것이었다!

나는 명사들이 사는 주택을 두루 돌아다니면서 성악가나 작가, 과학자나 경찰국장의 주소를 닥치는 대로 알아보았다. 하지만 우리에게 주소를 가르쳐주는 사람은 아무도 없었다. 어떤 사람은 내가 머리에 염증이 있는 것이 분명하니 의사를 이웃으로 두는 것이 좋을 거라고 말하기도 했다. 얼핏 듣기에는 일리가 있는 말 같았지만 조금 있다 곰곰이 생각해보니 감히 나를 욕하는 말이었다. 내가 뇌염을 앓았던 것은 아주 어렸을 때의 일이다. 지금의 나는 IQ가 보통 사람들을 훨씬 능가했다. 내게 굴복하고 싶지 않은 사람들은 와서 누가 더 돈이 많은지 겨뤄보는 것도 나쁘지 않을 것이다. 쳇!

나는 마침내 '명인호거(名人豪居)'라는 이름을 가진 단지를 찾아 입주했다. 주변의 집들이 전부 비어 있긴 했지만 나는 오래지 않아 성악가와 유명 작가, 과학자, 경찰국장 등이 속속 입주할 것이라고 굳게 믿었다.

한 달이 채 못 되어 바로 옆집에 누군가 이사해 왔다. 그가 명사임은 한눈에 알아볼 수 있었지만 예술계 인사인지 과학계 인사인지는 알 수 없었다. 단지 그 집 부부의 목소리를 확실히 구분할 수 있을 뿐이었다.

과연 내 예상이 빗나가지 않았다. 새로 이사해 온 이 이웃은 음악가였다. 입주한 그날부터 그의 집에서는 밤낮으로 음악소리가 들리기 시작했다. 음악가의 거실에 설치된 샹들리에가 흔들릴 정도였다.

나는 이 이웃과 어서 안면을 트고 싶었지만 도무지 집에서 나오는 모습을 볼 수가 없었다. 특별한 이유 없이 찾아가는 것도 우스운 일이었다. 집에서 한창 방법을 생각하고 있을 때 초인종이 울렸다. 얼른 나가서 문을 열어보니 바로 옆집에 이사해 온 명사였다. 나는 재빨리 그를 거실로 안내했다. 내가 입을 열기도 전에 상대가 먼저 물었다. 감독님이시죠? 네, 아, 아닙니다. 그럼 작가이시겠군요? 아, 아닙니다. 그럼 틀림없이 성악가나 시장님이시겠군요! 아니, 아니에요. 너무 겸손해하지 마세요. 이웃은 주머니에서 정교하게 만든 수첩을 하나 꺼내더니 내가 어떤 분야의 명사이든 간에 사인을 좀 해달라고 부탁했다. 제 아들이 이곳에 사는 분들은 전부 유명 인사들이라고 해서 이 집을 사게 되었지요. 이런, 나는 그를 얼른 내보냈다.

얼마 후 내 주위의 빈집들이 전부 새 입주자들로 채워지게 되었다. 우리 집 초인종은 쉴 새 없이 울려댔다. 매번 사인을 요구하는 방문이었지만 나는 그들을 만족시킬 수 없었다. 가장 손해인 사람은 바로 나였다. 나는 원래 명함에 '명인 ××의 이웃'이라고 새겨가지고 다닐 생각이었으나 지금까지 실현하지 못하고 있다.

증서

공개채용 면접시험에서 나는 얼굴 가득 땀을 흘리면서 면접 테이블 앞으로 비집고 들어갔다.

앉으세요! 인사를 담당하고 있는 외사 직원이 내게 자리를 권했다. 그의 가슴에는 작은 인식표가 달려 있었고 그 위에는 '인력자원부 총감(總監)'이라고 쓰여 있었다. 나는 그를 유심히 쳐다보았다.

신분증은 가져오셨나요?

여기 있습니다. 나는 얼른 신분증을 건넸다.

임시거류증은요?

준비해 왔습니다. 나는 상의 주머니에서 작은 수첩을 하나 꺼냈다.

졸업증명서는요?

여기 있습니다. 나는 재빨리 그에게 졸업증명서를 내밀었다.

학위증명서는요?

여기 있습니다.

공무원자격시험 증명서는 갖고 계시죠?

네, 물론 갖고 있습니다. 나는 가방에서 공무원자격시험 증명서를 꺼냈다.

영어 6급 증명서도 가져오셨지요?

가져왔습니다. 여기 있습니다.

회계시험 증서는요?

여기 있습니다.

건강증명서가 안 보이네요?

건강증명서도 가져왔습니다. 가방 안에 다 있습니다. 나는 미안하다는 듯한 표정으로 머리를 긁적였다.

실업증과 전업증(轉業證), 그리고 퇴직증도 전부 한꺼번에 제출하셔야 합니다!

네, 알겠습니다. 나는 또 가방을 뒤져 서류를 한 무더기 꺼냈다.

결혼증과 독생자녀증, 의료보험증, 운전면허증도 있으신가요?

네, 있습니다. 다 준비해 왔지요. 하나라도 빠질까봐 미리 다 준비해두었거든요.

하나가 빠진 것 같네요! 인력총감이 이마에 주름을 잡으며 말했다.

맞다, 위생허가증 가져오셨나요?

위생허가증이요? 아, 네, 있습니다. 보여드리지요.

하마터면 잊을 뻔했네. 조리사 자격증도 있으신가요? 2급이면 됩니다.

없는데요. 나는 갑자기 맥이 풀리고 말았다. 하지만 2급 운동원증은 있어요.

그럼 미용사 자격증과 심리상담사 자격증도 있으시죠? 그녀는 다소 짜증이 나는 모양이었다.

저는, 그, 그건, 없는데요. 수의사 자격증으로 대신할 수는 없나요? 나는 이번 기회도 또 좌절되고 있다는 것을 모르지 않았다.

없어도 상관없습니다. 합격되셨어요. 그녀가 내게 손을 내밀며 축하인사를 건넸다.

그럼 제가 구체적으로 어떤 일을 하게 되나요? 내가 전전긍긍하며 조심스럽게 물었다.

청결유지원이요. 그녀가 차가운 어투로 대답했다.

청결유지원이라면 쓰레기를 줍는 건가요? 나는 내 귀를 의심하지 않을 수 없었다.

맞아요, 청결유지원이에요. 쓰레기만 줍는 게 아니라 유리창도 닦아야 하지요! 그녀가 내 말을 바로잡아주었다.

제가 할만한 다른 일은 없나요? 내가 시험삼아 물어보았다.

없어요! 여기는 부동산회사가 주로 청결유지원을 모집하거든요. 그녀가 자신감 넘치는 어투로 대답했다.

청결유지원이 되는 데도 그렇게 많은 증명서가 필요한가요? 나는 잘 이해가 되지 않았다.

물론이지요. 우리는 복합형 인재를 원하거든요. 높은 수준의 청결유지원을 원합니다. 그녀가 자랑스러운 듯한 어투로 말했다.

저는 이용사 자격증과 심리상담사 자격증이 없는데도 그런 일을 할 수 있나요? 나는 자신의 능력이 걱정되기 시작했다.

아, 오해하지 마세요. 그 두 가지 자격증은 잠시 동안만 필요하지 않은 거예요. 전 단지 제 친구를 대신해서 알아보고 있는 것뿐이에요. 그녀가 제게 두 가지 증명서를 준비해 가사도우미 자리를 좀 구해 달라고 했거든요.

부자

요즘엔 부자가 참 많아졌다. 가난한 사람 찾기가 정말 어렵다.

돈 많고 권세 있는 사람들이 사는 '부촌'에 사는 친구가 하나 있다. 그의 말에 따르면 가난한 사람을 찾기 위해 변방의 빈곤 지역들을 돌아다니는 등 엄청난 노력을 한 끝에 거금을 들여 한 사람을 고용할 수 있었다고 한다. 계약 기간은 1년이라고 했다.

그는 원래 종신 계약을 하고 싶었지만 그 가난한 친구는 한사코 거절했다. 그 아이의 말은 3년 전에 어렵게 줄까지 서가면서 엄청난 경쟁을 뚫고 자신을 고용한 사람이 있기 때문에 그와의 신의를 쉽게 저버릴 수 없다는 것이었다.

고용된 그 가난한 아이의 가장 큰 업무는 하루 종일 마을 입구에 앉아 구걸하는 것이었다. 이는 고용 계약에 따라 그가 반드시 해야 하는 일이었다.

　매일 출퇴근 시간이면 이 작은 지역에 사는 부자들이 수시로 드나들면서 항상 거지 앞에 놓인 플라스틱 통에 돈을 넣는 것을 잊지 않았다. 지폐를 한 장 한 장 던져 넣기도 했고 또는 한 다발씩 넣기도 했다. 거지는 그 자리에 무릎을 꿇고 앉아 끊임없이 지나가는 행인들을 향해 머리를 조아렸다.

　처음에는 이 거지 소년도 무척 즐거워하며 매일 제 시간에 맞춰 언덕 입구로 나왔으나 점차 시간이 지나면서 슬슬 귀찮아 지기 시작했다. 수입도 꽤 짭짤한 일이었지만 그는 그렇게 여기지 않았다. 사흘 건너 하루 쉬기 일쑤였고 종종 무단결석을 하기도 했다. 이런 그의 행동이 부촌에 사는 호문세가들의 분노를 유발했다. 그들은 그 많은 돈을 쓸 데가 없어지자 입 안에 가시가 도는 것 같은 답답함을 느끼기 시작했다. 결국 그들은 거지 소년의 불성실한 태도에 반발하기 시작했고 급기야 직업정신이 투철하지 않다며 욕을 하기에 이르렀다. 거지 소년은 이런 부촌 사람들의 대우에 몹시 억울해 하며 차라리 아예 이 일을 그만두고 고향으로 돌아가야겠다고 생각했다. 이번에는 부촌에 사는 호문세가들이 놀랄 차례였다. 최근에는 가난한 사람 찾기가 숫처녀 하나 찾기보다 더 어렵다는 것을 잘 알기 때문이었다. 부자들은 하는 수 없이 비굴한 자세를 보이며 거지 소년에게 계속 남아달라고 간절히 부탁하면서 설득해야 했다. 그들에게는 자신의 부유함을 더욱 돋보이게 해줄 거지가 너무나도 절실했기 때문이다.

부자들은 돌아가면서 더욱 혹할만한 조건들을 제시하면서 그 거지의 사상공작을 위해 노력했다. 결국 거지 소년은 마지못해 그들의 간청을 받아들였지만 그 대신 두 가지 조건을 제시했다. 첫째는 주 5일 근무제를 실시하는 것이고 둘째는 깡통에 지폐를 넣지 않는다는 것이었다. 시간이 지나면 돈을 넣는 소리를 듣지 못해 쉽게 졸음이 오기 때문이라고 했다. 그 대신 듣기 좋은 소리가 나는 금은보화를 넣어달라고 했다. 부자들은 마침내 안도의 한숨을 내쉬면서 너도 나도 거지 소년의 요구를 충분히 들어줘야 한다고 말했다. 그러면서 그들도 조건을 제시했다. 거지 소년이 지금보다 더 남루한 옷을 입어 더욱 불쌍해 보이도록 하고 또한 사람들의 가슴을 뭉클하게 할 말들을 계속 내뱉어야 한다는 것이었다. 거지 소년도 이런 요구에 동의했다.

또다시 반년이라는 세월이 흘렀다. 그 마을 입구에서는 '땡그랑땡그랑', '달그락달그락' 금은보화를 던져 넣은 소리가 끊이지 않고 들려왔다. 고용된 '거지 소년'은 몹시 남루한 옷차림으로 얼굴에는 땟국물을 잔뜩 묻힌 채 지나가는 행인들을 향해 쉴 새 없이 머리를 조아리며 이렇게 소리쳤다.

"아이고, 불쌍한 사람 좀 도와주세요. 사흘 동안 물 한 모금 못 마셨어요!"

"아이고 배고파, 굶어죽을 것 같아요!"

"제대로 먹지 못해 뼈만 남은 제 모습 좀 보세요!"

가끔씩 행인들이 몇 마디 하는 소리도 들을 수 있었다.

"사흘 동안 밥을 못 먹다니! 정말 대단해. 내가 너만큼 강한 의지가 있었다면 이렇게 살이 찌진 않았을 텐데 말이다!"

나의 그 부자친구는 나를 저녁식사에 초대해 놓고 이런 이야기를 들려주었다. 그는 두 눈을 크게 치켜뜨면서 맹세코 이 이야기가 조금도 거짓을 보태지 않은 완전한 실화라는 점을 강조했다. 저녁을 먹고 나서 그는 주머니를 뒤적거리더니 수중에 남은 모든 돈을 지갑과 함께 그 거지 소년에게 주어야 한다고 말했다. 하는 수 없이 그날 저녁 값은 내가 계산해야 했다. 다행히 그날 저녁 식사 비용은 몇백 위안밖에 나오지 않았다.

격려

20년 전, 내게도 사는 것이 참 힘들었던 시절이 있었다.

나와 같은 나이의 사람들이 전부 대학을 졸업할 무렵에 나는 여전히 재수학원에서 또 한 해를 대학입시 준비에 쏟아붓고 있었다. '연전연패(連戰連敗)'와 '연패연전(連敗連戰)'의 계속이었다. 자신감과 현실의 사이에 자신도 속이고 남도 속이는 벽이 존재하고 있었다.

나는 마침내 헛수고 공부를 때려치우고 부모님과 친척들의 실망과 책망의 압력 속에서 몸부림치고 있었다. 나는 자학적인 선택으로 작은 탄광에서 석탄을 캐는 막노동을 하기로 했다. 육체노동과 땀으로 내 존재의 이유를 확인하고 싶었던 것이다.

그러나 불법 채광이 금지되자 나는 아픈 다리를 이끌고 양식장 사장을 대신하여 노 젓는 일을 하게 되었다. 작열하는 태양과 거센

강풍에 노출되다 보니 나의 겉모습은 실제보다도 훨씬 더 나이가 들어 보였다.

동창생들이 하나하나 재계와 정계에서 두각을 드러내기 시작했다. 나는 그들을 부러워하는 동시에 점차 거리를 두게 되었다.

어느 해 노동절에 동창생들이 전부 한자리에 모였다. 그날은 노동 인민을 위한 절일(節日)이었다. 나는 극심한 사상 투쟁을 거쳐 결국 초대에 응해 모임에 참석하게 되었다. 나는 마음속으로 동창생 모임이 성공한 사람들의 전시회라는 사실을 분명하게 알고 있었다. 그 자리에는 그들의 성공을 더욱 돋보이게 해줄 실패가가 필요했고 나는 기꺼이 그 역할을 맡기로 했다.

모두들 경쟁하듯 자기 자랑에 열을 올렸다. 혹시나 자랑할 기회를 놓칠 새라 허풍은 갈수록 격렬해졌다. 나는 한쪽 구석에 앉아 모든 동창생들의 한결같은 냉대를 받아내고 있었다. 절망감에 젖어 막 자리를 떠나려 하는 순간, 동창생들 가운데 가장 성공한 녀석 하나가 나를 향해 걸어왔다. 그는 이미 선전(深圳)에 있는 한 대기업의 고위 간부였다. 녀석은 친한 친구 하나가 병에 걸려 입원을 했는데 갑작스러운 소식에 미처 현금을 챙겨오지 못해 친구 병문안을 갈 돈이 없다면서 내게 천 위안만 빌려달라고 간곡하게 부탁하는 것이었다. 나는 반신반의하면서 얼른 집에 가서 돈을 가져다가 그에게 건네주었다.

그 일이 있고 나서 얼마 지나지 않아 그는 곧 돈을 갚아주었다. 그리고 다시 몇 년이 지나 우리는 다시 만나게 되었다. 기업가들을 위한 고급 포럼에서였다. 그는 포럼에 참여한 여러 기업가들 앞에서 마이크를 잡고 말했다.

"라오마는 제게 큰 도움을 주었습니다. 제가 가장 어려운 처지에 몰렸을 때 제게 천 위안을 빌려줬지요."

나는 너무 감동해서 금세 눈가가 촉촉해졌다. 마음속으로는 이렇게 외치고 있었다.

"사실은 자네가 날 도와준 걸세. 자네가 내게서 그 천 위안을 빌려가지 않았다면 나는 자신이 정말로 한 푼의 가치도 없는 사람이라고 생각했을 것이고, 오늘의 나도 없었을 걸세."

상황보고

　　　　　　나는 「상황보고」라는 제목의 글을 한 편 써서 베이징의 한 신문사로 보낼 준비를 했다.
　이 「상황보고」를 잘 쓰기 위해 나는 꼬박 1주일이라는 시간을 투자했다. 상부와 매체에 상황보고를 하려면 반드시 객관적이고 진실해야 하며 눈곱만큼도 거짓이 있어서는 안 됐다. 나는 이를 위해 충분한 준비를 했다. 글쓰기 작업을 시작하기 전에 각종 데이터와 사례들을 반복해서 조사했고 인용된 상부의 문서와 상급자들의 연설도 일일이 대조하여 확인했다. 모든 것이 정확하다는 확신이 선 다음에야 나는 비로소 모든 자료를 잘 인쇄하여 커다란 서류봉투에 넣어 밀봉한 후 신문사에 보냈다.
　이 「상황보고」는 순전히 내 개인적 행위로서 조직이나 상부로부터 받은 임무가 아니었다. 나는 평범한 말단 간부로서 우리 주변에서 일어나는, 관심이 필요하고 주목할 만한 일의 진실한 상황을 상부 또는 매체에 알려야 한다는 책임과 의무가 있다고 생각했다. 나는 원래 이 자료를 직접 중앙 지도부로 보낼 생각이었으나, 다시 생각해보니 그다지 적절하지 않은 방법인 것 같았다. 고위 간부들은 하나같이 정무에 몹시 바쁘기 때문이었다. 이렇게 나라에서 크고 작은 일들이 얼마나 많이 일어나겠는가! 그런 일들과 비교하자면, 내가 보고하는 상황은 너무 하찮아서 무시되어도 그만일 것 같았다. 나는 정말로 그들을 번거롭게 하고 그들의 소중한 시간을 그르치고 싶지 않았다. 게다가 나의 「상황보고」는 조리가 없이 사소한 얘기들로 가득 차 있는 데다 어휘의 선택도 정교하지 못해 글이 매끄럽지도 못했다. 분량도 원고지 5백 매가 넘기 때문에 너무 지루하게 느껴질 수 있었다. 방법이 없었다. 내게는 글을 다듬는 재주도 없어 그냥 신문사로 발송하는 수밖에 없었다. 신문사 기자들이나 편집자들이 눈코 뜰 새 없이 바쁜 와중에 내 글을 한번 펼쳐보거나 들여다보고 나서 조금이라도 관심을 보이게 된다면 나는 그것만으로 충분히 만족할 수 있을 것 같았다. 나는 그들이 내 글의 전문 또는 개요를 신문에 게재하리라는 기대는 결코 하지 않았다. 아, 맞다. 한 가지 분명히 하고 넘어가야 할 사실이 있다. 내가 이 글을 쓴 것은 결코 누군가를 고발하거나 익명으로 누군가를 고소하기 위해서가 아니었다. 감히 말하건대 내 글에 담긴 사실은 내 이름과 마찬가지로 진실에서 한 치도 벗어나지 않는다. 때문에 나는 나의 연락처와 진짜 이름을 글 맨 뒤에 단정하게 적어두었던 것이다.

뜻밖의 사건이 터지리라고는 꿈에도 생각지 못했다.

두 달 뒤, 나는 신문사에서 보내온 신문을 한 부 받았다. 뜻밖에도 나의 「상황보고」가 그 신문의 문화란에 게재되었을 뿐만 아니라 보름 동안 연재되고 있었던 것이다.

나는 놀라움을 금할 수 없었다. 내 이름이 필자로 신문에 분명하게 명기되어 있을 뿐만 아니라 내 글에 등장하는 실제 인물들의 이름에 대해서도 아무런 기술적 처리가 가해지지 않은 채 일반 대중에게 그대로 공개되었기 때문이다. 내가 더더욱 이해할 수 없었던 것은 이 신문에서는 내가 쓴 글을 중편소설로 간주하여 특별히 '하이라이트' 열독 대목에 게재했던 점이다.

이리하여 나는 너무나 갑작스럽게 영문도 모른 채 작가가 되었다. 그것도 아주 잘나가는 작가가 되어 있었다.

신문사에서 전화를 걸어 내게 자신의 글쓰기에 관한 글 한 편과 장편의 인터뷰 기사를 부탁했다. '소설'이 발표된 뒤로 독자들 사이에 강력한 반향을 불러일으키면서 적지 않은 독자들이 소설 작가의 사생활을 엿보고 싶어 하기 때문이라는 것이었다.

나는 몇 개월 동안 계속 잠을 제대로 잘 수가 없었다. 급기야 아는 친구 집에 숨어 지내면서 하루 종일 마음을 졸이게 되었다. 친구는 내가 사람을 죽이고 도망쳐 온 것이라 생각하고는 공연히 사건에 연루되기 싫다면서 나를 경찰에 신고해버렸다. 나를 매몰차게 배신한 것이다. 경찰이 재빨리 달려와서는 한마디 변명할 기회도 주지 않고 다짜고짜 나를 때리면서 연행해갔다. 다행히 우리는 법제사회

속에 살고 있었고 대부분의 사람들이 아직은 법에 근거하여 모든 일을 처리하고 있었다. 경찰들은 처음에는 내 얘기가 황당무계한 헛소리이자 국가기관을 희롱하고 공안 요원들의 아이큐를 조롱하는 것이라고 생각했다. 그러나 나중에는 나의 생생한 설명을 듣고서 내 말을 받아들이기 시작했다. 결국 그들은 나를 풀어주었을 뿐만 아니라 떠날 때 내게 조사기록부에 사인을 해달라고 요청하기까지 했다.

이 「상황보고」라는 제목의 '중편소설'은 다수의 신문잡지에 연재되었고 마지막에는 그해의 최우수 소설로 선정되기도 했다. 나는 계속해서 집에 돌아갈 수 없었고 지금까지도 멀리 친척집에서 지내고 있다. 나는 감히 '성대한 시상식' 같은 자리에 참석할 수 없었고 더 이상 골칫거리를 만들고 싶지 않았다. 아내와 전화로 이 일을 상의해봤더니 아내는 모든 것이 다 나의 잘못이라고 했다. 나는 아내에게 잘못했다고 빌면서 아이들에게는 절대 이 사실을 알리지 말아달라고 당부했다. 아내는 한동안 나를 위해 엄청난 압력을 견뎌왔다. 아내는 파리 떼처럼 달려드는 기자나 평론가들을 혼자서 상대하면서 거짓말을 하는 수밖에 없었다. 예컨대 "그는 전염병에 걸려서 취재가 불가능합니다." 또는 "얼굴에 작은 화상을 입어 사진을 찍을 수 없어요." 하는 등의 거짓말로 나의 글을 한 번 더 뜨겁게 기사화하려는 기자와 매체들의 시도를 막아냈다.

위험에 직면해서도 전혀 두려워하지 않는 아내의 행동과 관대함에 나는 크게 감동했다. 그녀가 평생 가장 혐오하는 것이 '작가'였다. 나는 그녀의 마음 깊숙한 곳에서 어떻게 작가가 깡패, 사기꾼이 같은 부류로 분류되어 있는 것인지 이해할 수가 없었다. 나는 아는 지인을 통해 그녀에게 내 속마음을 전했다.
 "이번 풍랑이 지나가고 나면 나는 반드시 인간이 될 것이고, 절대로 「상황보고」 같은 구린 글은 쓰지 않을 것이오!"

비결

　　　　　나는 라오위(老余)의 주량이 그렇게 약한 줄 몰랐
다. 그는 작은 잔으로 두 잔을 마시더니 바로 정신을 차리지 못했다.
　"자, 괜찮아. 우리 한 잔 더하자고."
　나는 그가 손을 부들부들 떨면서 술잔에 술을 따르는 것을 보고는 재빨리 그를 말렸다.
　"괜찮아. 오늘 기분이 아주 좋다네!"
　라오위의 얼굴이 새빨개진 것을 보니 다소 흥분한 것이 분명했다.
　"라오위, 요 몇 년 동안 자네 정말 잘나가는 것 같아. 돈도 많이 벌고 대기업의 부사장이 됐으니 말이야. 정말 잘됐어. 무슨 비결이라도 있는 건가?"
　나는 라오위와 군대생활을 같이 시작했지만 그가 오늘날 이렇게 성공하리라는 것은 누구도 예상하지 못한 일이었다. 우리 동기들은 대부분은 일찌감치 은퇴한 상태였다.

"헤헤."

라오위는 두 눈을 가늘게 뜬 채 바보처럼 웃었다.

"자네 아나?"

라오위의 허영심과 만족감이 술기운을 빌려 내게 진심으로 부러워하는 표정을 짓게 만들었다.

"자네가 들어봤는지 모르겠지만 성공한 남자의 뒤에는 항상 여인이 있기 마련이라는 말이 있네. 우리 마누라가 바로 그 뒤에 있는 여인이지."

나는 귀를 쫑긋 세우고 라오위가 들려주는 부자 철학의 교훈을 경청했다.

"우리 마누라는 정말 천하에 찾기 어려울 정도로 좋은 사람이야. 내 성공의 절반은, 아니, 대부분이 우리 마누라의 지지 덕분이라네. 마누라는 항상 내게 남자는 반드시 책임감과 사업 욕심이 있어야 한다고 말하곤 했지. 자네도 한번 생각해보게. 이 얼마나 힘이 되는 말인가. 마누라가 남자는 안 좋은 습관을 가지고 있어도 안 된다고 해서 나는 담배도 피지 않고 술도 잘 안 마신다네. 오늘은 특별히 기분 좋은 날이라 좀 마신 것이지. 사장이 나를 부사장으로 발탁한 데다 몇 년 동안 만나지 못했던 형제들을 만난 반가움에 몇 잔 마신 거라네. 솔직히 말해서 나는 지난 20여 년 동안 술을 한 방울도 입에 대지 않았거든."

"나에 대한 마누라의 요구는 대단히 엄격한 편이었네. 회사에서 들어오는 월급도 전부 마누라가 대신 가서 찾고, 기본적으로 내가 돈을 가까이 하도록 내버려두지 않았지. 혹시나 내가 잘못이라도 저지를까봐 절약하는 습관을 들이도록 했던 거야. 맞다. 오늘 식사 비용도 자네가 계산해야 하네. 난 돈을 한 푼도 가져오지 않았거든. 차를 타고 다니느냐고? 난 차를 타지 않네. 매일 자전거로 출근하지. 마누라가 2위안을 주긴 하지만 그건 긴급할 때 쓰라는 돈이야. 갑자기 자전거 바퀴에 바람이 빠져 바람을 넣으려면 2마오(毛 : 10마오가 1위안이다.)가 필요하거든."

"마누라는 여자가 별로 도움이 되는 존재가 아니라고 말하면서 내게 여자들과의 교제를 금지했네. 물론 마누라는 여자가 아니지. 아니, 내 말뜻은 마누라는 절대적으로 좋은 존재라는 걸세. 이 말이 조금 이상하게 들릴지도 모르지. 자네 생각은 어떤가? 내가 매일 일을 마치고 집에 돌아가면 마누라는 내 옷 주머니랑 가방을 이리저리 살펴보면서 돋보기로 내 옷에 긴 머리카락이 붙어 있지나 않은지 검사하곤 한다네. 그러면서 코로 있는 힘껏 냄새를 맡기도 하지. 여자 냄새가 독기를 품고 있어서 몸에 좋지 않다는 거야. 나는 한 번도 마누라를 실망시킨 적이 없네."

"우리 마누라는 내 사업에도 관심이 많아 종종 사장을 찾아와 내 사상과 업무태도에 관해 묻곤 한다네. 때로는 사장과 늦게까지 얘기를 나누다가 피곤한 얼굴로 돌아오기도 하지 나를 위해서라면 마누라는 도무지 마음을 놓지 못해. 나는 마음속 깊이 마누라에게 감사하고 있다네."

"우리 마누라는 내게 반복해서 당부하곤 한다네. 남자는 항상 진취적으로 열심히 일해야 하고 회사에서의 일을 최우선 순위에 두어야 한다나. 그래서 나는 종종 야근을 한다네. 마누라가 나를 무시할까봐 두려워 회사에 일이 없는데도 사무실에 앉아 있다가 늦게야 집으로 돌아가곤 하지. 한번은 감기가 걸렸는지 두통이 너무 심해 회사를 몰래 빠져나와 집에 가서 좀 자고 싶었네. 곧장 집으로 간 나는 침실 문을 여는 순간 놀라서 죽을 뻔했네. 너무나 뜻밖에도 우리 마누라랑 사장이 함께 침대 위에 누워 있는 것이 아니겠나. 나는 온몸에 땀이 나고 가슴이 쿵쾅쿵쾅 뛰었지. 그 뒤에 어떻게 되었을지 짐작이 가나? 죽도록 아프던 머리가 하나도 안 아프고 감기도 싹 나아버리더군. 정말 좋은 사람이었어. 마누라 말이 맞았지. 마음속으로 요행을 바라면 안 되고 게을러져서도 안 되는 것이었어. 게다가 우리 사장은 나를 아주 엄격하게 관리했지. 그는 정말 귀신 같이 예측했어. 그날 내가 일찍 조퇴할 것을 알고는 뜻밖에도 우리 집에 먼저 가서 나의 게으름을 막으려고 했던 거야."

"다행히 그는 나를 발견 못했고 나는 살금살금 문을 닫고는 얼른 회사로 다시 달려왔네."

"자네는 이런 우리 마누라를 어떻게 생각하나? 정말 괜찮은 마누라지? 아마 백 리, 천 리, 만 리를 돌아다녀도 이런 마누라는 찾기 어려울 거야."

라오위는 말을 하면서 점차 흥분하더니 마침내 다시 술잔을 들었다. 그의 눈에 눈물방울이 반짝거렸다.

"자 우리 둘이서 한잔 더 하자고."

나도 술잔을 들었다. 내 눈에도 눈물방울이 매달려 있는 것 같았다.

제복

쑨즈샤오(孫子孝)는 자신이 평생 조직에 속한 사람이라고 말했다.

그는 굳이 자신의 개인 신상파일을 조사할 필요도 없이 입고 있는 옷을 보면 바로 자신이 집단에 충실하고 조직에 모든 것을 거는 사람임을 알 수 있을 것이라고 말했다. 복장이 모든 것을 증명한다는 것이다.

유치원에 들어가면 어린 친구들은 모두 통일된 유치원복을 입었다. 상의에는 유치원의 이름이 찍혀있고 그 옆에 나뭇잎 두 개와 빨간 꽃 한 송이가 새겨져 있었다. 이는 조국의 꽃을 의미했다.

초등학교부터 중학교 때까지 그는 상의에 학교명이 새겨져 있는 교복을 입었다. 촌스럽지만 하루 종일 입고 다녀야 하는 옷이었다. 어디를 가든 사람들은 한눈에 그가 어디서 왔는지 알 수 있었다. 한

번은 그가 서점에 갔다가 몰래 옷 속에 『홍암(紅岩)』이라는 제목의 책을 한 권 숨겨 나오다 들켰을 때도 사람들은 그의 교복 상의에 적힌 학교명을 보고서 곧바로 학교에 알릴 수 있었다. 또 어느 해 방학 때 그는 어느 방직공장 옆을 지나다가 때마침 그곳에 불이 난 것을 보고는 사람들을 도와 함께 물을 뿌려 불을 껐다. 사람들이 특별히 교장선생님에게 감사의 편지를 썼을 때도 그의 옷에 새겨진 학교명이 중요한 역할을 했다. 그해 여름, 그가 부주의하여 우물에 빠졌을 때도 지나가던 사람들이 그를 구해주고 그의 머리에 난 상처를 잘 싸매 학교로 데려다줬다. 이 사건 역시 그의 교복이 그에게 결정적 도움을 준 사례였다.

고등학교를 졸업하고 나서 쑨즈샤오는 군에 입대하여 녹색 군복을 입게 되었다. 그는 더욱더 조직에 속한 사람이 되었다. 당시에는 모두들 그를 '샤오쑨(小孫)' 또는 '샤오쑨 동지'라고 불렀다.

이어서 샤오쑨은 군복을 벗고 경찰복을 입게 되었다. 아울러 '샤오쑨'이라는 호칭도 '따쑨(大孫)'으로 변했다. 따쑨은 군에서 제대한 뒤로 십 년 넘게 경찰생활을 했고 그가 입은 제복은 동창생과 친구들, 이웃들 사이에 부러움과 경외의 대상이 되었다.

앞당겨 경찰에서 은퇴한 따쑨은 라오쑨(老孫)이 되었다. 라오쑨은 집에 한가하게 남아 있지 않고 다시 경비원 제복을 입게 되었다. 호텔 입구에서 고객들을 위해 문을 열어주고 고객의 주차를 안내했다. 그가 몸에 입고 있는 제복이 그의 상실감을 경감해주고 다시 정신을 가다듬을 수 있게 해주었다.

라오쑨은 경찰 시절에 몸에 밴 나쁜 습관을 고치지 못하고 사람을 때려 치명상을 입히고 감옥에 들어가게 되었다. 그는 감옥에서도 통일된 제복을 입었으며 상의에 일련번호가 새겨져 있었다고 말했다. 경찰 제복과 다른 점은 재질이 좋지 않고 뻣뻣하여 구김이 없다는 것뿐이었다.

라오쑨은 감옥에 오래 있지 않고 보석으로 풀려나 병원에 입원하게 되었다. 그는 지금도 통일된 제복을 입고 있다고 말했다. 병원에서 지급한 환자복이었다. 라오쑨이 입원한 병원은 임종 직전의 환자들을 돌봐주는 병원이었다. 그는 간암에 걸려 있었던 것이다.

현재 라오쑨의 가장 큰 바람은 앞으로 다른 세상에 가서도 통일된 제복을 입는 것이다. 그는 평생 동안 조직에 속해 통일된 제복을 입었기 때문에 다른 사람들과 같은 옷을 입지 않을 경우 자신이 별종으로 여겨져 제대로 감각을 찾을 수 없을 것이라고 말했다.

실험

　　　　　유행을 철저히 따라가려 하지만 항상 뒤처지는 사람들이 있다. 이 점에 있어서 나는 운이 좋은 편이다. 사람들이 믿건 안 믿건 간에 신선한 일이라면 나는 거의 다 경험했다고 할 수 있다. 하지만 이는 내가 유행을 좋아하기 때문이 아니라 단지 남들보다 운이 좋아 실험적이고 창의적인 일들을 남보다 앞질러 경험하게 되었던 것뿐이다.

　막 태어났을 때, 병원의 의사는 영아가 엄마 뱃속의 양수 안에서 수영의 기초를 터득했다고 말했다. 그러고는 시범을 보인다며 나를 욕조 안에 집어넣는 바람에 하마터면 익사할 뻔했다.

　세 살 때, 국가 위생기관에서는 전염병 예방주사를 놓기 전에 몇몇 아이들을 대상으로 실험을 했다. 나도 영광스럽게 그 가운데 한 명이 되었다. 주사를 놓자마자 내 팔이 사발 주둥이만큼이나 부어올랐고 머리는 한 가닥도 남지 않고 다 빠져버렸다. 지금도 내 머리는 완전한 대머리다.

초등학교 때는 실험반에 가입했다. 실험반에서는 박사들도 잘 이해하기 어려운 지식을 잔뜩 가르쳐주었다. 실험반 학생들은 두 달이 채 못 되어 절반 이상이 정신병원에 입원했다. 그중에는 나도 포함되어 있었다.

중학 시절에는 교장이 갑자기 우리 반을 실험 교재로 사용하겠다고 선포해버렸다. 한 학기가 지나 시 전체의 연합고사가 있었다. 우리 반에는 합격선에 가까이 다가간 친구가 단 한 명도 없었다. 이리하여 나와 나머지 학생들 모두 유급을 했고 학교를 1년 더 다녀야 했다.

이렇게 더 다니게 된 1년 동안 우리에게는 시험을 보지 않고도 대학에 들어갈 수 있는 기회가 찾아왔다. 모든 학생들이 아주 먼 농촌으로 가서 광활한 대지를 배경으로 고생을 배우게 된 것이다. (문화대혁명 기간에 대학이 문을 닫고 젊은이들이 전부 농촌에 내려가 노동학습을 하게 되었던 것을 말한다.) 점수는 손에 잡힌 굳은살의 두께로 계산했다.

농민 교사들의 특별한 교육에서 나는 한쪽 손가락이 잘리고 말았다. 채석장에서 끌을 들고 작업을 하다가 집주인 둘째 아들이 휘두른 해머에 그대로 손을 찧고 만 것이다. 당시 나는 생산대장에 의해 양손을 전부 사용하는 실험자로 선발되어 있었다. 이리하여 나는 조기 졸업을 하고 도시로 돌아왔다.

노동자가 되어 직장에 나간 첫날, 공장에서는 과부하 작업방법을 실험하고 있었다. 나는 사흘 밤낮을 한숨도 자지 않고 한 손으로만 보통 사람들이 보름에 걸쳐 완성할 수 있는 있을 해내고 나서 '외팔이 영웅'이라는 명예칭호를 얻었다. 공장장은 원래 나와 악수를 함으로써 내 노고를 치하할 생각이었다. 그러나 공장장은 내밀었던 손을 도로 거둬들여야 했다. 한 손은 마비되어 있고 멀쩡한 한 손으로는 눈물을 닦고 있었기 때문이다!

상부에서 중시한 덕분에 우리 공장은 '순결계급대오'의 시범기관이 되었다. 우리 공장에서 거두게 되는 성공적 경험이 전국으로 확산될 예정이었다. 우리는 너무나 흥분했고 위아래가 두루 하나로 단결하여 석 달 동안 불철주야 노력했지만 80퍼센트의 노동자들이 각종 죄명을 얻어 전부 일자리에서 쫓겨나야 했다. 나는 그들보다 운이 좋아 그저 약점을 잡히는 것으로 그쳤다.

얼마 후 우리는 다시 공장으로 돌아올 수 있었다. 그러나 곧이어 조직 우수화를 위한 시험적 개혁이 시작되었다. 나는 솔선수범하여 우수화 개혁의 전형적인 희생자가 되었다. 노동자 친구들은 대문 입구까지 나와 나를 배웅해주었다. 정말 감동적인 장면이었다.

나는 지금 병원에 입원해 있다. 이 병원 역시 실험 병원으로서 나처럼 오랜 실험의 대상이 된 결과 기댈 곳 없이 영락한 환자들을 전문적으로 돌보고 있다. 의사 선생님은 내가 자신이 의사가 된 뒤로 보고 듣고 배웠던 모든 병을 한 몸에 다 지니고 있다면서 나를 중요한 실험 대상으로 삼겠다고 말했다. 새로 발명된 각종 약물을 이용하여 내게 종합 진료를 진행하겠다는 것이다. 나는 의사의 말에 기꺼이 동의했다. 이에 따라 매일 나를 진찰하는 의사가 많아졌다. 연수중인 의사들도 있고 실습 나온 의사들도 있었다. 그리고 구경하는 사람들도 무척 많았다. 나는 의학계의 주목을 한 몸에 받으면서 더할 수 없는 관심과 보살핌을 받았다.

남몰래 나의 주치의에게 도대체 내 병명이 무엇인지 물어보았다. 내가 어떤 병을 갖고 있는지 몇 가지 이름만이라도 말해줄 수 없느냐고 사정했다. 나는 정말 궁금했다. 주치의는 귀찮다는 듯한 어투로 너무 초조해하지 말라고만 말했다. 시신을 부검해보면 모든 것을 분명하게 알게 될 거라는 것이었다.

나는 병원의 주도면밀한 고려에 감사했다. 나는 그들에게 다시 한번 나를 대상으로 실험을 진행해달라고 요구했다. 내가 아직 살아있을 때 몸을 해부하면 효과가 훨씬 더 좋을 것이라는 것이 나의 생각이었다.

질책

나는 장차 이 세상과 작별하게 될 때 후손들에게 뭐라도 남겨줘야겠다고 항상 생각했다.

나는 땡전 한 푼 없이 가난한 사람이라 남은 것이라고는 저장량이 풍부한 금광 하나밖에 없었다. 이는 내가 한평생 꿈속에서 자주 보아온 금빛 찬란한 지대였지만 깨어나면 아무것도 없었다.

팔순이 넘은 노인으로서 인생의 경험이 자손들에게 물려줄 수 있는 가장 귀중한 재산일 것이다. 나는 이것을 저 세상까지 가져갈 생각이 없다. 나는 하나도 남기지 않고 모든 사람들에게 나눠줄 작정이었다. 나는 인간의 모든 교육 방법 가운데 '질책'이 가장 효과적인 방법이라고 생각해 왔지만 오늘에서야 그 비밀과 진정한 핵심을 깨닫게 되었다.

"움직이지 마, 손 빼!"

이는 내가 세상에 태어난 직후에 들은 엄마의 입에서 나온 최초의 질책이었다. 당시 나는 그저 손을 휘저으며 반짝거리는 옷핀 가까이 다가가고 싶었을 뿐이다.

"벽 옆에 그대로 서 있어. 엉덩이 조심하고!"

유치원에 간 첫날, 선생님은 내게 큰 소리로 경고하면서 나를 향해 무서운 표정을 지었다. 내가 밥그릇을 엎었기 때문이다.

"넌 밥 못 먹어. 밥을 먹었다간 내가 네 녀석의 개다리('개의 다리'가 아니라 '개 같은 다리'라는 뜻이다)를 분질러 놓지 않는지 두고 봐라!"

초등학교에 입학해서는 우리 반 담임선생님을 무척 좋아해서 그녀에게 '눈 큰 도둑'이라는 애칭을 지어주었다. 내가 선생님을 이런 애칭으로 부르자 뜻밖에도 선생님은 나의 속마음을 이해하지 못하고 우리 부모님들에게 일렀고 나는 부모님들에게 호되게 야단을 맞아야 했다. 다행히 나는 여태까지 한 번도 강아지를 길러본 적이 없기 때문에 내 개다리가 부러지는 일은 일어나지 않았다.

"이런 못된 녀석 같으니라고!"

이는 중학교 시절에 아버지가 항상 내게 보내던 신호였다. 어투도 항상 거칠고 무서웠다. 당시 나는 내 짝을 몹시 싫어했다. 그 애는 다른 아이들보다 발육이 한 해는 더 빠른 요정이었다. 그녀는 항상 내 마음을 불편하게 했다. 특히 여름에 그 애의 팔이 책상 중앙 경계선을 넘어와 내 몸에 닿을 때마다 나는 뭔가 불쾌한 이물질이 와 닿는 듯한 느낌이 들었다. 이리하여 나는 커다란 바늘을 준비하여 반격에 나섰다. 그 애가 "아야!" 하고 비명을 지를 때마다 나도 '아프긴' 했지만 기분이 좋았다.

"넌 정말 인간쓰레기야. 영원히 싹수가 안 보이는구나!"

막 사회에 나왔을 때 나는 '모범 노동자'가 되고 싶지 않았고 오로지 남들과 다른 행동으로 튈 생각밖에 없었다. 부모님들이 보아주기 힘든 이상한 옷차림을 하고 다니면서 늦게 자고 늦게 일어나는 생활 규칙을 철저히 지킴으로써 부모님들을 화나게 했다.

"너에게 화낼 사람은 아무도 없을 거다!"

어렵사리 일자리를 찾았다. 작업반장은 하루 종일 나만 지켜보고 있고 화장실에 갈 때도 시간을 쟀다. 그는 항상 똑같은 말로 나를 질책했다.

"자네 월급 안 받을 생각이야? 빨리 일해! 못난 친구 같으니라고! 자네 잘리고 싶어서 그래?"

"고집 좀 그만 부려요. 내가 하는 걸 두고 보라고요!"

결혼하고 얼마 지나지 않아 가끔씩 밤에 집으로 돌아가면 아내가 이렇게 소리를 지르곤 했다. 그 후 10년 동안의 주제어는 이런 것들이었다.

이런, 밥통 같으니라고! 자기 품성이나 좀 반성하시지! 꺼져, 제발 좀 꺼져줘! 평생 꼴도 보기 싫단 말이야! 이런 개자식…….

물론 그녀도 자기반성을 할 때가 있었다.

"이런 젠장, 내가 눈깔이 삐었지. 내가 전생에 무슨 죄를 지었기에 저런 놈에게 시집을 온 거야!"

"자네 정말로 멍청하군. 갈수록 더 엉망이잖아. 남들 보기 창피하지도 않은가?"

마누라가 죽은 지 6년이 지났다. 나는 이웃에 사는 사(夏) 노부인이 무척 좋은 사람이라고 생각했다. 그녀는 반평생을 과부로 지내면서 아들딸도 없이 혼자 살고 있었다. 내가 그 집에 이사해 들어가 살겠다고 하자 아들이 엄중한 말투로 거부하고 나섰다.

"쳇, 늙어서도 죽지 않고 하는 일 없이 밥만 축내면서 사람들에게 좋은 일도 못하잖아!"

며느리가 부엌에서 고양이 욕을 하고 있었다. 소리가 너무 컸다. 며느리는 좋은 여자다. 우리 집에 사는 그 고양이에 대해 불만만 없었다면 지금도 내가 양로원에 와 있는 일은 없었을 것이다.

"왜 그렇게 멍한 표정을 짓고 있어요? 또 바지에 오줌을 싸셨군요?"

이런 소리가 들리면 다행이었다. 그렇지 않으면 나는 언제 오줌을 쌌는지조차 모르기 때문이다.

"빨리 담벼락에 가서 서세요. 선 채로 햇볕에 바지를 말리시란 말이에요!"

망신

난 그가 그렇게 풀이 죽어 있는 모습을 한 번도 본 적이 없다. 그는 자신이 죽도록 무능하다고 생각했다.

나는 여러 번 그를 격려하려고 시도했지만 그는 단호하게 내게 손을 내저으며 나의 호의를 거절했다. 그가 말했다.

"내 입장은 생각지도 않으면서 쓸데없는 얘기 좀 하지 말아요. 이게 형님 일이라면 나처럼 힘들어하지 않을 수 있을 것 같아요? 이 일은 누가 격려한다 해도 소용이 없는 일이에요. 뭐라고 말하든 다 썰렁하고 기분 나쁜 말로 들린단 말이에요. 알겠어요?"

나는 더 이상 입을 열지 못하고 그저 예의상 고개만 끄덕였다.

"형님",

그가 말했다.

"정말 창피해 죽겠어요. 내 체면이 원숭이 궁둥이만도 못하게 됐단 말이에요. 마누라가 임시직 보일러공이랑 도망가 버렸는데 내가 어떻게 얼굴을 들고 다닐 수 있겠습니까? 정말 쥐구멍이라도 찾아 들어가고 싶은 심정이라니까요. 정말 창피해서 사람을 만날 수가 없어요! 형님은 나와 각별한 사이니 한번 객관적으로 판단 좀 해보세요. 어떻게 이런 일이 있을 수 있겠어요? 매일 출근할 때마다 아는 사람들을 만날까 두려워 머리를 바짓가랑이에 처박고 싶을 지경이라니까요. 누가 날 비웃지 않겠어요? 말해 봐요. 그렇게 혼자 멍하니 서 있지만 말고."

"누가 자넬 비웃겠나? 그렇게 함부로 말하지 말게."

이렇게 말하면서 사실은 나도 그를 동정하고 있었다.

"누가 절 비웃느냐고요? 모든 사람이 다 비웃고 있지요. 종합처의 그 대머리 류(劉)도 대놓고 저를 깔본다니까요. 그의 품성을 한번 보세요. 그이 부인이 손을 쓰지 않았다면 그가 어떻게 지금 같은 영광을 누릴 수 있겠어요? 그의 마누라가 쑨(孫) 부국장이란 하룻밤 잔 다음부터 하루 종일 표주박 같은 대머리를 쳐들고 '닭 가슴'을 앞으로 내밀고 다니잖아요. 엘리베이터에도 내 앞에 끼어 탄다니까요 젠장, 뭐가 그리 대단하다고 까부는 건지! 그의 마누라가 곧 은퇴할 부국장 곁에 꼭 붙어있어서 그러는 게 아니겠습니까? 국장님이 우리 마누라를 먼저 알았다면 그의 마누라에겐 그런 기회조차 없었을 거라고요."

나는 그 자리에 멍하니 서 있었다. 머릿속에서 옹옹 소리가 났다.

"젠장, 우리 마누라도 참 한심하지요. 보일러공이랑 바람이 나다니 말이에요. 정말 품위라고는 눈곱만큼도 찾아볼 수 없다니까요. 내가 눈이 멀었지, 그년 때문에 제 인생은 완전히 망가져버렸어요."

그는 또 주머니에서 작은 술병을 꺼내서 독한 술을 한 모금 가득 들이켰다.

"아직 기회는 있을 걸세. 자네 아내가 계속 뭔가를 깨닫지 못하고 그렇게 멍청하게 살진 않을 거야. 보일러공이랑 눈이 맞아 시골로 도망치긴 했지만 얼마 못 가서 돌아오게 될 걸세."

나는 남의 불행이 곧 나의 행복이기라도 한 것처럼 그를 다독여주는 척했다.

"그런 기회는 없을 거예요. 어떤 국장이 보일러공이랑 바람난 여자를 좋아하겠어요? 됐어요. 제 남은 생에는 어떤 희망도 없어요. 그저 수발실에서 잡일이나 하면서 지내는 거지요. 저는 형님이랑 달라요. 형님은 괜찮을 겁니다. 제가 보기에 형님에게는 기회가 있을 거예요."

그는 방금 전보다 더 흥분하고 있었다.

"나야말로 가망이 없지. 난 자네 부인을 알지 못할 뿐만 아니라 설사 자네가 원한다 해도 그 보일러공 녀석이 나와 목숨을 걸고 경쟁을 하려 하지 않을 걸세."

나는 더 이상 그를 상대해주지 않고 몸을 일으켜 자리를 피했다.

"퉤!"

그는 내 등 뒤에서 거칠게 침을 뱉어댔다.

제비뽑기

　　　　　의사 뉴(牛) 선생은 병원에서 긴급 임무를 받고 곧장 과(科)로 돌아와 간부회의를 소집했다.

　'오관과(五官科: 눈, 코, 입, 귀, 피부)'의 의무 요원은 총 9명으로서 전부 제 시간에 맞춰 주임 사무실로 집합했다.

　뉴 선생은 과의 주임대리로서 하반기에 퇴직 수속을 밟아야 하는 처지였다. 그가 지금 맡고 있는 주임대리의 직책은 사실 특별한 배려에 의한 것이었다. 과에서 그의 나이가 가장 많기 때문이다. 이전에는 모두들 그를 '뉴 영감'이라고 불렀으나 그가 주임대리를 맡게 되자 동료들 모두 그냥 '영감'이라는 약칭으로 부르기 시작했다. 존중과 경시를 동시에 갖고 있는 호칭이었다.

　의사들은 '영감'이 회의를 소집한 이유가 무엇인지 잘 알고 있었다. '사스(SARS)예방' 제1전선에 의료진을 파견하여 환자들을 구제할 계획이라는 소식이 병원 전체에 퍼져 있었던 것이다. 게다가 다른 병원에서는 이미 대규모 의료진을 전선으로 파견했다는 소문도 있었다.

의사들은 하나같이 엄숙한 얼굴로 자리에 앉아 있었다. 뉴 영감만 실실 웃으면서 편안한 자세로 풍자의 의미가 섞인 농담을 늘어놓고 있었다.

모두들 이 순간만큼은 '영감'이 늘어놓는 야한 유머에 귀를 기울일 기분이 아니었다. 의사들은 엄숙한 얼굴로 미간에 주름을 잡은 채 고개를 숙이고 있었다.

"그럼 본론을 얘기하도록 하겠습니다."

뉴 주임대리는 일부러 목청을 가다듬으면서 사람들의 주목을 유도했다.

"병원에서 임무가 하달되었습니다. 우리 과에서 의사 한 명을 새로 건축된 전염병원에 파견하여 사스 환자들을 치료하는 데 협조하기로 했습니다. 이는 대단히 영광스런 임무이지요!"

그는 목청을 높여 영광스런 임무임을 강조했다.

"왜 하필 우리더러 가라는 겁니까? 우리도 전염병을 진료하고 있잖아요?"

누군가 사정을 뻔히 알면서 일부러 물었다.

"인원이 충분하지 않아요. 감염된 사람들이 너무 많거든요."

뉴 영감이 설명했다.

"누구를 보내야 할지는 나도 잘 모르겠어요."

그가 한숨을 내쉬었다.

모두들 아무 소리도 내지 않고 그 자리에 멍하니 앉아 있었다.

"아,"

뉴 영감이 다시 한 번 긴 한숨을 내쉬었다.

"우리 과의 인원은 총 아홉 명입니다. 남자도 있고 여자도 있지요. 당원도 있고 간부도 있습니다. 젊은 사람도 있고 나이가 좀 든 사람도 있지요. 이 활동은 대단히 영광스럽긴 하지만 위험하기도 한 일이라 누굴 보내고 누굴 남게 할지 잘 모르겠습니다. 서로 가겠다고 다투다가 과의 화합을 해칠까 걱정입니다. 그래서 제가 방법을 하나 고안해냈지요. 한번 들어들 보시고 더 좋은 방법이 나타나지 않으면 제가 생각한 방법으로 밀고 나가도록 하겠습니다."

의사들이 고개를 들어 뉴 주임을 향해 눈을 크게 떴다.

"종이를 접어 아홉 개의 제비를 만들겠습니다. 그 가운데 여덟 개는 백지이고 나머지 한 개는 '간다'라고 적혀 있지요. 이 '간다'라고 적힌 제비를 뽑는 사람이 제1선으로 가는 겁니다. 서로 다투거나 양보해서도 안 됩니다. 아시겠지요?"

뉴 주임은 눈으로 사람들 전부를 훑었다.

"이건 너무 엄숙하지 못한 방법입니다."

한 사람이 반대하고 나섰다.

"제 생각에는 당원이 솔선수범하는 것이 마땅한 것 같습니다!"

"왜 당원이 가야 한단 말입니까? 이 일이 대단히 영광스러운 일인 만큼 우리 당원들은 남의 영광을 가로채선 안 됩니다."

또 다른 목소리가 나타났다.

"뉴 주임은 곧 퇴임할 예정이고 당원도 아니니 가지 않는다 해도 충분히 이해할 수 있습니다. 하지만 네 명의 부주임이 더 있지 않습니까? 제 생각에는 간부들이 앞장서는 것이 바람직할 것 같습니다."

누군가 새로운 의견을 제시했다.

"간부면 무조건 나서 죽어야 한단 말입니까? 그게 말이나 돼요? 게다가 우리가 무슨 대단한 관료라도 됩니까? 평소에도 모든 일에 앞장서서 죽도록 일하는데 무슨 이상한 일만 있으면 우리더러 나서라고 하니 그런 법이 어디 있습니까? 나는 절대로 반대합니다!"

부주임 하나가 반박하고 나섰다.

"젊은 사람들은 걱정이 덜할 테니 젊은 사람을 보내는 것이 좋을 것 같습니다."

나이 든 의사 하나가 말했다.

"그냥 그렇게 해요. 운에 맡기자고요!"

한 젊은이가 자리에서 일어서며 말했다.

모두들 흥분하기 시작하자 뉴 영감이 탁자를 내려쳤다.

"자자, 조용히들 하세요! 전부 소용없는 애기들뿐이니 그냥 제 생각대로 진행하는 걸로 하겠습니다. 제비뽑기로 결정하는 겁니다."

장내가 갑자기 조용해졌다. 더 이상 이의를 제기하는 사람은 나오지 않았다.

"이 제비는 제가 만든 겁니다. 공평을 기하기 위해 저는 맨 마지막에 뽑도록 하겠습니다. 상자에 남는 마지막 제비가 바로 제 몫이 되는 것이지요. 자, 시작하겠습니다. 속전속결로 처리하도록 합시다. 누가 먼저 뽑으시겠습니까?"

라오관(老關)이 상자를 흔들어 테이블 한가운데 내려놓았다.

한순간에 방 안에 긴장감이 가득했다. 잠시 후 젊은 실습 의사가 하나가 천천히 상자 안으로 손을 뻗어 붉은 종이를 집더니 조심스럽게 펼쳐보았다.

"아싸! 나는 아니다!"

그는 기뻐서 그 자리에서 껑충껑충 뛰었다.

이어서 한 사람 한 사람 차례로 제비를 뽑았다. 얼굴이 창백해진 사람도 있고 온몸에 땀을 흘리는 사람도 있었다. 쉬지 않고 뭔가를 중얼거리는 사람도 있고 두 눈을 감은 사람도 있었다. 두려움 속에서 제비는 하나하나 주인을 찾아갔다. 여덟 번째 붉은 종이가 펼쳐지자 모두들 일제히 박수를 치면서 서로를 축하했다. 모든 사람들이 환호작약하는 가운데 분위기도 화기애애해졌다.

"제가 가는 수밖에 없군요"

뉴 주임이 웃으면서 마지막 제비를 집어 들었다. 의사들은 갑자기 조용해졌다. 그들은 어색한 눈빛으로 '영감'을 바라보았다. 몇몇 사람들은 얼굴이 새빨개지기도 했다.

"모두들 걱정 말아요. 제게 신경 쓰실 것 없습니다. 제게는 자신을 지킬 방법이 있어요. 사실 '사스'는 그렇게 무서운 병이 아닙니다."

뉴 주임은 손이 닿는 대로 자신의 제비를 집어 사무실 휴지통에 던진 다음 동료들에게 가볍게 작별인사를 건넸다.

한 달 후, 뉴 영감은 전염병에 감염되기는 했지만 치료를 통해 위험에서 벗어났다.

'사스와의 전쟁'에서 용감하게 싸운 제1선의 의사들은 마침내 대대적인 표창을 받았다. 뉴 주임만 예외였다. 누군가 그가 자발적으로 간 것이 아니라 제비뽑기라는 소극적인 방법에 의해 억지로 가게 된 것이라고 알렸기 때문이다.

오관과의 의사들은 하나같이 뉴 주임에게 화를 냈다. 그가 휴지통에 던진 붉은 종이를 펼쳐보니 역시 '간다'라는 단어가 쓰여 있지 않은 백지였기 때문이다.

새 옷

　　동료 라오딩(老丁)의 아내는 시 정부 모 국(局)의 기관에서 일하고 있다. 작년 연말에는 우수공무원 명예칭호를 획득하여 상금으로 2급의 임금을 받았다.
　　라오딩은 기뻐서 입이 다물어지지 않았다. 자신이 상을 받은 것보다 더 좋아했다. 얼마 전 라오딩은 한 심리과학 잡지에 질투심에 관한 학술논문을 발표하여 상을 받았다. 하지만 아내가 우수공무원으로 인정을 받게 되자 이렇게까지 흥분하게 될 줄은 몰랐다. 그는 아내가 집안일과 직장 일을 모두 야무지게 해낸다는 것이 그리 쉽지 않은 일일 거라고 생각했다. 이에 라오딩은 특별히 시간을 내서 이전에는 한 번도 해본 적이 없는 일을 하기로 했다. 아내가 표창을 받은 것을 축하하는 의미로 아내를 데리고 한나절 동안 패션 의류점들을 구경하기로 한 것이다.

패션 의류점을 구경하자는 의견은 라오딩이 자발적으로 낸 것이었다. 그는 자기 아내가 자기 때문에 많은 손해를 보고 있다고 생각했다. 그는 아내에게 품위와 수준을 고루 갖춘 옷을 한 벌 사라고 권했다. 여자가 중년의 나이에 가까워질수록 더더욱 꾸미는 것이 필요하고, 게다가 아내는 정부기관에서 일하는 공무원이기 때문에 비록 중요한 직책을 맡고 있는 것은 아니지만 어쨌든 매일 사람들을 상대로 일을 하는 만큼 옷을 좀 그럴듯하게 입는 것도 당연한 일이었다.

라오딩의 아내는 아주 흔쾌히 남편의 제안을 받아들였다. 그녀는 평소에 몸치장이 비교적 소박한 편이었고 유행을 별로 중시하지 않았다. 그녀의 직장에는 함께 일하는 여직원들이 많았다. 동료들은 항상 그녀에게 좀 더 개성 있는 옷차림을 해보라고 종용했다. 항상 덜 먹고 덜 쓰는 것이 몸에 배어 있던 그녀는 자신을 위해 돈을 쓰는 것이 아까워 조금도 마음이 흔들리지 않았다. 하지만 이번만큼은 남편이 좋은 의미로 권하는 것이라 감동하지 않을 수 없었다.

시간을 반나절이나 허비하고서야 라오딩과 아내는 마침내 스타일과 품질, 브랜드, 색상 등이 모두 만족스러운 옷을 한 벌 골랐다. 피팅 거울 앞에서 앞뒤 좌우로 몇 번을 반복해서 비춰보고 또 비춰보던 그녀는 무척 만족스런 표정을 지었다. 라오딩은 옆에서 새 옷을 입으니 사람이 달라 보인다고, 훨씬 더 젊고 예뻐진 것 같다고 추켜세웠다. 아내는 좋긴 좋은데 가격이 좀 비싼 것 같다고 말했다. 라오딩은 그 정도면 결코 비싼 가격이 아니라면서 새로 신부를 맞아들이는 기분이라 조금도 아깝지 않다고 말했다. 아내가 말을 받기 전에 라오딩은 재빨리 계산대로 가서 계산을 한 다음 아내에게 새 옷을 입힌 채로 집으로 데리고 돌아왔다.

그날 저녁, 라오딩은 정말 신부를 새로 얻은 것 같은 기분이었다. 아내와 한결 더 다정해진 것 같았다. 아내가 침대 위에서 애교를 떨며 이렇게 효과가 좋은 줄 알았다면 진즉에 새 옷을 살 걸 그랬다고 말했다. 라오딩은 지금도 늦지 않았다면서 앞으로 매일 새 옷을 사주겠다고 말을 받았다. 그녀가 손으로 남편의 허벅지를 꼬집으며 말했다. 이런 색마! 어쩐지 나한테 돈 쓰는 걸 아까워하는 눈치더라니!

다음 날, 새 옷을 입고 자랑스럽게 출근한 라오딩의 아내는 사무실에 들어서자마자 동료들에게 자기 새 옷이 어떠냐고 물었.

처(處)에서 일하는 나이든 언니가 하나 곧장 다가오더니 거침없이 입을 열었다. 아니, 어째서 옷을 그렇게 입은 거야? 보기 흉해 죽겠네. 돈 주고 산 거야? 아니면 얻은 거야?

당연히 돈 주고 산 거지! 왜요, 안 좋아 보여요? 그녀는 마음이 불편해지기 시작했다.

산 거라고? 난 또 재해지역에 기부된 헌옷 더미에서 주어 온 줄 알았네!

그렇게 심각해요? 그녀는 얼굴이 빨갛다 못해 거의 자줏빛으로 변했다.

혹시 색맹 아니야? 이 색상을 좀 봐, 너무 징그럽잖아! 정 못 믿겠으면 다른 사람들에게 물어보라고 어떻게 그렇게 말할 수가 있어요? 너무 지나치잖아요! 너무 당황한 그녀는 숨 쉬기조차 힘들었다.

그래, 됐어, 내가 지나쳤어! 다른 사람들한테 한번 물어봐!

같은 사무실에서 일하는 대여섯 명의 여자 동료들이 일제히 그녀를 에워쌌다. 한 사람이 말했다. 이 옷 싸구려로구나! 우리 집 앞 골목 노점에서 본 적 있어. 스카프까지 포함해서 한 벌에 20위안이더라고!

또 한 여자가 말했다. 이게 그래도 명품이네! 요즘 가짜도 정말 진짜 같이 나온다니까. 되는 대로 상표만 하나 붙이면 폐품도 명품이 되는 세상이야.

젊은 아가씨 하나가 말했다. 언니도 신분을 좀 생각하셔야지요. 다음부터 우리와 함께 다닐 생각 하지 마세요. 창피하단 말이에요. 앞으로 결혼도 해야 하는데 제가 언니랑 같은 사무실에서 일한다는 걸 알면 누가 저를 데려가겠어요?

라오딩의 아내의 화가 나서 하루 종일 얼굴이 화끈거리다가 겨우 퇴근을 하고 혼자 택시를 타고 집으로 돌아왔다. 집으로 돌아온 그녀는 침대에 엎드려 한바탕 울어댔다. 라오딩은 안절부절 못하면서 속으로 뭔가 큰일이 난 것이 분명하다고 짐작하고 있었다. 아내의 감정이 거의 가라앉고 나서야 라오딩은 어찌 된 일인지 알 수 있었다.

여보! 라오딩은 손으로 아내의 앞머리를 쓰다듬으며 웃는 얼굴로 말했다. 여보, 마누라, 아직 이해하지 못했나 보구려. 문제는 옷에 있는 게 아니야. 당신은 우수상을 받은 것이 문제의 발단이란 말이오. 상을 받았으면 모든 사람들에게 자기 몫이 아닌 상을 받아 미안하다고 사과하면서 밥을 사야 하는 법이오. 당신은 그런 사과도 하지 않았고 밥도 사지 않았소. 오히려 몸치장을 하고 사람들에게 자랑까지 했으니 사람들에게 그 옷이 예뻐 보일 수 있겠소? 이건 그렇게 울 일이 아니라 기뻐할 일이오! 이건 내가 얼마 전에 발표한 논문의 결론이 정확하다는 걸 증명해주는 현상이란 말이오!

두통

의사 선생님, 절 좀 살려주세요. 너무 아파서 못 참겠어요!

너무 조급해 하지 마시고 어디가 아픈지 말해보세요?

그것도 못 알아보세요. 그러면서 의사가 맞긴 한가요? 아이고, 아파 죽겠네.

도대체 어디가 아픈 겁니까? 배를 움켜쥐고 있는 걸 보니까 급성 맹장염인가 보군요?

아니네요! 어떻게 그것도 못 알아내십니까? 아이고, 당장 죽을 것 같단 말입니다.

그럼 발이 아픈 건가요? 발을 밟지 마세요!

제 발은 조금도 안 아파요. 아프면 어떻게 감히 밟을 수 있겠습니까? 의사 선생님, 그렇게 연세가 많으신 걸 보니 설마 수습 의사는 아니시겠지요?

그럼 틀림없이 치통이겠군요. 뺨을 때려봤자 소용이 없어요.

뺨을 때리는 게 급한 일이 아닙니다. 제 치아는 전혀 문제가 없거든요.

그럼 도대체 어디가 아픈 겁니까? 거기가 아픈 건가요? 우리 둘 다 남자인데 그게 뭐 그리 부끄러운 일이라고 그러십니까?

어디요? 어디를 말씀하시는 건가요? 아래쪽을 가리키지 마세요. 전 거기에 아무 문제도 없단 말입니다. 거긴 한 번도 아파본 적이 없다고요. 정 못 믿으시겠다면 우리 마누라한테 한번 물어보세요. 아, 맞다. 우리 마누라를 모르시겠군요.

도대체 어디가 아픈지 어서 말씀해보세요. 다음 환자들이 기다리고 있단 말입니다. 당신과 수수께끼나 풀고 있을 시간이 없어요.

수수께끼라고요? 선생님은 의사가 아니신가요? 전문적으로 환자들의 병을 진료하시는 분이 아니신가요? 제가 어디가 아픈지도 모르시면서 하얀 가운을 걸치고 여기 앉아서 뭐 하시는 겁니까? 대충 진료하면서 밥벌이나 하시는 건가요?

무슨 말씀을 그렇게 하십니까? 혹시 배불리 먹고 나서 할 일이 없어서 여기 놀러 오신 겁니까?

어허, 그래도 눈썰미는 있으시네요. 오늘은 정말 배불리 먹었지요. 방금 제가 배를 움켜쥐고 있는 걸 보셨다고 하지 않았습니까? 하지만 저는 배불리 먹으면 밖에 나가 산보를 하지 병원을 찾진 않거든요.

그럼 도대체 여긴 왜 오셨습니까?

병을 진료하러 왔지요! 아파서 잠이 오지 않고 아무 일도 하지 못하겠더라고요. 하는 수 없이 병원에 가서 의사를 만나봐야겠다는 생각으로 이곳에 와서 선생님을 만나게 된 겁니다. 그런데 선생님도 제가 어디가 아픈지 알아내지 못하시는군요.

제가 보기에 선생은 머리에 병이 있는 것 같습니다!

정말 수준 있는 의사 선생님이시군요. 맞는 말씀이십니다. 제가 아까 말했지요. 대형 병원의 의사들은 수준이 있다고 말이에요. 한데, 어딜 가십니까?

머리가 좀 아파서요!

맞아요, 선생님, 저도 머리가 아픈 겁니다. 선생님이랑 같아요. 가지 마세요. 어쨌든 제게 약 처방은 해주고 가셔야지요!

고통

"의사 선생님, 아파요. 너무 아픕니다."

그가 말했다. 매번 문 안에 들어설 때마다 그들은 먼저 이 한마디로 입을 열었다. 심리 의사인 나는 그들에게 눈짓으로 앉으라고 말했다.

"실연하신 건가요?"

내가 엄숙한 표정으로 물었다. 내가 마음속의 웃음을 밖으로 노출시키면 방문자의 고통을 가중시키게 되기 때문에 나는 일반적으로 그들이 다 돌아간 뒤에야 문을 걸어 잠그고 혼자 시원하게 한바탕 웃어대곤 했다.

"아, 아니요, 이번에는 실연한 게 아니에요."

그는 약간 힘을 주어 부인했다. 그는 여러 차례 실연을 한 터라 내게 고통스럽게 수십 차례 고통을 호소했다. 처음에는 한 여가수를 사랑했고 그다음에는 아주 잘나가는 여자 배우를 좋아했다고 했다. 이런 사실만으로도 그를 고통스럽게 하기에 충분했다. 이로 인해 그는 사방으로 돌아다니며 아침저녁으로 그리움을 떨치지 못하는 꿈속의 사람을 찾아다녔다고 했다. 하지만 불행하게도 그가 죽도록 사랑했던 여가수와 여자 배우가 서로 친밀하게 접촉하고 있었다는 사실을 알게 되었다. 그는 너무나 고통스러운 나머지 더 살고 싶지 않았다. 홧김에 자신이 숭배했던 이 우상들을 본받아 한 남자 배우에 미치게 되었다. 그가 매번 고통스럽게 서술하는 이러한 스토리의 분석에 따르면 그는 누구에게도 비할 수 없는 사랑의 능력을 갖고 있는 것이 분명했다. 이성이든 동성이든, 기혼이든 미혼이든 간에 그는 모든 유형의 사람들을 다 섭렵했고 항상 고통스럽게 나를 찾아와 작별하게 된 사연을 털어놓았다.

"그럼, 관리가 되는 꿈은 실현하지 못했나요?"

나는 진지하게 기록했다.

"아, 관리가 되려던 것이 아니었어요."

그는 창백한 얼굴로 고개를 가로저었다. 실연에는 항상 고통이 수반되었다. 고통에서 벗어나기 위해 그는 머리를 쥐어짜내 위로 기어 올라가고 싶었다. 항상 어떤 자리를 차지하고 싶었다. 이런 목적을 달성하기 위해 그는 계획적으로 한 고관 집안의 규수를 아내로 맞았다. 동시에 얼굴을 본 적도 없고 애당초 서로 알지도 못하는 영화배우와 가수로 인한 고통도 잊을 수 있었다.

"주식투자도 하셨나요?"

내가 참지 못하고 물었다.

"아, 지금은 주식투자를 하지 않고 있습니다."

그가 가는 숨을 내쉬며 중얼거리듯 말했다. 돈을 벌기 위해서라면 이 사람은 수단을 가리지 않았을 것이다. 선물투자로 재미를 보았을 뿐만 아니라 도박도 마다하지 않았을 것이다. 경비원이 철저하게 지키지 않는다면 그는 은행도 쳐들어가 동전까지 깡그리 탈취해 갔을 것이다.

"그렇다면, 어째서 그렇게 고통스러운 건가요?"

나는 약간 짜증이 났다. 게다가 그 망할 놈의 치통이 재발하고 있었다. 나는 이를 앙다물고서 계속 묻기 시작했다.

"그렇게 겁나는 표정 짓지 마세요, 의사 선생님. 전 정말 고통스럽단 말이에요. 제발 절 좀 도와주세요."

그의 그런 표정이 내게는 세상에 너무 오래 남아 있었기 때문인 것처럼 느껴졌다.

"어서 이유를 말해 봐요. 도대체 왜 아픈 겁니까?"

내가 재촉했다. 어금니가 미치도록 아파왔다.

"제가……. 어제…… 복지복권을 긁었는데……. 3등에 당첨되었거든요."

통증 때문에 방문자는 말을 끊었다 잇기를 반복했다.

"그래요? 그건 아주 엄청난 일이에요. 그게 사실이라면 큰돈을 버셨겠네요. 저도 여러 해 동안 복권을 긁어왔지만 항상 '감사합니다' 한 단어만 나오더군요. 이번에 그렇게 큰돈을 벌게 되었는데도 아픈 이유가 대체 뭡니까?!"

사실은 별로 알고 싶지도 않았다. 치통은 정말 죽을 맛이었다.

"하지만 특등과 1등은 전부 다른 사람들이 타갔거든요. 제 운명이 고되다고 하셨는데 정말이지 너무 살기가 힘들어요. 정말 살고 싶지 않다고요."

그는 당장이라도 숨이 넘어갈 것 같았다.

내 치통은 더욱 심해지고 있었다.

"쳇, 난 당첨금이 가장 낮은 것도 당첨된 적이 없지만 아직 이렇게 살고 있잖아요."

나는 자신도 모르게 짜증이 났다.

"선생님은 선생님이고 저는 저잖아요. 절 도와주세요. 최소한 제 고통만이라도 옮겨달란 말입니다. 정말 못 참겠다고요."

그가 애절하게 호소했다.

나는 오른손을 높이 들어 올려 있는 힘을 다해 그의 뺨을 세게 후려쳤다.

그는 놀라서 얼굴을 감싸 쥐더니 원래의 고통스런 표정이 조금씩 변하기 시작했다.

"고통이 옮겨 갔지요. 마음에서 얼굴로 말입니다. 그렇죠?"

내가 큰 소리로 물었다.

"뺨을 한 대 더 때려드릴까요?"

그는 머리에 파도가 이는지 빠르게 고개를 흔들었다. 나의 처방이 효험을 발휘한 것이 분명했다.

개 같은 심리질환이란 완전한 인격장애에 불과하다는 것을 나는 확실하게 알게 되었다. 어금니는 갈수록 더 아팠다.

"자, 오늘의 상담료와 지금까지 제 시간을 빼앗아간 데 대한 보상료를 한꺼번에 계산해주셔야 하겠습니다."

내가 명령조로 말했다.

그는 순순히 내 말을 들었다. 그 뒤로 다시는 내 상담실 문을 두드리지 않았다. 단지 전화만 한 통 걸어왔을 뿐이다. 한 번도 경험해보지 못한 그 따귀 한 대 덕분에 지금은 아주 즐겁게 살고 있다고 했다.

웃는 얼굴

일하는 것 말고 캉(康) 사장에게는 다른 취미가 없었다.

그는 무미건조하고 단순한 사람이었다. 직원들의 눈에 캉 사장은 일 중독자이자 영원히 움직이는 기계였고 저급한 취미를 초탈한 추상적인 사람이었다.

그는 회사의 설립자로서 큰 회사를 소유하고 있는 회장 겸 최고경영자였다.

캉 사장은 비즈니스계의 성공한 인물로서 타인들의 의론과 관심이 집중되는 인물이었다. 성공한 사람의 배후에는 언제나 일련의 감동적인 이야기가 있게 마련이지만 그의 이야기는 타블로이드 신문을 비롯하여 어디에도 언급되지 않았다. 캉 사장의 입에서는 일에 관한 얘기만 들을 수 있을 뿐이었다.

회사 안에서 누구도 사장의 사생활에 관해 얘기한 적이 없었다. 그들이 본 사장은 언제나 사무실 안이나 협상 테이블, 의장석 위에 앉아 있었다. 그는 매일 일찍 출근하고 늦게 퇴근했고 카드 게임이나 마작은 하지 않았다. 수많은 기업가들이 누리는 우아한 골프는 더더욱 하지 않았다.

불가사의한 것은 캉 사장에게 여자가 없는 것 같다는 점이다. 그는 한 번도 회사 여직원들에게 야릇한 눈길을 보낸 적이 없었다. 이런 점에서 그는 정말로 요즘 시대의 사장 같지 않았고 심지어 일반적인 남자라고도 할 수 없었다. 여자가 없는 나날은 남자들, 특히 상당한 지위가 있는 남자들에게는 햇빛과 공기가 없는 환경에서 생활하는 것이나 마찬가지였다.

그러나 캉 사장은 아주 잘 생활했다. 그는 나이 마흔이 넘은 풍채 당당한 독신으로서 얼굴에 전혀 불편한 기색이 없었다.

돈 때문일까? 부를 위해 감정을 포기한 것일까? 그런 이유는 아닌 것 같았다. 캉 사장은 장학금을 기부하고 이재민을 구제하는 데 아낌없이 지갑을 열었다. 명예 때문일까? 그는 항상 선행을 비밀로 하고 최대한 매체의 추적과 칭찬을 피했다. 아니면 그에게 병이 있는 걸까? 이유를 들자면 이것밖에 없을 것이다. 어떤 사람들은 뒤에서 그가 제구실도 못하는 겉만 번지르르한 폐품이라고 수군대기도 했다.

캉 사장은 사람들과 왕래가 적고 말이 많지 않았다. 사람들은 비서의 입을 통해 그가 독서를 좋아한다는 사실을 알 뿐이었다. 직원들은 모두 그를 두려워하며 그가 신비하고 냉혹하며 따분하고 지루한 사람이라고 생각했다. 자신감 넘치는 아가씨들이 그를 유혹하려고 시도해 보았지만 모두들 냉대만 받고 물러섰다. 그는 근접하기 어려운 사람이었다. 여자들은 그의 얼굴을 보면 마치 '중국에 아주 위험한 순간이라도 닥친 것 같다'고 말했다. 그의 표정과 태도에서 말투까지 모든 것이 사람들에게 위기감을 주었다. 그의 존재는 법원의 공지보다도 엄숙했다. 그의 웃는 얼굴을 본 사람은 아무도 없다고 했다.

어느 날 갑자기 회사 전체에 충격적인 소식이 전해졌다. 캉 사장이 웃었다는 것이다. 비서가 직접 목격한 일이었다. 이런 비밀 역시 비서의 입에서 처음 흘러나온 정보인 만큼 절대적으로 믿을만했다.

언제, 어디에서, 어떤 이유로 시멘트 같은 사장의 얼굴이 미소를 되찾은 것일까? 다름 아닌 추도회 자리에서였다.

중학교 동창생이었던 그의 친구 하나가 한창 나이에 세상을 떠났다. 그는 생전에 정부에서 가장 젊은 지도자급 간부였다. 캉 사장은 검정 양복을 입고 조문행사에 참석했다. 그는 천천히 시신 앞을 지나면서 공손하게 세 번 절을 했다. 망자의 가족들에게 깊은 조의를 표한 그는 미망인의 손을 꼭 잡고 그녀의 귓가에 입을 가까이 대고는 정답게 말했다.

"이제 내 차례군요. 당신을 20년 넘게 기다렸어요. 내겐 당신을 얻을 충분한 자격과 조건이 갖춰져 있다고 생각합니다."

"그래요. 이제 더 이상 숨길 필요가 없을 것 같아요."

그녀의 목소리가 떨렸다.

그 순간 미소가 캉 사장의 입가에서 순식간에 얼굴 전체로 번졌다. 비서는 캉 사장의 그런 모습을 똑똑히 봤다고 말했다.

폐품

재산 분할에서의 심각한 의견 차이로 인해 라오페이(老裵) 부부는 이혼을 6, 7년 동안이나 끌어왔다.

두 사람은 물질적 이익에 있어서 추호의 타협이나 양보를 하려하지 않았기 때문에 이 유명무실한 결혼이 지속될 수밖에 없었다.

현재 보유한 부동산을 모두 불태워버리지 않는다면 두 사람은 이 쓰레기 더미를 위해 평생 서로 의지해야 할 것이다. 이웃들도 모두 그렇게 말했다.

사실 라오페이 부부는 방 두 개짜리 주택 외에 집 안의 가구와 가전제품 그리고 기타 일상생활용품을 갖추고 있었다. 두 사람의 감정은 일찌감치 틀어져 매일 같이 "너만 잘났나? 나도 잘났다!" 하는 식으로 싸우는 탓에 아예 말이 통하지 않았다. 사흘이 멀다 하고 치고받지 않으면 언성을 높였다. 상식적인 이치대로 하자면 진즉에 헤어져 따로 살아야 했다. 하지만 이 두 사람에게는 또 한 가지 공통점이 있었다. 다름 아니라 둘 다 현재 갖고 있는 재산, 즉 망가진 가구와 가전제품들을 목숨보다 중시해서 서로 차지하려고 한 치의 양보도 하지 않는다는 것이었다. 책상과 의자, 침대와 옷장을 톱으로 정확히 반 토막을 내지 못하는 것이 한스러울 정도였다. 차라리 목숨을 버릴지언정 상대에게 좋은 일은 절대로 할 수가 없었다.

두 사람을 대신해 한 무더기의 값도 안 나가는 망가진 물건들을 한 치의 오차도 없이 공평하게 처리해줄 수 있는 변호사는 없기 때문에 그들은 줄곧 이혼을 하지 못하고 있었다. 이혼을 하지 못하다 보니 매일 한데 붙어서 난리법석을 피우며 지내는 수밖에 없었다.

반년 전, 라오페이는 전과 달리 우호적인 제스처를 보이며 먼저 아내에게 여행을 가자고 제안했다. 차표와 숙소 비용은 각자 부담하고 식비는 자신이 지불하기로 했다. 그의 아내는 쉽게 제안을 받아들였다. 이리하여 결혼 이후, 두 사람은 처음으로 함께 외출을 하게 되었다. 여행 내내 라오페이는 전과 다름없이 좀생이처럼 굴면서 식사 때마다 늘 길거리 간식을 찾거나 값이 싼 음식만 주문하기는 했지만 계산만큼은 전에 약속한대로 반드시 자신이 했다. 비용 문제로 아내를 곤란하게 하는 일은 한 번도 없었다.

두 사람은 밖에서 엿새를 지내고 나서 몹시 피로한 상태로 집에 돌아왔다. 뜻밖에도 집 문을 여는 순간 두 사람은 눈이 휘둥그레졌다. 집안 전체가 텅텅 비어있는 것을 물론이요, 심지어 대걸레조차 눈에 띄지 않았다.

라오페이 부부는 한참을 어리둥절해 있다가 겨우 정신을 차리고는 곧바로 경찰에 '집에 도둑이 들었다'고 신고했다.

경찰이 서둘러 현장에 도착해보니 수상쩍은 점이 한둘이 아니었다. 절도사건을 많이 수사해봤지만 걸레나 헌 신발, 헤진 양말까지 남김없이 훔쳐가는 경우는 본 적이 없었던 것이다. 이삿짐센터에서 이삿짐을 나른 것이 아니고는 절대로 이런 상황이 벌어질 수 없었다.

아내는 이것이 라오페이의 철저한 계책이라고 의심하기 시작했다. 라오페이가 먼저 나서서 여행을 가자고 한 그 순간부터 그녀는 그가 좋은 마음을 품고 있지 않다고 생각했다. 그녀는 이러한 추측을 직접 증거를 수집하고 있는 경찰에게 이야기했고 경찰의 관심은 라오페이에게 집중되었다.

라오페이 역시 경찰에게 자신의 의견을 이야기했다. 그는 맹세코 단언하건대 아내의 짓이 분명하다고 말했다. 아내가 흔쾌히 자신과의 외출을 허락했을 때 마음속에 의문이 들었다는 것이다. 결혼 십여 년 만에 그녀가 순순히 따른 적은 그때가 처음이었기 때문이다. 라오페이는 아내의 남동생이 같은 도시에 살고 있는데 누나를 도와 재산을 강탈하려는 마음을 먹은 지 오래라는 말도 보탰다. 이리하여 경찰은 다시 수사의 초점을 그의 아내와 처남에게로 맞추게 되었다.

한 달 넘게 엎치락뒤치락했지만 사건은 여전히 오리무중이었다. 라오페이 부부는 모두 상대방 짓이라고 단정하고 있었다. 경찰 역시 확실한 증거를 확보하지 못한 상태에서 사건은 흐지부지될 수밖에 없었다.

라오페이 부부는 마침내 이혼을 했다. 두 사람은 더 이상 한 무더기의 '망가진 물건들' 때문에 끊임없는 다툼을 벌일 필요가 없다고 판단한 것이다.

얼마 전 한 중년남자가 자신이 라오페이 집의 모든 물건을 훔쳤다며 공안국에 자수했다.

경찰이 그에게 범행동기를 묻자 그 남자가 말했다.

저는 라오페이의 이웃입니다. 두 사람이 정말 꼴 보기 싫었습니다! 저 둘이 재산 때문에 하루 종일 야단법석을 떨면서도 헤어지지는 못하는 꼴이 너무 보기 싫었을 뿐이에요. 정말 짜증나는 사람들입니다!

설 여객운송

　　　　　기차가 두 정류장 뒤에 멈추고 나서 내 두 발이 마침내 열차 객실의 바닥으로 내려졌다.
　한동안 숨을 쉬지 않은 것 같았다. 그렇지 않다면 내 숨소리가 소의 울음소리처럼 그렇게 끔찍하진 않았을 것이다. 내 얼굴에 볼을 대고 있던 중년 사내는 순식간에 1미터 정도 밀려 나갔다.
　그러나 그 사내는 이내 또다시 자신의 그 못생긴 얼굴을 가져다 댔다. 나도 그가 어쩔 수 없다는 것을 모르지 않았다. 차 안에 사람이 너무 많았기 때문에 모든 승객들의 얼굴이 거의 한데 붙어 있었다.
　"이봐요, 기사 아저씨."
　뜻밖에도 그가 입을 열었다. 그의 입은 마치 내 귀에 달려있는 것 같았다.
　"기사 아저씨, 말씀 좀 해보세요. 지금 세상에서 가장 발달한 게 뭡니까? 교통이잖아요. 요즘 세상이 얼마나 편합니까. 기차 한번 타면 수천 리 길 떨어진 집도 하루 이틀이면 도착하잖아요. 옛날 같았으면 걷거나 말을 타고서 이렇게 먼 길을 어느 세월에 갈 수 있었겠습니까? 악천후나 도처에 출몰하는 들짐승을 만나거나 강도를 만나기라도 하는 날에는 작은 목숨을 그대로 상납해야 했지요. 하지만 지금은 세상이 좋아져서 비행기와 여객선, 자동차, 기차 등 온갖 교통수단이 다 있으니 과거에 비해 엄청 빠른 편이지요. 그렇지 않습니까?"

나는 한 가닥 가느다란 숨결이 폐부와 코, 목구멍 사이를 간신히 순환해야 했기 때문에 그의 의견에 재빨리 비평을 제시할 수 없었다.

"차표를 구하기가 정말 힘들다니까요."

그의 혀가 내 귓속을 휘젓는 것 같아 견딜 수 없이 간지러웠다.

"난 외지에 나와 일한지 7, 8년이 되었습니다. 줄곧 집에 돌아가 설을 보내고 싶었지만 돈 쓰는 것이 겁나서가 아니라 표를 구하기가 어려워 여태 갈 수가 없었다니까요. 재작년 설에는 여유기간을 한 달이나 남겨두고 기차역에 가서 표를 사려고 줄을 섰지요. 열흘 넘게 줄을 서서 창구가 바로 코앞이었는데, 이런, 돈을 막 꺼내는 순간, 뒤에서 개 같은 놈들이 한 무리 나타나 행패를 부리는 바람에 말도 말아요, 광장 전체가 아수라장이 되고 말았지요. 나는 밀려서 넘어진 데 이어 왼쪽 다리를 세 번이나 밟혀 뼈가 부러지고 말았지요. 오른손 손목에도 분쇄 골절이라는 끔찍한 부상을 당했습니다. 우리 마을에서 함께 표를 사러 갔던 두 사람은 나처럼 운이 좋지 못해 곧장 영안실로 이송되었습니다. 영안실이 어딘 줄은 아시죠? 다름 아닌 시체보관소에요. 죽은 사람을 안치하는 곳이란 말입니다. 두 귀신은 사람들에게 밟혀 머리가 터지는 바람에 뇌수가 흘러나오고 말았죠. 이래도 차표 구하기가 어렵지 않았다고 말할 수 있겠습니까? 결국 우리 세 사람은 모두 고향집에 돌아가지 못했다니까요."

그가 긴 한숨을 내쉬었다. 내 귓속에는 마치 태풍이 몰아치는 것 같았다.

"작년 설에도 표를 사지 못하고 비행기는 비싸서 탈 수도 없었지요. 섣달그믐에 북쪽을 향해 큰절을 세 번 하는 걸로 부모님들께 세배하는 셈 쳤습니다. 하지만 고향집에 대한 그리움은 정말 견디기 어렵더군요."

나는 그가 울먹이고 있다는 것을 알 수 있었다.

"올해는 모질게 마음을 먹었습니다. 이번에도 기차를 타지 못하면 걸어서라도 집에 가기로 결심했지요. 그래도 세상에는 아직 좋은 사람이 많습니다. 우리와 함께 일했던 잘 아는 사람에게 부탁해서 어제야 간신히 표를 한 장 구할 수 있었지요. 가격이 좀 비싸서 기차역에 가서 정식으로 사는 것에 비해 거의 두 배에 가까웠지만 어쨌든 마침내 기차를 탈 수 있게 됐습니다. 집에서는 부모에게 기대고 밖에서는 친구에게 기대라는 말이 있듯이, 친구가 도와주지 않았다면 언제나 연로하신 아버지와 아내, 아이들을 한번 볼 수 있을지 알 수 없었을 겁니다. 하하, 아버지는 연세가 많으셔서 얼마나 더 사실지 알 수 없는데 한번 찾아뵙는 것만으로도 효를 다하는 셈이지요.

어머니는 작년 봄에 돌아가셨습니다. 그때 기차표를 사려다 사람들의 발에 밟혀 죽을 뻔한 일만 없었다면 서둘러 고향에 돌아가 어머니를 뵐 수 있었을 겁니다. 아, 기차표 구하는 것은 정말 어렵더라고요!"

그가 한숨을 내쉬자 내 고막이 터질 것만 같았다.

……

"어서 창문을 열어요. 이 사람 기절할 것 같네요."

누군가 큰 소리로 말했다. 그 소리에 내 심장과 폐가 찢어지는 것만 같았다.

"창문은 열 수 없어요. 밖에 있는 사람들이 넘어 들어오면 열차가 터질 거란 말이에요."

누군가 반박했다.

"창문을 열지 않으면 우리 모두 숨이 막혀 죽을 거라고요."

또 다른 누군가가 소리쳤다. 열차 안에 소란이 일기 시작했다.

"안 돼요."

철도경찰이 마이크에 대고 소리쳤다.

"창문을 열 수는 없습니다. 창문을 열었다가 누군가 기차에서 뛰어내리는 사고라도 나면 누가 책임을 질 겁니까!"

그의 말투가 몹시 엄하고 매서웠다.

"승객 여러분, 주목해주십시오."

방송에서 열차 아나운서의 듣기 좋은 목소리가 흘러 나왔다.

"승객 여러분, 주목해주십시오. 설 연휴 기간 동안 승차인원이 급

격히 증가하여 객차 안이 몹시 붐비고 있으니 모두들 승차 질서에 주의해주시기 바랍니다. 승객의 안전을 위해 함부로 창문을 열어 승객이 열차에서 뛰어내려 자살하는 일이 없도록 해주십시오. 어제도 본 열차에서 여섯 건의 승객 투신자살 사건이 발생하여 저희 직원들이 상부로부터 호된 질책을 받았습니다. 모두들 안전에 만전을 기하여 자발적으로 승차 규정을 준수해 주시고 독단적으로 창문을 여는 행위를 삼가 주시기 바랍니다."

순간 객실 안이 조용해졌다. 내 왼쪽에 붙어있던 그 중년사내가 입으로 내 어깨를 물었다. 오른쪽의 노부인은 열차에 탄 뒤로 계속 호흡이 느껴지지 않았다. 줄곧 내 몸에 꼭 붙어 뻣뻣하게 서 있었다.

갑자기 들려온 날카로운 소리에 소름이 끼치도록 놀랐다. 뒤이어 쨍그랑 하는 소리와 함께 누군가 둔기로 창문을 부쉈다. 한 사람 또 한 사람 차에서 뛰어내리기 시작했다. 객차 안으로 찬바람이 불어왔다. 의식을 잃었던 승객들도 다시 정신을 회복했다. 방금 전에 있었던 비정상적인 감원 덕분에 열차 안은 한결 여유로워졌다.

철도경찰이 기회를 틈타 인파 속을 비집고 다니며 외쳤다.

"표 검사하겠습니다. 표를 준비해주세요."

그러고는 작은 소리로 투덜거렸다.

"빌어먹을, 이번 열차 보너스도 물거품이 됐군. 자살하는 거야 그 사람 마음이지 우리와 무슨 상관이 있다고 보너스를 깎는 거야? 이게 말이나 되는 일이냐고."

철도경찰은 정말 재주가 좋았다. 그는 바늘도 들어가지 않을 것 같은 인파의 틈새를 이리저리 자유자재로 비집고 다녔다. 내 어깨 위에 달려있던 중년 사내의 입이 마침내 떨어지고 철도경찰의 호통 소리 속에 그가 죽을힘을 다하고서야 겨우 주머니에서 차표를 꺼냈다.

"이건 가짜 표예요. 벌금을 내셔야 할 것 같습니다."

철도경찰은 전혀 빈틈이 없었다. 사내가 애걸복걸했다.

"전 억울합니다. 저도 친구한테 속았어요. 가짜 표인 줄도 모르고 돈을 두 배나 주고 샀다고요. 좀 봐주세요."

그의 두 눈에서 두 줄기 탁한 눈물이 주르륵 흘러내렸다.

"안 돼요. 허튼소리 말고 벌금을 안 낼 거면 지금 당장 내려요."

철도경찰이 억지로 밀어 가짜 표를 산 사람을 객차 입구로 이동시키려 했다. 사람들이 너무 빽빽이 들어차 철도경찰이 한참이나 애를 먹었는데도 사내는 여전히 내 몸에서 떨어지지 않고 있었다. 철도경찰은 땀범벅이 되어서도 여전히 직무를 다하려는 듯 손과 발로 규정위반자를 처리하려 발버둥 쳤다.

또 한 명의 철도경찰이 비집고 다가왔다. 그는 동료가 임무를 완수하도록 돕지 않고 동료의 귓가에 대고 뭔가를 속삭였다.

"얼른 7호 객차로 가봐. 거기에도 일이 터졌네. 열차 차장이 투신해 자살했어."

목소리는 아주 작았지만 모두들 몸이 서로 바짝 붙어 있었기 때문에 나도 선명하게 들을 수 있었다.

행운

"저는 늘 다른 사람들에게 행운을 가져다줍니다. 제 옆에 있기만 하면 무슨 일이든 좋은 결과를 얻게 되지요. 친구들은 모두 제가 아주 신통하다면서 행운의 여신 같은 미녀라고 부릅니다. 재물과 친구, 남자가 제게로 몰리고 있습니다. 정말 이상해요. 때로는 대체 어떻게 된 일인지 저 자신조차 믿기 어려워요. 누구든지 저에게 밥을 사고 선물을 주고 나서 돌아서면 승진을 하거나 돈을 버는 행운을 만나게 되니 정말 신기하지 않나요?"

토지회사의 연락팀장을 맡고 있는 바이리(白麗)는 모든 사교 장소에서 서두와 말미에 늘 이렇게 말했다.

그녀를 잘 아는 사람들은 그녀를 만날 때마다 하나같이 남에게 뒤질세라 그녀에게 맞장구를 치면서 일련의 신기한 사건들을 제공했다. 내가 운 좋게 처음 바이리가 친구라 부르는 사람들과의 모임에 참석했을 때, 자리에 모인 여러 명의 남자들이 내게 미녀 바이리가 그들에게 가져다준 뜻밖의 재물과 생각지 못한 기쁨을 생생하게 묘사해주었다.

한 정부 기관의 처장은 자신이 고위직에 발탁된 것이 바이리 덕분이라고 말했다.

"당시의 일을 똑똑히 기억하고 있지요. 나랑 라오자오(老趙), 정(鄭) 사장, 그리고 바이리 씨가 함께 마작을 했습니다. 정 사장은 그날 내게 일 처리를 부탁하고는 운이 좋지 않았는지 2, 3만 위안을 잃었어요. 나는 그날 상태가 아주 좋은 편이라 연속으로 네 번이나 패가 잘 맞았지요. 그렇게 많은 돈을 딴 것은 그때가 처음이었습니다. 바이리 씨가 내 귀와 코가 독특하게 생겼다고 칭찬하면서 부자가 될 상이라 조만간 처장으로 승진할 거라고 하더군요. 결국 두 주도 지나지 않아 사장(司長)이 나를 불러 인사문제를 이야기하지 뭡니까. 어때요, 신기하지요? 자, 미녀 바이리 씨에게 한잔 올려야할 것 같네요!"

이어서 청년 과학자를 자칭하는 박사 리마(立馬)가 말을 받았다.

"마작 이야기를 하니까 '성난 파도가 해변을 때리는' 곳에서 마작을 하던 일이 생각나는군요. 당시 바이리 미녀는 아주 늦게 도착했지요. 그날 저는 운수가 나빠서 전부 안 좋은 패만 나왔고 두 시간 넘게 한 번도 이기지 못하고 있었습니다. 그런데 바이리 씨가 도착해 내 옆에 앉자마자 운이 찾아왔지요. 그 판은 패가 너무나 좋았어요. 그 뒤로 한밤중까지 게임을 해도 피곤하지 않고 정신이 말짱하더라니까요. 두 눈에 전기 충전이라도 한 것 같았어요."

"제가 입속에 서양 인삼편을 넣어 드려서 그런 거예요. 그렇게 좋은 말로 때우려 하지 마시고 박사님이랑 처장님 둘 다 제게 보답을 하셔야지요."

바이리가 애교 넘치는 어투로 말하면서 술잔을 들었다.

"저는 정말로 친구 복도 많고 남자 복도 많다고들 하더군요."

저희 남편은 저를 만나기 전만 해도 별 볼 일 없는 사람이었어요. 하마터면 다리 밑에서 노숙을 해야 하는 처지였지요. 하지만 지금은 어떤지 보세요. 양복이나 구두 모두 명품만 찾는다니까요. 흥, 평생 나한테 잘못하기만 해봐. 그랬다간 하늘에서 천벌을 내릴 테니까."

그녀는 이렇게 말하면서 테이블에 엎드려 졸고 있는 남편을 거칠게 잡아당겼다.

"알았어, 알았다고 잘할게. 잘하고말고. 내가 어떻게 당신한테 함부로 하겠어!"

그녀의 남편은 어리둥절해하며 연신 고개를 끄덕였다.

다른 몇몇 사람들도 덩달아 비위를 맞추며 바이리의 갖가지 신기한 일화들을 늘어놓았다. 어쨌든 바이리와 만난 적이 있는 사람들은 나중에 직장에서 승진을 하거나 돈을 벌거나 주택을 배정받거나 출국을 했다. 하나같이 그녀의 덕을 본 셈이다. 라오자오의 어린 아들 역시 바이리 이모가 자신의 목숨을 구해줬다고 말했다. 언젠가 밥을 먹다가 생선 가시가 목에 걸렸는데 마침 바이리 이모가 찾아왔고 바이리 이모가 어떻게 했는지 모르지만 금세 가시가 내려갔다는 것이다.

"여러분이 한 얘기는 전부 사소한 일들입니다. 저는 정말 신통력이 대단하다니까요! 홍콩을 어떻게 돌려받았는지 아세요? 미국이 어떻게 그렇게 순조롭게 이라크를 점령했는지 아세요? 호호, 말을 해도 여러분들은 믿지 못하실 겁니다. 그런 일들 모두가 저와 상당한 관련이 있지요."

바이리는 자신감과 신비감이 넘치는 표정으로 그 자리에 모여 있는 남성들에게 차례로 추파를 던졌다.

"9·11 테러가 있던 날 여러분이 미국의 쌍둥이 빌딩에 있었다면 분명 비행기가 충돌하지 못했을 겁니다!"

나는 이전에 바이리를 전혀 알지 못했기 때문에 그녀가 내게 행운을 가져다주었다는 실질적 증거를 제시할 수는 없었다. 그렇다고 그저 멍하니 앉아서 정신없이 먹기만 할 수도 없었다. 나는 가상의 각도에서 일종의 가능성을 검토할 의무가 있다고 생각했다.

"두 말 할 필요도 없지요. 대부분의 사람들이 그 사건을 몹시 유감스럽게 생각할 겁니다. 하지만 제가 있었다면 그런 비극은 절대로 발생하지 않았을 거예요. 정말이에요. 제 눈을 보세요. 지지직 하고 제가 전기를 쏘면 테러리스트들도 저의 유혹에 견디지 못한다니까요."

바이리가 말을 하면서 눈빛으로 전기를 쏘는 흉내를 냈다. 다른 사람들은 그녀에게 감전되어 줄곧 큰 소리로 웃어댔지만 내 몸에는 오히려 두터운 닭살만 돋았다.

식사를 마치고 바이리 여사가 자신을 집에 바래다 달라고 했다.

그녀의 남편도 몹시 기뻐하며 이에 동의했다. 그러고는 다른 친구들과 장소를 옮겨 차를 마시며 마작을 하기로 약속을 잡았다. 나는 아주 부자연스럽게 얼큰히 취한 바이리를 부축하여 아래층으로 내려왔다.

바이리가 사는 아파트는 우리가 식사를 한 호텔과 대로 하나를 사이에 두고 있어 거리가 백 미터도 채 되지 않았다. 바이리 여사가 술기운에 빨간 신호등을 무시하고 갑자기 1차로로 뛰어들더니 노래를 부르면서 덩실덩실 춤을 췄다. 내가 깜짝 놀라서 달려가 그녀를 잡아끌었다.

정신을 차려보니 내가 사지와 머리에 붕대를 칭칭 감은 채 병원 응급실 침대에 누워있었다. 바이리 여사는 내가 깨어난 것을 보고 시종일관 자신의 공을 자랑했다.

"당신이 얼마나 운이 좋았는지 알겠죠? 만일 내가 곁에 있지 않았다면 당신은 일찌감치 만두소가 됐을 거예요. 충돌한 차들은 모두 폐차가 됐는데 당신은 아직 살아있으니 그야말로 기적이죠! 게다가 당신을 친 차는 신형 BMW이니 얼마나 고급스러워요! 이래서 제겐 친구들이 많다니까요. 항상 주위 사람들에게 행운을 가져다주니까 말이에요. 이제는 당신도 내 말을 믿을 수 있겠죠?"

당시 심한 뇌진탕으로 뇌에 손상을 입은 나는 그녀의 말이 일리가 있다고 생각했다. 그러다가 건강이 완전히 회복되어 퇴원한 후, 절뚝거리며 한 걸음씩 길을 걷다가 문득 바이리 여사의 논법에 의심이 생겼다. 그녀와 함께 있다가 차 사고를 당해 평생 장애를 안고 살게 되었는데 어째서 이것이 행운이란 말인가? 그러나 달리 생각해 보면 그날 그녀가 곁에 있지 않았다면 나는 이미 이 세상을 떠났을 것이다. 골치만 아프고 정확한 답은 찾을 수 없었다.

동북 사람

나는 허난(河南) 사람이다.

이렇게 솔직하게 본적을 공개하는 것이 약간의 질시와 번거로움을 초래할 수 있다는 것은 나도 잘 알고 있다. 최근 몇 년 동안 나는 줄곧 공개적으로 나의 본적을 드러내지 못했다. 사람들이 내게 어디 사람이냐고 물을 때면 나는 항상 답을 회피하거나 사실을 감췄다. 한때는 자신을 후난(湖南)이나 허베이(河北) 사람이라고 하기도 하고 산시(山西)나 깐수(甘肅) 사람인 척도 해보았다. 반복적인 교정에도 불구하고 사투리 억양이 일부 특정 글자에 끈덕지게 숨어 있어 철저하게 뿌리 뽑을 수가 없었다.

고질적인 사투리는 종종 나를 곤경에 빠뜨렸다. 마치 밀고자가 나의 정상적인 생활을 위협하고 있는 것 같았다. 나의 진짜 신분이 드러난 뒤에는 곧 타지 사람들에게 의심과 경계, 조롱, 냉대, 소외, 배척, 거절의 대상이 되었고 심지어 집중적인 공격과 따돌림을 당하기도 했다. 물론 제2차 세계대전 시기의 유태인들의 운명과 비교하자면 우리 허난 사람들은 천국에서 사는 것이나 다름없었다.

나의 선조, 즉 2천여 년 전의 허난인들은 아직 뿌리를 내리지 않은 싹을 키를 키운다며 뽑고(拔苗助長), 나무를 지키면서 토끼가 나타나기를 기다리는(守株待兎) 어리석음을 범한 것은 분명하지만 그래도 다른 사람을 함정에 빠뜨린 적은 한 번도 없었다. 우리 새로운 세대의 허난인들 역시 간사한 계략은 싫어한다. 나의 부모와 고향 사람들, 형제자매들 가운데 남을 속이고 편취하는 사기꾼들은 아주 극소수이다. 나 역시 그런 사람들을 혐오한다. 그런 사람들은 다 끓인 국에 뛰어드는 쥐새끼나 다름없다.

허난 사람들 중에는 좋은 사람이 더 많다. 멀리 갈 것도 없이 쟈오위루(焦裕祿 : 중국의 혁명 열사로 1946년에 중국공산당에 가입했고 1962년에 허난성 란카오蘭考현 현위원회 서기를 역임했다.)나 런창사(任長霞 : 1964년 허난성 수이睢현에서 출생한 여성 경찰로 중국 경찰계의 여신으로 알려져 있다.) 같은 사람들 모두 누구나 다 아는 호인들이 아닌가! 물론이다. 정말로 자랑이 아니라 허난 사람들은 하나같이 그 두 사람처럼 뛰어나다. 어쨌든 어느 지역에나 좋은 사람도 있고 나쁜 사람도 있기 마련이지만 그래도 항상 좋은 사람이 나쁜 사람보다 많은 것이 다행이다.

나는 자신의 출신지를 바꿀 수는 없지만 항상 좋은 사람이 되기를 원한다. 그래서 산둥(山東) 사람과 상하이 사람, 베이징 사람 등 전국 각지의 사람들에게서 장점을 배우기로 마음먹었다. 특히 동북 사람들을 모범으로 삼기로 했다. 어떤 노래에서 "우리 동북 사람들은 모두 살아있는 레이펑(雷鋒)이라네."라는 가사를 들었기 때문이다.

나는 꿈에서도 동북 사람들과 친구가 되기를 바랐다. 그들을 거울로 삼아 자신을 재고 부족한 점을 찾아내 보충함으로써 최대한 빨리 환골탈퇴하고 붉은 것을 가까이 하여 자신도 붉어지는(近朱者赤) 절박한 소망을 실현하기를 원했다.

마침내 그날이 찾아왔다. 어떤 사람의 소개로 가장 전형적인 동북 사람 하나가 나를 찾아왔다. 그는 골치 아픈 일이 있어 내게 도움을 청했고 나는 그의 과분한 대우에 몸 둘 바를 몰랐다. 하늘 아래 가장 두려운 것이 바로 신의이기 때문에 나는 흥분을 멈출 수가 없었다. 나는 최선을 다해 그의 일을 처리해주었다. 이 동북의 인형(仁兄)은 몹시 감동하여 그 우람한 손으로 나의 어깨를 두드렸다. 그는 나의 도움에 대한 감사의 표시로 지폐 한 뭉치를 내게 내밀었지만 나는 정중히 거절했다. 후한 선물을 사주는 것도 완곡히 거절했다. 이어서 그가 집요하게 식사를 초대하는 것은 어쩔 수 없이 허락했다.

그날, 우리 둘 다 술이 조금 취했다. 그는 곤란한 일이 해결되어 기뻤고 나는 친구가 생겨 행복했다. 우리는 둘 다 연신 잔을 비웠다. 나는 고향의 풍습과 예절에 따라 그에게 술 여섯 잔을 가득 따라 주었다. 동북 사람들은 정말 호탕하고 시원시원해 술을 마실 때도 전혀 빼는 것이 없었다. 그가 내 손을 꼭 잡고 격앙되어 말했다.

형님은 나의 귀인입니다. 내가 평생 만난 중에 가장 좋은 친구이지요. 형님만 싫지 않다면 저를 형제처럼 대해도 좋습니다. 이제부터 제 반평생에 남은 일은 전부 형님께 보답하는 일이 될 겁니다 제 음식이 곧 형님 음식이고, 제 돈이 형님 돈이며, 제 집이 형님 집이고, 제 아들이 형님 아들이며, 제 아내가 형님……. 아니, 아니 제 아내는 너무 못생기고 초라합니다. 형님에게 멋진 신식 여성을 하나 구해드리겠습니다. 형님이 저를 찾지 않는다면 그것은 저를 욕하고 깔보는 일이나 마찬가집니다. 우리 동북 사람들의 도덕성과 보은의 마음은 결코 거짓이 아닙니다. 이번 식사 대접은 대접이라고 할 수도 없지요! 언제든지 형님 시간이 되실 때 꼭 동북 지역의 가장 좋은 호텔에서 식사를 대접하겠습니다. 새빨간 순모 양탄자를 깔아 국가원수를 환영하듯 형님을 환영하는 것은 물론이요, 밴드도 부르고 축포도 쏘고 형님을 모시고 창바이산(長白山)에도 가겠습니다. 부디 형님에게 제 실력을 보여 줄 수 있는 기회를 주십시오. 그곳은 제 바닥이라 뭐든지 제 마음대로 다 할 수 있거든요. 안 되는 일이 없습니다. 제가 발을 한 번 구르면 빌딩 열 개가 흔들흔들 한다니까요. 못 믿으시겠습니까?

믿지요! 동북 사나이의 진실한 열정이 나를 감동시켰다. 나는 눈가에 뜨거운 눈물을 그렁그렁한 채 그를 껴안고 목이 메는 소리로 말했다. 아우님은 전형적인 동북 사람이군요. 의리를 중시하고 정을 중요하게 여기니까요! 그 순간 나는 진정으로 동북 사람들의 '살아 있는 레이펑'이라는 명예가 과연 명불허전임을 깨달았다. 이 친구에 비하면 나는 너무나 부끄러울 정도였다. 일이 이미 해결되었는데도 폐부에서 나오는 호언장담을 그렇게 많이 쏟아낼 수 있다니 정말로 탄복하지 않을 수 없는 일이었다. 그가 술에 너무 취해 종업원 아가씨가 계산을 하러 왔을 때는 이미 인사불성이 되어 있었기 때문에 술값은 내가 대신 계산했다.

　1년 반이 지난 뒤, 업무를 위해 동북지역으로 출장을 갔다가 마침 그가 사는 도시를 방문하게 되었다. 그 전에는 줄곧 그를 찾지 않았다. 그가 정말로 붉은색 순모 양탄자를 깔고 야단법석을 떨면 감당하지 못할 것 같아서였다. 나는 동북지역 사나이들은 모두 약속을 잘 지키는 사람들로서 단 한 번도 식언을 하지 않는다고 알고 있었다. 이제 친구 집 문 앞에 도착하고서도 그를 놀라게 하지나 않을까 망설이면서 차마 문을 두드리지 못했다.

　저녁 무렵, 나는 여관 근처에 있는 한 작은 식당에서 식사를 하고 있었다. 갑자기 귀에 익은 목소리가 들려 고개를 돌려보니 바로 그 친구였다. 내게 성심성의를 다하던 둘도 없는 친구였다. 인연이 아니고서야 어떻게 이처럼 우연히 만날 수 있단 말인가? 가슴이 고동을 치면서 타향에서 오랜 친구를 만난 기쁨을 말로 다 표현하기 어려웠다. 나는 하마터면 벅찬 가슴을 억제하지 못하고 달려 나갈 뻔했다. 내가 너무 갑자기 나타나면 그가 충격을 받지나 않을까 하는 생각에 우선 흥분을 가라앉히기로 했다. 그의 충격을 완화하고 과도한 흥분으로 그의 심장병이 유발되는 것을 방지하기 위해서였다. 나는 식당의 문밖에서 그에게 전화를 걸었다. 창문을 통해 그의 일거수일투족을 똑똑히 볼 수 있었다. 그가 전화를 받았다. 나는 흥분을 감추지 못하고 내가 이미 그의 고향에 도착했다는 사실을 알렸다.

281

나의 훌륭한 아우님의 목소리도 나와 마찬가지로 흥분되어 있는 것 같았다. 그는 내가 몹시 보고 싶었다며 꿈에서라도 내게 식사 대접을 하고 싶었다고 말했다. 그는 또 매우 유감스럽고 공교롭게도 사업상의 업무로 인해 어제야 비행기로 광저우(廣州)에 도착했다고 말했다. 그는 내게 서둘러 떠나지 말고 자신을 꼭 기다려달라고 했다. 한 달 내로 반드시 서둘러 돌아오겠다는 것이었다. 그는 의기양양한 표정으로 전화통화를 계속하면서 가끔씩 자리에 모인 형제들에게 큰 소리를 내지 말라고 손짓을 했다.

내가 그렇게 오래 기다릴 수 없다고 하자 정말로 자신을 형제라고 생각한다면 며칠만 더 머물러 달라고 간청했다. 서둘러 돌아갈 테니 20일만 더 기다리는 게 어떻겠냐는 것이었다. 내가 안 된다고 확실하게 말하자 그가 화를 냈다. 정말 친구도 아니군요! 어떻게 문 앞에까지 왔다가 안으로 들어와 앉지도 않고 그냥 갈 수가 있습니까? 열흘 더 앞당겨 갈 테니 기다려 주세요. 이것마저 거절하면 저를 깔보는 걸로 알겠습니다.

나는 전화를 끊었다. 동북 사람의 기질을 이해했기 때문이다. 만일 내가 한 번만 더 사양했더라면 그는 나를 형편없는 허난 사람이라고 욕했을 것이다.

나는 그가 나와 같은 고향 사람이기를 바랐다. 그랬다면 동북 사람의 숭고한 이미지에는 영향을 주지 않았을 것이다.

사정이 변할 수 있다

사정이 변할 수 있다.

표정도 없다. 특정한 지시도 없다.

애매하고 모호하다. 온통 자욱한 안개다.

빛은 어둡고 소리는 낮다. 이런 말은 몹시 음침하고 차갑게 느껴져 몸에 닭살이 돋거나 몸서리가 쳐질 것이다.

그러나 그렇지 않다.

그날 햇빛이 환하게 비춰 번쩍이는 칼날처럼 손쉽게 문틈을 지날 수 있었다.

소리는 결코 낮지 않고 고인 물처럼 고요했다.

그래도 애매하기만 했다. 그 말이 여전히 사람의 마음을 불편하게 했다.

그는 한 마디도 더 하지 않았고, 아직 한걸음 더 나아간 설명도

하지 않았다. 시선이 우리의 얼굴 위를 쓸고 지나가고, 눈꺼풀이 절반쯤 내려진 커튼처럼 반쯤 아래로 내려왔다.

한마디도 하지 않고 한참을 앉아 있었다. 실제로는 10여 초에 불과했지만 너무 길게만 느껴졌다.

그가 일어나 떠났다.

다른 사람들은 여전히 앉은 자세를 유지했다.

다들 그런 말의 무게가 숨쉬기조차 힘들 정도로 무겁다고 느꼈다.

변화하면 좋아질까 나빠질까? 누군가 교착상태를 깨고 입이 말랐는지 작은 소리로 소곤거렸다.

대답하는 사람은 없었다.

조용히 앉아 있었지만 가슴이 빠르게 고동쳤다.

미래에 대한 걱정이 생겼다. 검은빛의 거대한 물음표가 등을 구부리고 모든 사람의 눈앞에서 소리 없이 흔들리고 있었다.

좋아질 거야. 누군가의 얼굴에 가볍게 웃음기가 어렸다.

아주 심각할 것 같아. 누군가의 창백한 얼굴에 땀방울이 맺혔다.

사정이 변할 수 있다. 분명하고 명확한 답이 없다는 것이 몹시 두려웠다.

나약한 정신이 두근거림 속에서 팽팽하게 당겨지고 찢어지면서 미세한 신음과 탄식을 내뱉었다.

거친 영혼에 뜨겁고 낙관적인 정서가 솟아나, 잠에서 깨어나면 기쁨이 넘치는 새로운 정경이 펼쳐질 것이라고 굳게 믿었다.

씻고 자자. 누군가 이런 제안을 하고서 몸을 움직이기 시작했다.

가장 분명하고 단도직입적인 제의에 다른 뜻은 전혀 없었다.

이에 사람들은 잇달아 적막 속에서 깨어나 먼저 세수할 준비를 한 다음 눈을 감고 편안하게 잠을 잤다.

사정이 변할 수 있다는 예언은 씻고 자자는 행동방안이 효력을 발생할 때 명시의 의미를 상실했다.

발이 땅에 닿지 않는 사람

　　　　　진보(金波)는 항상 하늘을 날고 있었다. 갈수록 친구와 지인 그리고 아내의 동정과 의심, 걱정과 당혹감을 유발했다.
"네가 천사라고 착각하지 마. 사실 너는 순수한 인간새(鳥人)일 뿐이야."
그와 함께 비행하는 단짝친구 자쥔(嘉君)이 여러 차례 그를 악의적으로 조롱했다.
진보에게는 날개가 없었다. 그는 사업을 하는 비즈니스맨이었다. 비행기를 타고 오가는 것은 원래 나무랄 일이 아니지만 중요한 것은 그가 비행기 타는 것에 중독되어 이미 걱정될 정도의 의존 증세를 보이고 있다는 점이다.
그에게는 처음 비행기를 탔을 때의 특별했던 느낌이 지금도 생생하다. 먼저 가슴이 아픈 증상이 있었다. 값이 비싼 비행기 표는 계단을 오르기도 힘든 비즈니스맨에게 적잖은 스트레스를 주었다. 기차를 탔더라면 훨씬 쉬웠을 뿐 아니라 남은 돈으로 2년 동안 먹고도 남을 쌀을 살 수 있었다. 시간이 촉박했다. 상대편 공장과 약속한 면담 시간에 맞추려면 비행기를 타야 겨우 도착할 수 있었다.

이어서 가슴이 두근거렸다. 마침내 처음 하늘을 날게 되었을 때는 이렇게 거대한 금속물체가 정말 편안하게 날 수 있을까 하고 걱정했다. 심지어 그는 앞에 줄을 선 사람들이 자리를 전부 차지해버리면 어쩌나 하는 조바심에 먼저 탑승하는 한 노부인에게 자기 자리를 하나 맡아달라고 부탁하기도 했다. 스튜어디스가 무시하듯 웃으며 말했다.

"정말 재미있는 분이시네요! 비행기는 번호대로 착석하기 때문에 입석표는 판매하지 않습니다."

얼굴이 새빨개진 그가 난처한 듯 말했다.

"농담이에요, 농담. 빈자리가 없으면 조종석에 앉으면 되죠 뭐."

스튜어디스가 이내 미소를 거두더니 답답하고 상대할 가치도 없다는 듯한 표정으로 말을 받았다.

"그런 농담 하시면 안 됩니다. 또다시 조종석에 앉겠다는 등 허튼소리를 하시면 곧장 경찰에 신고하겠습니다. 그건 비행기를 납치하겠다는 위협과 같습니다."

첫 번째 비행이 진보에게 행운을 가져다주었는지 비즈니스는 순조롭게 일어졌다. 이 뒤로 그는 매번 출장을 갈 때마다 비행기 이외의 다른 교통수단은 절대 이용하지 않았다. 하늘을 이리저리 날아다니는 일은 진보에게 커다란 만족감과 함께 풍성한 사업적 보답을 안겨주었다.

비행기는 진보의 미련이자 미신이 되었다. 그가 친구들에게 들려주는 재미있는 이야기는 대부분 공항과 기내에서 보고들은 것과 기내 잡지에 실린 것들이었다. 몇 년 전만 해도 비행기를 타고 출장을 다니는 것은 극소수 사람들에게만 간혹 있는 일이었다. 그러다 보니 일상의 다반사처럼 비행기를 타는 경험은 적잖은 친구와 지인들의 부러움과 질투를 사기도 했다. 특히 그는 스튜어디스의 매력적인 미소와 아름다운 자태 그리고 고객을 대하는 극진하고 세심한 서비스에 대해 언급할 때마다 애매한 어투와 표정을 짓곤 했다.

오랜 시간이 지나면서 진보는 비행기에 완전히 의존하게 되었다. 더 이상 비즈니스를 위해 비행기를 타는 것이 아니라 용건이 있든 없든 무조건 비행기 타는 것을 좋아했고 끊임없이 이리저리 하늘을 날아다녔다. 비행기를 타는 것이 그의 생활의 목적이 되었다. 그는 기내에서 식사를 하고 잠을 자는 것이 집에서 먹고 자는 것보다 더 편하게 느껴졌다. 집의 침대에서는 밤새 잠을 이루지 못했지만 일단 비행기만 탔다 하면 큰 소리로 코까지 골았다. 어머니의 품에 안긴 듯한 편안함을 느끼면서 꿈에서 그는 어릴 적 나무에 기어올라 몰래 살구를 따먹던 정경까지 보았다.

진보는 버는 돈의 상당 부분을 비행기 표 구입에 사용했고 나머지 저축하는 부분도 결국에는 비행기를 타는 데 사용함으로써 항공회사에 헌납했다. 이에 대해 항공사 역시 크게 감격하여 그에게 골드카드 고객의 칭호를 수여했다. 진보의 주머니 안에는 각 대형 항공사들의 골드카드와 실버카드, 다이아몬드카드가 가득했고 마음대로 어느 항공편기를 타든지 간에 이에 상응하는 예우와 특전을 받을 수 있었다. 1년에 60만 킬로미터 이상을 비행하는 그에게 항공사들이 보다 철저한 서비스를 제공하는 것은 너무나 당연한 일이었다.

지난날 어느 날, 진보에게 전화를 걸었더니 그의 핸드폰이 꺼져 있었다. 그가 또 하늘을 날고 있다는 것은 두말할 필요도 없었다. 최근 몇 년 동안 연락을 취할 때마다 그는 공항이 아니면 비행기 안에 있었다. 때로는 공항으로 가는 길 위에 있기도 했다. 다음 날 마침내 그와 통화가 되었다.

"자네 지금 어디 있나?"

내가 물었다. 그의 대답은 역시 예상대로였다.

"하얼빈 공항이야!"

"어딜 가려고?"

내가 다시 물었다.

"아직 결정하지 못했어. 어느 항공편이든 가장 먼저 출발하는 걸로 탈 생각이야."

그가 대답했다.

"그럼 베이징으로 오게. 오랫동안 못 만났는데 같이 술이나 한잔 하자고."

내가 제의했다.

"좋지. 그럼 당장 표를 사도록 하겠네. 저녁 여섯 시에 보세."

그가 무척 반가워하며 내 요청을 받아들였다.

나는 진보의 습관을 잘 이해하고 있었다. 그는 어디에 가든 오래 앉아있지 못하기 때문에 한 곳에 오래 머물 수가 없었다. 이에 나는 공항 근처에 있는 호텔을 예약하고 몇 명의 친구들에게 연락을 해 함께 만나기로 약속한 다음 여섯 시가 되기 전에 서둘러 도착했다. 다섯 시가 막 지났을 무렵 그에게 다시 전화를 걸었다. 그의 핸드폰은 꺼져 있었다. 아직 비행 중인 것이 분명했다.

그러나 여섯 시 반이 되어도 여전히 진보의 모습은 보이지 않았다. 여러 번 통화를 시도했지만 핸드폰은 줄곧 꺼져 있었다. 모두 배가 고팠던 우리는 먼저 음식을 먹으면서 그를 기다리는 수밖에 없었다. 여덟 시가 넘어서도 그는 나타나지 않았다. 우리는 잠시 더 기다리기로 하고 백주를 한 병 더 마셨다. 기다리다 지친 우리가 계산을 하고 떠나려 하는 차에 그가 전화를 걸어왔다.

"자네 어딘가?"

내가 화를 내며 물었다.

"하이난(海南) 산야(三亞) 공항이야!"

그가 헤헤 웃었다.

"무슨 헛소리야. 베이징에 와서 한잔하기로 하지 않았나?"

"정말 미안해. 얼떨결에 하이난으로 날아왔지 뭐야."

그가 미안하다는 듯한 어투로 해명을 했다.

"어떻게 된 거야? 비행기를 잘못 탄 거야?"

나는 도무지 이해가 되지 않았다.

"그게 아니라, 처음에 베이징행 비행기 표를 샀는데 가장 이른 항공편이 오후 세 시에나 있더라고. 공항에서 두 시간 넘게 기다릴 생각을 하니 마음이 초조해지더군. 곧바로 출발하는 다롄(大連)행 항공편이 있는 것을 보고는 얼른 베이징행을 취소하고 다롄행으로 바꿨지. 다롄에서 베이징으로 갈 생각이었거든. 그런데 다롄 공항에 도착해 보니 베이징행 가장 이른 항공편이 네 시 반이나 되어야 이륙하더라고. 또 마음이 초조해져 상하이행 비행기 표를 샀지. 자네도 알다시피 상하이에서 베이징으로 가는 비행기는 30분마다 한 편씩 있잖아. 시간을 계산해보니 여섯 시 조금 넘어 베이징에 도착할 수 있을 것 같아 상하이에서 비행기를 갈아탈 생각이었어. 그런데 상하이 공항에 도착하고서야 베이징행 다음 항공편이 연착되는 바람에 이륙이 1시간 20분이나 지연된다는 사실을 알게 됐지 뭔가. 다급해진 나는 더 기다릴 필요가 없는 산야행 항공편에 탑승했네. 자네들과의 술 약속을 어기게 될 줄은 꿈에도 생각지 못했어. 정말 미안하네. 다음 항공편을 예약하는 중이니까 내일이면 틀림없이 베이징에서 만날 수 있을 거야. 내가 한턱 쏘도록 하겠네."

진보가 몹시 유감스러운 듯한 어투로 말했다.

다음 날, 그다음 날. 한 달이 넘도록 그는 여전히 모습을 드러내지 않았다. 술도 마시지 못했다. 이 한 번의 식사를 위해 그는 쿤밍(昆明)과 텅충(騰沖), 타이위안(太原), 우루무치(烏魯木齊), 청뚜(成都), 창춘(長春), 우시(無錫), 다칭(大慶), 인촨(銀川), 후룬베이얼(呼倫貝爾), 샤먼(廈門), 닝보(寧波)…… 등지를 계속 비행했다. 지금도 내가 초대한 술자리에 참석하기 위해 이리저리 공항을 오가고 있을 것이다.

내게는 총이 있다

구(區) 무장부(武裝部)의 중령 하나가 사무실에서 내게 말했다.
"선생의 그 총은 우리가 보관하도록 하겠습니다."
"총이요? 어떤 총 말씀이신가요?"
내가 눈을 크게 뜨고 의아한 듯한 표정으로 그를 응시했다.
"권총 말입니다. 5·4식 권총."
그가 소파에 비스듬히 몸을 기댄 채 앞을 향해 상체를 기울여 재떨이에 담뱃재를 털었다.
"제게 권총이 있다니 그게 무슨 농담이십니까? 정말로 물으시는 건가요?"
나는 긴장된 표정으로 어색하게 웃으며 그와 마주보고 있는 의자에서 일어나 두 손을 가로저었다.

"농담이 아닙니다. 선생에게는 분명 총이 한 자루 있습니다. 우리가 지급해준 것이지요."

중령이 다시 재떨이에 재를 털었다. 재는 재떨이가 놓인 탁자 위에 떨어졌다. 그가 황급히 재를 줍고는 다시 바지를 툭툭 털자 흩어졌던 불씨가 바닥에 떨어졌다.

"정말 농담하지 마십시오. 언제 제게 총을 지급해주셨단 말입니까?"

나는 어깨에 '량마오얼(兩毛二 : 중국인민해방군 중령 계급장에 대한 속칭.)' 견장을 달고 있는 이놈이 못된 장난을 치고 있다고 생각했다.

"작년에 선생에게 지급되었습니다."

그가 차분하고 확신에 찬 어투로 말했다.

"작년이라고요? 저는 평범한 민간인인데 어떻게 총을 지급받는다는 말씀이십니까?"

나는 도무지 영문을 알 수 없었다.

"선생은 평범한 민간인이 아닙니다. 선생은 지도자급 간부로서 민병 예비역을 나누어 관리하는 일을 맡고 있습니다."

중령은 특별히 '선생'이라는 존칭을 사용하고 있었다.

"저는 단지 건축회사의 책임자일 뿐입니다. 군인도 아닌데 어떻게 총을 지급받을 수 있습니까?"

나는 여전히 그가 내 말을 이해해주기를 기대했다.

"그렇습니다. 선생은 직접 총기를 소지할 수 없기 때문에 저희가 대신 보관해드리겠다는 겁니다."

그가 진지한 어투로 설명했다.

"하지만 저는 총이 없습니다. 당신들이 대신 보관해주어야 하는 문제는 애당초 존재하지도 않습니다."

내가 변론했다.

"선생에게는 총이 있습니다. 이것은 규정입니다."

중령이 한 글자 한 글자 또박또박 말했다.

"선생의 직무와 분담 관리 업무에는 모두 총이 한 자루씩 배급되어야 합니다. 이는 규정인 동시에 선생에 대한 예우이기도 하지요. 선생 회사의 직원들 가운데 상당수가 예비역에 속해 있기 때문에 선생에게는 반드시 총이 있어야 합니다. 제 말을 이해하시겠습니까?"

"이해하긴 했지만 듣고 나니 오히려 더 혼란스럽네요."

초조해진 나는 얼굴이 귀까지 새빨개졌다.

"문제는 당신이 말하는 그 총을 제가 한 번도 본 적이 없다는 겁니다. 아시겠습니까?"

"네. 이해합니다. 선생께서 그 총을 보았던 보지 못했건 간에 선생은 실제로 그 총을 소유하고 있습니다. 5·4식 권총이지요. 지금 저희는 선생에게 총을 저희에게 맡겨달라고 요청하고 있는 겁니다. 이는 총기관리법에 명시된 규정이니 협조해 주시기 바랍니다."

중령이 소파에서 일어나 엄숙한 표정으로 나를 쳐다보았다.

"정말 황당하군요. 저한테는 정말 총이 없습니다. 좀 더 철저하게 조사해 보세요. 개인이 총기를 소장하는 것이 불법이라는 것은 누구나 아는 사실인데 제가 어떻게 총을 숨기겠습니까?"

내가 초조하고 불안한 표정으로 고함을 쳤다.

"선생 말이 맞습니다. 개인은 총기를 소지할 수 없기 때문에 저희 구 당국의 총기관리부에서 일률적으로 보관하겠다는 겁니다."

중령은 차렷 자세를 유지하고 서있었다.

"하지만 제게는 총이 없습니다. 제 말을 이해 못하시는 겁니까?"

나는 초조하고 답답해서 그 자리에서 팔짝팔짝 뛰었다.

"제가 선생 말을 이해 못하는 게 아니라 선생이 제 말을 이해 못하시는 것 같군요. 이론적으로 볼 때 선생에게는 분명 총이 한 자루 있습니다. 권총 말이에요. 5·4식 권총이죠. 하지만 그 총은 선생이 휴대할 수 없기 때문에 저희가 체계적으로 관리하여 반드시 상부에서 지시한 무기고 안에 보관해야 합니다."

중령은 여전히 참을성 있게 설명하고 있었다.

"잠깐만요. 처음부터 하나씩 정리해보지요. 제 직무와 업무분할 때문에 저에게 반드시 총이 한 자루 있어야 한다는 말씀 같은데……."

"한다는 것 같은 것이 아니라 정말로 총이 있다는 것이지요."

그가 내 말을 끊었다.

"좋아요. 있다고 칩시다."

내가 손을 내저었다.

"있다고 치는 것이 아니라 정말 있다니까요."

중령이 다시 내 말을 끊었다.

"좋아요. 당신 말이 맞다 칩시다! 그렇다면 정말로 총이 있고 나는 한 번도 들은 적도 없고 본 적도 없는데, 지금 당신들은 전혀 존재하지도 않는 5·4식 권총을 가져가기 위해 일부러 날 찾아와서 대신 총을 보관해 주겠다고 요구하고 있는 거죠. 맞습니까?"

나는 도무지 정신을 차릴 수가 없었다.

"그렇습니다. 아주 정확한 파악이십니다."

중령이 억지로 얼굴에 미소를 띠었다.

"그럼 가져가세요."

나는 절망적으로 손을 내렸다.

"안 됩니다. 무릇 모든 일에는 순서가 있는 법인데 하물며 총기관리 같은 중대한 물건을 처리하는 일에는 더더욱 신중하고 엄격해야지요."

그가 위엄 있는 어투로 말을 받았다.

"그럼 좋습니다. 어떤 순서인가요. 제가 큰 소리로 '권총' 하고 외치면 당신이 '내가 보관하겠소'라고 외치는 것이 어떻겠습니까?"

나는 거의 미쳐버릴 것만 같았다.

"그렇게 간단한 문제가 아닙니다. 이건 어린애들 장난이 아니거든요."

중령이 말하면서 주머니에서 종이 한 장을 꺼냈다.

"이건 총기관리 위탁서입니다. 서명해주시지요."

"좋습니다. 서명하지요."

내가 테이블 위에 있던 필통에서 사인펜 한 자루를 꺼냈다.

"그리고 이건 두 장의 영수증입니다."

중령이 다시 두 장의 작고 얇은 종이를 건넸다.

"이게 뭡니까?"

내가 이해할 수 없다는 듯 그를 쳐다봤다.

"총기 보관료입니다. 영수증 한 장은 작년의 비용을 추가로 납부하는 것이고 다른 한 장은 내년과 내후년의 비용을 사전 납부하는 것입니다."

나는 얼른 재무부서에 연락해 중령에게 돈을 지급하게 했다. 그 뒤로 나도 총을 가진 사람이 되었다.

네 번째 작은 이야기

몇 년 전

만능

　　그 죽일 놈의 암퇘지만 아니었어도 마을에서의 내 명성은 누구와도 비교할 수 없었을 것이다.
　　20년 전, 나는 마을에서 유일하게 대학에 합격한 사람이었고 20년 후인 지금도 나는 여전히 마을에서 유일하게 대학 공부를 한 사람이다.
　　대학 합격자 명단이 발표되던 날, 마을 사람들은 비엔파오를 터뜨리고 있었다. 그 비엔파오가 우리 아버지가 돼지를 팔아 번 돈으로 사서 집집마다 나누어 준 것이긴 하지만 나는 일시에 가족 전체와 마을 전체의 희망이요 자랑이 되었다. 한동안 마을에는 내가 두뇌가 명석하여 공부를 아주 잘 했다는 이야기가 한동안 널리 회자되었다.
　　시골 사람들의 생활은 항상 넉넉하지 못했다. 때문에 시골 아이들은 도시에 가도 날 때부터 몸에 밴 절약 정신을 그대로 유지했다.

경성(京城)에서 공부하는 동안 여름방학이나 겨울방학에도 고향에 한 번 내려가지 않았던 나는 4년 동안 단지 여비 하나만 절약하는 것으로도 집안의 큰 부담을 덜어준 셈이었다.

대학을 졸업하던 그해 겨울, 나는 마침내 내가 번 월급으로 집에 돌아갈 충분한 여비를 모을 수 있게 되었다.

4년 동안이나 고향집에 가지 않았지만 나에 대한 마을 사람들의 애정은 조금도 변함이 없었다. 그동안 마을에는 아이들도 많이 태어났다. 사내와 계집아이 할 것 없이 모두 나와 똑같은 이름을 쓰고 있었다.

정월 내내 우리 집을 방문하는 이웃들의 발걸음이 끊이질 않았다. 집 안은 매일 사람들로 가득 찼고 먹고 버린 해바라기 씨 껍데기가 땅바닥에 푹신하게 깔려 있어 안팎으로 들락거릴 때마다 부지직 소리가 났다. 나이든 어르신들은 방구들에 책상다리를 하고 앉아서 타닥타닥 잎담배를 태웠다. 젊은 사람들 가운데 유일하게 혼자서만 뜨끈뜨끈한 온돌바닥에 앉을 수 있는 자격을 누렸던 나는 그 자리에 앉아 있는 것이 마치 연단 한가운데 앉아 있는 것 같은 기분이었다.

연세가 많은 어르신들을 나는 정확하게 항렬을 구분하여 할아버지, 할머니, 노마님, 아저씨, 삼촌, 숙모, 외삼촌, 이모 등의 존칭으로 불렀다. 어르신들이 내가 어렸을 적의 여러 가지 우스운 이야기들을 하나씩 들려주자 모든 사람들이 웃음을 그치지 못했다. 나도 성의껏 남들의 이야기와 웃음에 맞장구를 쳐주었지만 나에 대한 재미있는 이야기들 대부분은 내 머릿속에 아무런 기억도 남아 있지 않는 것들이었다. 사람들은 지나치게 과장하여 내가 어렸을 때부터 총명했고 효성심이 깊었으며 사리에 밝았다고 말했다. 나는 어렴풋이 이처럼 감동적인 이야기들을 『레이펑 이야기』(雷鋒的故事 : 레이펑은 중국인민해방군의 모범병사로서 1957년에 중국공산주의청년단에 들어가 중국 각지의 농장이나 공장에서 작업하는 등 봉사활동을 계속했다. 1960년 인민해방군에 입대, 수송대에 배속되었다가 1962년 8월 15일에 랴오닝성 푸순에서 사고로 순직했다.)에서 읽었던 기억이 났다. 살구 서리를 하고 뱀을 잡아 먹고 새둥지를 건드리는 등의 시골 아이들이 자주 하는 그런 장난에 관한 얘기에서는 나만 주인공에서 빠져 있었다.

셋째 할아버지는 우리 종친들 가운데 가장 교양이 있고 견문이 넓은 지식인이었다. 며칠을 계속 온돌에 앉아 있던 셋째 할아버지는 눈을 반쯤 감은 채 나와 심각한 문제들에 관해 토론을 벌였다.

셋째 할아버지가 내게 물으셨다.

"지금 무슨 일을 하고 있느냐?"

내가 대답했다.

"학교에서 아이들을 가르치고 있습니다."

할아버지가 고개를 끄덕이면서 되물으셨다.

"아, 그럼 교수로구나?"

나는 고개를 저으면서 말했다.

"아닙니다. 조교를 맡고 있습니다."

"조교가 뭐냐?"

할아버지가 감았던 눈을 뜨셨다.

"조교는 교수를 돕는 사람입니다. 교수들의 일을 거들어주는 것이지요."

나는 최대한 명확하게 또박또박 얘기했다.

"아, 그래, 정말 대단하구나. 교수보다 대단한 거로군. 교수들은 네가 계속 도와줘야만 하는 사람들이로구나!"

할아버지가 또 고개를 끄덕이셨다. 방 안에 있던 모든 사람들이 할아버지를 따라 머리를 위아래로 끄덕이고 있었다.

"그럼 너는 산수를 가르치고 있느냐 아니면 국어를 가르치고 있느냐?"

셋째 할아버지가 물으셨다. 할아버지가 보시기에 세상의 모든 학교에는 오로지 산수와 국어 두 과목만 개설되어 있는 것 같았다.

내가 잠시 망설이다가 대답했다.

"국어를 가르치고 있습니다."

만일 할아버지가 정해준 두 가지 외에 다른 것을 골라 대답한다면 일은 훨씬 더 복잡해질 것이었다.

"아, 글귀를 파고 따지는 건 난 잘 못하지. 산수는 내가 좀 알지만 말이야. 구구단 정도는 나도 다 외울 수 있거든. 젊었을 때는 생산대의 회계를 맡기도 했지. 덧셈과 뺄셈, 곱셈은 다 잘 했는데 나눗셈이 좀 문제였어. 지금은 나이가 들어 거의 다 잊어버렸지만 말이야!"

셋째 할아버지가 점잖게 웃으셨다.

그해 설날을 나는 무척 즐겁게 보냈다. 마을 사람들 역시 몹시 흥분되어 있었다.

2년이 지나 나는 또다시 고향을 찾아갔었다. 때는 한여름으로 모든 학교가 여름방학을 맞았을 때였다.

설날 때와는 다르게 마을은 거의 명절 분위기가 나지 않았고 우리 집을 드나들던 사람들 역시 2년 전보다 현저하게 줄었다. 셋째 할아버지는 다시는 나와 어떤 문제에 관해 토론을 할 수 없었다. 할아버지는 1년 전에 이미 세상을 떠나셨다.

나는 조금 일찍 경성으로 돌아가려고 했지만 어머니가 눈물을 훔치면서 이틀만 더 있다 가라고 권했다. 하는 수 없이 나는 이틀을 더 남아 있기로 했다. 지금 생각해보면 몹시 후회가 되는 일이었다. 그냥 고집을 부리면서 떠나왔어야 했다. 그랬더라면 나에 관한 평판이 나빠질 일도 없었을 텐데 말이다.

고향을 떠나기로 마음먹은 그날 밤, 밖에는 큰비가 내리고 있었다. 나는 한밤중에 다급하게 문을 두드리는 소리에 놀라 자리에서 일어났다. 이웃 동쪽 원자(院子: 마당을 여러 가구가 공유하는 일종의 다가구 주거형태.)에 사는 뚱보 아줌마가 숨을 헐떡이면서 계속해서 소리를 질러대고 있었다. 자기 집 암퇘지가 병에 걸렸으니 나더러 와서 좀 고쳐달라는 것이었다. 나는 쓴웃음을 지어보이며 나는 철학을 공부한 사람이기 때문에 돼지를 치료할 줄 모른다고 말했다. 그녀는 대학에 다니는 사람은 무엇이든지 다 할 수 있을 거라면서 고집을 부렸다. 그러면서 그녀는 수중에 가진 돈이 없지만 돼지가 다 나으면 절대로 치료비를 떼어먹는 일이 없을 것이라고 말했다. 아울러 설날이 되면 사람을 시켜 베이징으로 커다란 돼지 족발 두 개를 보

305

내주겠다고 덧붙였다.

결국 나는 비를 피해 그녀의 돼지우리로 가보기로 했다. 하지만 역시 아무런 소용도 없이 허탕만 쳤다. 암퇘지가 이미 죽어 있었기 때문이다. 죽은 암퇘지를 보고서 대성통곡하던 그녀는 암퇘지를 몹시 아까워하면서 모든 것이 내 잘못이라고 꾸짖었다. 그리고 마을 사람들의 절반 이상이 그 소리를 듣게 되었다.

우리 부모님들도 체면이 말이 아니었다. 이튿날 나를 전송하는 부모님의 얼굴에는 실망스런 표정이 역력했다.

몇 년 동안 나는 고향집에 가지 못했다. 마을에서 유행하는 우스갯소리 중에 사람들이 가장 재미있어 하는 이야기가 바로 내가 돼지를 고치지 못해 죽은 일화였다. 고향 사람들의 마음속에 대단한 능력을 지닌 우상이었던 나의 위상은 그 암퇘지 때문에 철저하게 망가져버렸다. 당초 나와 똑같은 이름을 가졌던 아이들도 전부 다른 이름으로 개명을 했다. 마을에서는 '공부무용론'의 풍조가 점점 더 심해지고 있었다.

올해 설날에 나는 이미 구입해 둔 기차표를 취소했다. 고향 사람들이 조롱과 실망이 가득 담긴 눈빛을 대할 용기가 나지 않았기 때문이다. 나는 시간을 내서 수의를 공부하기로 마음먹었다. 무슨 일이 있어도 고향 사람들 앞에서 나의 손상된 체면을 만회하고 그들에게 철학을 공부한 사람도 돼지를 고칠 수 있다는 새로운 신념을 갖게 해주고 싶었다!

빨간 구두

　　빨간 구두 한 켤레를 갖는 것이 두 세대에 걸쳐 내려온 우리 집안의 오랜 꿈이었다.

　내가 어렸을 때, 농촌은 몹시 가난하여 집집마다 살림살이가 넉넉하지 못했다. 어른들은 항상 낡고 해진 헝겊신과 고무신('해방화'라고 불렸다.)을 신었고 가죽 신발은 거의 찾아볼 수 없었다. 어린 아이들은 봄, 여름, 가을에는 기본적으로 항상 맨발로 다녔다. 학교는 물론 천지 사방을 맨발로 뛰어다녔다. 겨울이 되어야 비로소 속에 보드라운 풀이나 솜 부스러기를 넣은 '해방화'를 신을 수 있었다.

　촌장은 빨간색 구두를 한 켤레 갖고 있었다. 들리는 바에 의하면 군인이었던 그가 전쟁 중에 상하이에 간 적이 있었는데, 이 신발도 상하이에서 가져온 것이라고 했다. 사온 것인지 훔쳐온 것인지는 알 길이 없었다.

눈에 너무나 잘 띄는 빨간 구두를 촌장은 매년 며칠 동안만 신었다. 설날 새해 인사를 다니는 짧은 기간에만 이 구두를 신었던 것이다.

마을에 명성이 자자한 이 빨간 구두를 모르는 사람은 한 명도 없었다. 색상이 선명하고 고운 이 신발은 50년대부터 매년 설이면 마을의 집집마다 나타나기 시작했다. 거의 새것이나 다름없는 푸른색 솜저고리를 입은 촌장은 소매를 길게 늘어뜨린 채 흐느적거리며 걸어 다녔다. 촌장은 팔을 영원히 소매 안에 끼우지 않았다.

빨간 구두가 나타나면 비엔파오 소리도 함께 들려왔다. 이 신발은 춘련(春聯 : 설을 전후하여 대문 양쪽에 써 붙이는 대련.)이나 초롱과 마찬가지로 설날의 상징이었다. 이 신발을 신은 촌장의 모습에는 활력이 넘쳤고 관원 분위기도 물씬 풍기고 있었다. 누가 뭐래도 촌장은 세상 물정을 두루 경험한 사람이었고 빨간 구두는 상하이에서 온 물건이었다. 마을을 통틀어 촌장을 제외하고는 상하이가 도대체 어느 방향에 있는지 아는 사람도 없었다.

빨간 구두는 촌장에게 영예와 위신을 가져다주었지만, 동시에 성가심과 불행도 가져다주었다. 한동안 '삼반(三反 : 문화대혁명 당시 반당, 반사회주의, 반마오쩌둥사상 등 이른바 삼반분자들에 대한 투쟁이 있었다.)', '오반(五反 : 역시 문화대혁명 시기에 실시된 뇌물과 탈세, 국유재산 절취, 노력과 시간 및 재료의 속임, 국가경제 정보의 절취 등을 근절하기 위한 운동.)'이 일어나자 누군가 빨간 구두를 그의 경제상황과 생활 태도와 연결시켜 고발함으로써 상급기관에서는 '학습반'을 통해 그를 처벌하고 그 유명한 빨간 구두를 몰수해갔다. 너무나 속이 상한 촌장은 한동안 누가 이 일을 입에 올리기만 해도 듣기 민망할 정도의 험악한 말들을 마구 쏟아냈다. 그해 겨울, 그는 집집마다 새해 인사를 가던 과거의 관행을 접었다. 빨간 구두가 없었기 때문임에 틀림이 없었다. '삼반', '오반' 운동이 지나간 뒤에 상급 기관에서는 빨간 구두를 다시 촌장에게 돌려주었다. 촌장은 기뻐서 입을 다물지 못했고 설날에는 집집마다 촌장이 신고 있는 선홍빛 색상의 구두를 다시 볼 수 있게 되었다. 몇 해가 지났을까, 이번에는 '사청(四淸 : 1963년부터 1966년까지 중국공산당 중앙이 도시와 농촌에서 전개한 사회주의 교육운동으로서 장부, 재물, 창고, 임금을 투명하게 하는 것을 주요 내용으로 한다.)' 공작조가 또다시 촌장의 빨간 구두를 가지고 트집을 잡았다. 이번에는 빨간 구두를 지켜낼 수 있었지만 대신 촌장의 직위는 다른 사람의 차지가 되고 말았다. 그해 설에도 촌장은 새해 인사를 다니지 않았다. 빨간 구두는 신었지만 직위를 잃은 것이 사람들 보기에 안 좋았기 때문이다.

그 뒤로, 촌장은 또다시 빨간 구두를 신고 설의 경사스러운 분위기 속에서 집집마다 돌아다니며 인사를 했다. 촌장을 대할 때마다 면전에서는 마을 사람들 모두 큰 소리로 촌장 혹은 큰아버지, 큰삼촌, 큰형님, 큰외삼촌 등 다양한 호칭으로 불렀다. 하지만 등 뒤에서는 하나같이 그를 '빨간 구두'라고 불렀다. '빨간 구두'는 촌장의 별명이 되어 있었다.

일찍이 우리 아버지와 형도 언젠가는 권세와 재력, 지위와 존엄의 상징인 빨간 구두를 신게 될 수 있을 것이라고 믿었었지만 지금까지도 그런 소망은 이뤄지지 않았다.

  40여 년이 지났다. 나는 오래 전에 그 마을을 떠났다. 내 유년 시절의 기억 속에 깊이 새겨져 있던 빨간 구두도 점점 잊혀져가고 있었다. 2년 전에 촌장은 세상을 떠났다. 아마 그 빨간 구두도 그가 죽은 후에 또는 그 전에 이미 폐기되었을 것이다.

  며칠 전, 어린 시절의 친구 하나가 베이징에 놀러 왔다가 나를 찾아왔다. 친구를 만나자마자 나의 시선은 그가 신고 있는 빨간 구두에 사로잡히고 말았다.

  "자네 촌장이 된 건가?"

  내가 본능적으로 물었다.

  "어떻게 알았지? 방금 부임했네."

  그는 천진난만하게 웃었다. 나도 따라 웃었다. 머릿속에 어린 시절의 정경이 펼쳐졌다.

효도

돈이 많아도 쓸모가 없다. 돈이 많을수록 오히려 돈을 쓰러 나가기 어렵다.

그렇게 노려볼 것 없다. 이 말은 내가 한 말이 아니라 우리 큰할아버지가 아주 단호한 어투로 내게 해주었던 말이다. 우리 큰할아버지가 멍청하다고? 아니면 내가 멍청하다고? 멍청한 소리, 그럼 네가 멍청한 거야! 내 고향 마을 사람들은 모두 이렇게 말하니까. 작년 음력설에 고향에 내려간 나는 촌위원회 정원 담장에 보기만 해도 몸서리가 쳐지는 커다란 표어 두 줄이 석회로 쓰여 있는 것을 보았다. 첫 줄은 "한 사람이 잡아매면 온 가족이 영화를 본다."였고 한 줄은 "돈이 많아도 쓸모가 없다. 돈이 많을수록 오히려 돈을 쓰러 나가기 어렵다!"였다.

아니다. 절대로 '미친 마을'도 아니고 '천치 마을'도 아니었다. '부유한 마을'도 아니고 '소강(小康) 마을'도 아니었다. 우리 고향에는 만원호(萬元戶 : 중국에서 연간 수입이 1만 위안을 넘는 가구 또는 개인.)가 한 집도 없었다. 속이려는 게 아니다. 내가 설날에 100위안짜리 지폐를 손에 들고 집집마다 돌아다니면서 사람들에게 내보이면 대부분의 사람들은 고액의 지폐를 처음 본다는 반응이었고 절반 가까이는 진짜 지폐인지조차 믿지 못했다.

나는 원래 큰할아버지에게 지폐를 한 장 드릴 생각이었지만 할아버지는 쓸 데가 없고 쓰러 나가지도 못한다고 하셨다. 아무도 이렇게 큰 지폐를 잔돈으로 바꿔줄 수 없다는 말이었다. 이제 알겠지? 잔돈을 거슬러줄 방법이 없다는 것이다. 내가 만나본 시골 사람들은 하나같이 돈이 많다고 해도 쓸 데가 없고, 돈이 많으면 많을수록 쓰러 나가지도 못한다고 말했다. 이 말이 내 귀에는 표어나 구호처럼 들렸다. 그들은 내가 이 마을의 격언을 이해하지 못할지도 모른다는 생각에 확고부동한 사실을 예로 들어 내게 상세히 설명해주었다.

사실은 이랬다.

우리 마을에 쑹(宋) 노인이 살았다. 마누라는 일찌감치 세상을 떠나고 혼자 아버지와 어머니 역할을 도맡아 하면서 두 아들을 고생스레 키워냈다. 큰아들은 천성적으로 우둔한데다 뇌염을 앓는 바람에 바보가 되었다. 하지만 작은아들은 아주 영리했다. 노인은 모든 희망을 작은아들에게 걸었다. 누구에게도 지지 않으려고 분발했던 그 아들은 마을 전체를 통틀어 유사 이래 첫 번째 대학생이 되었다. 그는 대학에 다닐 때부터 직장에 들어가 일을 하게 될 때까지 줄곧 도시에서 지내면서 고향 집에는 거의 내려오지 않았다. 들리는 소문에 의하면 그 아들은 나중에 큰 부자가 되었고 얼굴에 춘풍이 가득했으며 가진 것이라고는 돈뿐이어서 은행 행장도 주머니 사정이 여의치 않을 때는 그를 찾아가 돈을 빌렸다고 했다. 집 안에는 온통 금 아니면 은이었고 다른 것은 없었다. 심지어 변기도 도금한 것이었다.

고향에서 큰아들과 함께 살던 쏭 노인은 두말할 필요도 없이 온갖 고생을 하면서 힘들게 살고 있었다. 바지가 한 벌 뿐이라 두 부자는 함께 문밖출입을 할 수도 없을 지경이었다.

어느 해인가 효심이 깊은 작은아들이 고향에 내려왔다. 고급 승용차가 줄지어 몰려와 마을 입구에 늘어섰다. 마을 안의 좁은 길은 차가 다닐 수 없어서 들어오지 못했다. 몇몇 사람들이 차 안의 좌석을 뜯어내 아들을 그 위에 태워 집으로 모시고 들어왔다. 수행원이 한 무리인 데다 경호원만 너덧 명으로 전부 선글라스를 끼고 있었다. 이들 모두 손가락에 번쩍거리는 금반지를 끼고 있었다. 그 가운데 몇 명은 여러 상자의 커다란 물건을 들고 있었다. 냉장고와 세탁기 같은 가전제품들이었다. 나중에 쏭 노인은 냉장고 안에 석탄을 보관했고 세탁기에는 소금에 절인 채소를 넣어두었다. 그 마을에는 전기가 들어오지 않았기 때문이다.

그때에도 겨우 30분 정도만 집에 앉아 있었던 작은아들은 시간도 없고 너무 바빠 곧바로 성 소재지로 가서 비행기를 타고 외국에 나가야 했다.

쏭 노인은 작은아들이 바보 같은 형을 도시로 데려가주기를 기대하면서 먼저 얘기를 꺼내지는 않았다. 작은아들은 형이 평생 농촌 생활에 익숙해져 있기 때문에 도시로 나갔다가는 병이 날 것이라고 말하면서 이를 허락하지 않았다.

큰 부자가 된 아들은 아버지에게 부족한 것이 무엇이냐고 물었다. 아버지는 아무것도 부족하지 않고, 단지 배불리 먹지 못하는 것이 문제라고 했다. 아들이 워터우조차 가져오지 않은 것을 보고서 노인은 다소 실망했던 것이다.

부자 아들은 떠나면서 얇고 네모난 멋진 카드 한 장을 남겼다. 그는 아버지에게 카드 안에 엄청나게 많은 돈이 들어있어 이 마을 전체를 사고도 남는다고 말해주었다. 노인은 반신반의하며 그 작은 카드를 한참동안 자세히 들여다보다가 다시 손을 뻗어 아들의 이마를 어루만졌다. 조금도 열이 나지 않자 노인은 아들의 말이 아무래도 허튼 소리는 아닌 것 같다고 여겼다. 아들은 카드를 사용할 때 한 번 긁기만 하면 된다고 신신당부를 했다.

작은아들이 떠났다. 노인은 마을에 있는 작은 잡화점에 가서 등불을 켤 석유를 사고 싶었지만 카드를 아무리 긁어도 돈이 나오지 않았다. 솥로 긁어도 돈이 나오지 않았고 구들 옆에 대고 문질러도 역시 돈이 나오지 않았다. 부뚜막과 문틀, 심지어 작은 잡화점의 상품 진열대에도 모조리 시도해봤지만 어디에 대고 긁어도 돈이 나오지 않았다.

병이 든 노인은 더 이상 기력을 찾지 못했다. 카드를 긁은 일은 마을에 큰 풍파를 일으켰다. 대부분의 마을 사람들이 노인의 아들이 사기꾼이거나 정신병 환자라고 말했다. 또 어떤 사람은 이 장난감은 우리 마을에서는 쓸 수 없는 물건으로, 대도시에서나 사용할 수 있는 것이라고 했다. 쑹 노인은 젊었을 때에도 도시에 들어가 본 적이 없었다. 게다가 지금은 뒷간에 갈 때도 바보 아들이 부축을 해야 하는 처지인데 어떻게 얼마간의 양식을 사기 위해 대도시에 갈 수 있겠는가. 이웃 사람들은 애초에 작은아들이 30~40위안만 주고 갔더라도 좋았을 것이라고 말했다. 그랬다면 노인네가 갑자기 병이 나는 일도 발생하지 않았을 것이라고 했다.

마을에서 노인을 구제해주기도 어려웠다. 돈이 아주 많기로 유명한 아들을 두고 있기 때문이었다. 일부 착한 마을 사람들이 가끔씩 노인의 집에 들러 두부와 만터우, 죽 등을 가져다준 덕에 노인은 간신히 반년을 버틸 수 있었다.

결국 쑹 노인은 세상을 떠났다. 어디서 소식을 들었는지 작은아들도 고향으로 돌아왔다. 장례를 지내던 날의 광경은 너무나 성대하고 화려해 정말로 마을 사람들의 눈이 휘둥그레질 정도였다. 상에 생선과 고기를 포함하여 진수성찬이 차려졌고 최고급 담배와 술이 수레에 가득 실을 수 있을 정도로 마련되었다. 비엔파오가 하루 종일 불꽃을 내뿜는 가운데 지전(紙錢)과 종이로 만든 말, 집 등이 정말 보기 좋았다.

마침내 작은아들은 마을 사람들 앞에서 1만 위안이라고 찍힌 수표에 라이터로 불을 붙여 아버지의 무덤 앞에서 태웠다. 이것은 아버지가 저승에 갈 때 쓸 노잣돈이라고 했다.

과부

'과부'는 성이 바이(白)라 사람들은 그녀를 바이 과부라고 불렀다. 과부는 치마를 입지 않았다. 그는 남자이기 때문이다.

남자를 '과부'라는 별명으로 부르는 것은 정말 듣기 역겨울 뿐만 아니라 몹시 잔인한 일이기도 했다. 하지만 그럼에도 사람들은 그를 그렇게 불렀고 그도 하는 수 없이 이를 받아들였다.

바이 과부는 마흔이 좀 넘었지만 아직 결혼을 하지 않고 있었다. 그는 어려서부터 수절하고 있는 어머니와 네 명의 누나들과 함께 생활했다. 그러다 보니 그의 성격과 동작, 그리고 일부 생리적 특성이 여자에 가까웠다. 소변을 서서 보지만 않는다면 보통 여성들과 거의 구분이 되지 않았다. '바이 과부'는 원래 마을 사람들이 그의 어머니를 등 뒤에서 부르던 호칭이었으나 어머니가 세상을 떠난 뒤로 이

'별명'은 그에게 유전되었다. 남몰래 부르던 별명이 이제는 면전에서 부르는 어엿한 작호가 되었다. 바이 과부라는 이름만 들어도 사람들은 누구를 지칭하는지 알았다. 그의 원래 이름과 학명을 아는 사람은 거의 없었고 심지어 자기 자신도 틀리게 말할 때가 있었다.

바이 과부는 어투가 아주 가늘고 섬세하여 마을 아주머니들의 목소리가 훨씬 더 크고 거칠게 느껴졌다. 60년대 인민공사 문예선전대에서 모범극을 공연할 때 그가 배역을 맡았다면 틀림없이 리티에메이(李鐵梅)나 아칭사오(阿慶嫂) 같은 여성 배역을 맡았을 것이다. 비록 얼굴은 여성들처럼 그렇게 예쁘지 못하지만 대사와 창만큼은 진짜 여자라 해도 눈치 채지 못했을 것이다. 목소리만 듣고는 그를 남자라고 할 사람이 하나도 없었다.

그의 길을 걷는 자세나 습관적인 손동작은 여자들을 부끄럽게 하고 남자들을 반하게 하기에 충분했다. 어느 해인가 음력 8월 15일 저녁, 그가 누이 집에 월병(月餠 : 중국에서 추석 때 먹는 둥근 케이크)을 가져다주러 갔다. 반쯤 갔을 때 갑자기 길가에서 치한 하나가 튀어나오더니 뒤에서 그를 껴안고는 귀를 깨물고 입을 맞추려고 덤비는 바람에 새로 산 옷이 다 찢어지고 말았다. 그가 간신히 몸부림치며 몸을 돌리자 치한은 놀라움을 금치 못하여 우엑 하고 토하는 시늉을 했다.

바이 과부는 손재주가 좋아 한 손으로 바느질을 할 수 있을 정도이고 털 스웨터를 짜는 등의 어려운 일을 만나도 문제없이 잘 해내다 보니 일부 아가씨들이 가르침을 구하러 찾아오기도 했다. 여름이면 마을 어귀 큰 버드나무 아래서 아가씨들이 무리지어 한데 둘러앉아 더위를 식히면서 한담을 나누는 한편, 바느질을 하곤 했다. 그 자리에는 십중팔구 이 가짜 과부도 앉아 있었다. 마을 여자들의 눈에 그는 이미 그녀들과 같은 부류임에 틀림이 없었다.

젊었을 때, 좀 더 정확히 말하자면 그가 아직 아이였을 때 한 번은 생산대장이 여러 사람들이 보는 앞에서 그를 모욕한 적이 있었다. 그의 바지 속에 뭔가가 없다면서 한창 밭에서 일을 하고 있는 남녀 생산대원들에게 그의 바지 속을 뒤져보게 한 것이었다. 모두들 몰려와 그를 보리밭에 엎어놓고 마구 그의 몸을 만지고 더듬어댔다. 그동안 생산대장은 옆에서 키득키득 웃고 있었다. 결국 어떤 사람은 막대기를 찾았다고 말했고 어떤 사람은 구멍이 있었다고 말했다. 그 날 그는 한밤중이 되도록 서럽게 울어댔다.

작년 겨울, 나는 설을 쇠러 고향에 내려갔었다. 마을 사람들 얘기를 들으니 과부가 결혼을 했고 이미 다 큰 아이도 있다는 것이었다. 그의 부인은 원래 생산대장의 아내였다. 재작년에 생산대장은 트랙터를 몰고 산에 올라가 돌을 싣고 오다가 트랙터가 뒤집히는 바람에 사망하고 말았다. 마을 사람들은 바이 과부의 아내가 데리고 온 아들이 생김새나 성격으로 볼 때 새 아빠를 꼭 빼어 닮았다고 말했다. 정말로 "한 가족이 아니면 한 집안에 들어갈 수 없다."라는 말을 실증하는 일이 아닐 수 없다. 지금도 사람들이 그의 집 앞에서 "바이 과부!" 하고 소리치면 일가족 세 사람이 동시에 대답을 한다고 한다.

안경

외할머니는 항상 눈이 잘 보이지 않는다고 불평하셨다. 물건이 희미하게 보인다는 것이었다.

외할머니는 쉬지 않고 눈을 비벼대면서 눈동자에 앉은 먼지를 닦아내야 한다고 말씀하셨다. 외할머니는 손등으로, 손수건으로, 옷자락으로, 때로는 손이 가는 대로 손자 녀석의 양말을 집어 힘껏 눈가를 문질렀다.

병원에 갔더니 의사 선생님이 외할머니가 백내장을 앓고 계시기 때문에 가장 좋은 방법은 수술을 하는 것이라고 말했다. 이런 얘기를 들을 외할머니는 죽어도 동의하지 않았다. 치료도 안 되고 공연히 돈만 든다는 것이 할머니의 생각이었다.

식구들이 전부 나서서 수술이 조금도 위험하지 않다면서 반복적으로 설득했다. 수술만 하면 무엇이든지 선명하게 볼 수 있을 것이고 텔레비전에 나오는 배우들의 달걀 같은 얼굴도 더 이상 흐릿하게 보이지 않을 것이라고 말했다.

외할머니는 죽는 것이 두렵다고 하셨지만 사실은 돈이 드는 것이 두려웠던 것이다. 평생 먹는 것마저 아껴 가며 검소하게 생활해 오신 외할머니는 자식들에게 자신의 치료비를 포함하여 그 어떤 부담도 주고 싶지 않았다.

외할머니는 사람들의 반복되는 권유에도 불구하고 고집스럽게 수술을 거부하셨다. 외할머니는 자신이 원래 문맹이었기 때문에 이렇게 늙어서 눈이 아무리 좋아진다 해도 큰일을 해내지는 못할 것이라고 말씀하셨다.

"안 보이면 안 보이는 거지, 뭐. 눈이 안 보이면 짜증날 일도 없거든. 아이들이 밥 먹다가 흘리는 것도 볼 수 없으니 말이야."

외할머니의 시력은 갈수록 안 좋아졌다. 빛이 어두워졌다. 예컨대 해가 서쪽으로 기울고 나면 완전히 두 손에 의지하여 움직여야 했다.

자식들은 더 이상 가만히 있을 수 없어 수술을 재촉했다. 외할머니는 타협의 방안의 제시했다. 외할머니가 말했다.

"내게 안경을 하나 사줘. 안경을 쓴 걸 보면 사람들은 내가 사물을 볼 수 있다고 생각할 거야."

자식들은 한 차례 상의를 거친 다음 그것도 나쁘지 않은 방법이라는 결론을 내렸다.

"알겠습니다. 최고급 돋보기를 사드릴게요."

외할머니는 기꺼이 안경을 쓰셨다. 평생 처음 써보는 안경이었다.

얼굴이 훨씬 멋있어 보였다. 외할머니는 사방을 한 번 둘러보고서 미간을 약간 찌푸리시더니 흥분을 감추지 못하며 말씀하셨다.

"이 물건 정말 신기하네. 이걸 쓰자마자 사방이 훤해졌어!"

외할머니는 몹시 만족해하시면서 우리에게 이 안경이 무척 비쌀 것 같다고 말씀하셨다.

자식들의 눈가에 눈물이 맺혔다. 사실 외할머니가 쓰신 것은 빈 안경테였다. 자식들은 일부러 외할머니를 속였다. 안경이 아무 소용도 없다는 것을 아시면 기꺼이 병원에 가서 수술을 받으실 것이라고 판단했던 것이다.

지금 외할머니는 이 안경을 쓰고서 손으로 물건을 더듬어 헤아리신다. 그러나 사람들을 만나 얘기를 나눌 때면 이 안경은 정말로 위력을 발휘한다. 모든 것을 선명하게 볼 수 있는 것이다.

몇 년 전

　　　　　　먼 친척 하나가 찾아왔다. 관례에 따라 나는 책임감 있게 그에게 식사를 대접했다.
　고향에서 손님이 올 때마다 나는 항상 삼촌, 사촌, 이종사촌 아저씨, 아줌마, 형, 누나 등 촌수에 맞춰 정확히 호칭했다. 찾아오는 사람들 가운데 진짜 친척은 많지 않았고 팔촌의 범위 안에 드는 사람은 극소수였다. 하지만 어떻든 간에 고향 사투리를 쓰고 내 이름과 별명을 부를 줄 알기만 하면 나는 아무런 의심도 없이 그들을 아주 가까운 친척으로 간주했다. 이번에 나를 만나러 찾아온 사람은 자칭 나의 사촌형이었다. 나는 이 사람을 어려서부터 알고 있긴 했지만 나보다 형인지 아우인지는 알지 못했다.
　손님을 대접하려면 술을 마셔야 했다. 사촌형의 주량이 다시 한 번 그의 신분을 설명해주었다. 우선 고향 사람이었고 그다음은 절대로 그가 형인 것이 맞다는 점이었다.

술자리에서 나는 수시로 내 어린 시절의 친구들에 관해 물었다. 고향을 떠나 여러 해가 지나다 보니 고향을 그리는 마음이 도처에 나타났다. 고향 사람들이 찾아올 때마다 나는 항상 지칠 줄 모르고 이것저것 물어댔다. 사실 적지 않은 상황들이 내가 이미 알고 있는 것들이라 '알면서도 다시 묻는' 것이 많았다.

"듣자하니 앞마을에 사는 '량바'가 큰돈을 벌어 이층집을 지었다면서요?"

나는 옛 친구들이 잘나간다는 소식을 들을 때마다 기쁨을 감추지 못했다.

"쳇! 그건 아무 것도 아니야. 몇 년 전에 내가 그 교활한 장사꾼에게 속지만 않았다면 나는 벌써 큰 사업을 하고 있었을 거라고. 이층집이 아니라 10층, 20층짜리 건물도 눈에 안찼을 걸! 나는 아주 큰돈이 아니면 벌고 싶은 마음도 없어……. '량바'의 그 이층집도 조만간 무너지고 말거라고……."

"듣자하니 강 건너 그 검둥이가 현에서 관리로 있다면서요?"

나는 어려서부터 검둥이의 뛰어난 추진력이 부러웠다.

"쳇, 그가 허풍을 떤 모양이군! 몇 년 전에, 내가 관리가 되는 것을 우습게보지만 않았어도 지금쯤 아주 높이 올라가 있을 거라고 현에서 국장 같은 자리를 차지하고 있는 게 아니라 시나 성에서 일하고 있었을 거란 말이야. 난 내가 관리가 되는 게 아주 적합하다는 걸 잘 알고 있지. 검둥이는 수준이 낮아서 조만간 그 자리에서 내려오게 될 거라고……."

"동쪽 마을의 싼팡즈(三胖子)가 쌍둥이를 낳았다면서요? 아들딸 쌍둥이인 데다 두 아이 모두 아주 총명하게 생겼다고 하더라고요. ……"

싼팡즈에 대해서도 나는 좋은 인상을 갖고 있었다.

"쳇, 그게 뭐 그리 대단한 일이라고! 몇 년 전에, 그 망할 놈의 마누라가 솜을 트는 '난만즈(南蛮子)'랑 눈이 맞아 도망치지만 않았으면 아이를 딸 셋, 아들 셋 여섯 명은 낳았을 거라고 싼팡즈가 뭐가 대단하다고 그래? 그의 마누라 엉덩이는 우리 마누라에 비하면 상대가 안 된다니까. 게다가 쌍둥이 아이들 모두 조만간 병이 나서 죽게 될 거라고……."

"소문에 의하면 서쪽 마을 얼꺼우즈(二狗子)가 그렇게 효심이 깊다면서요? 도시에 살면서 부모님들에게 집까지 사드렸대요."

나는 '얼꺼우즈'의 이런 효심은 누구나 본받아야 한다고 생각했다.

"아이, 그런 것도 자랑할 일이 되나!? 몇 년 전에, 우리 부모님들이 나를 위해 집을 짓느라 산에 돌을 캐러 가셨다가 미끄러져 돌아가시지만 않았다면 내가 진즉에 두 분을 모시고 해외여행을 했을 걸세. 얼꺼우즈의 마누라는 조만간 시부모님들에게 밥도 안 해주게 될 거라고……."

"듣자하니, 몇 년 전, 몇 년 전에,…… 몇 년 전에 형님은 고향에 안 계셨다고 하던데."

희미하게 뭔가 생각나는 것 같았다.

"쳇, 몇 년 전에 내가 감옥에 가지만 않았어도……."

이상

누구에게나 이상이 있다. 딩얼보(丁二伯)의 이상은 통쾌하게 관(關) 영감을 혼내주는 것이었다.

이 영감은 내가 아는 사람으로 알고 보니 딩얼보와 같은 원자 안에 살고 있었다.

딩얼보는 항상 내게 말하길 어려서부터 이 관 영감을 혼내주고 싶었다고 말했다. 그로 하여금 사지를 하늘을 향하고서 땅바닥에 흩어진 자신의 치아를 찾게 하겠다는 것이었다.

관 영감은 나이가 딩얼보보다 열 살이 더 많았다. 딩얼보의 말에 따르면 그는 다섯 살 때부터 이 관 영감을 싫어하게 되었다고 한다. 당시 관 영감은 열다섯 살로서 제법 어른스러운 모습으로 자기 아버지와 솜을 틀면서 걸핏하면 사람들을 괴롭히길 좋아했다. 항상 딩얼보의 머리를 쥐어박고는 그가 너무 아파서 소리를 지르는 사이에 손에 들고 있던 탕후루(糖葫芦: 과일에 녹인 설탕을 묻혀 꼬치에 꿴 주전부리.)를 빼앗고 심지어 딩얼보의 입에 들어 있는 산사 열매까지 도로 뱉어내게 해서는 자기 입에 쑤셔 넣곤 했다. 딩얼보는 화가 나서 씩씩거리며 발을 구를 뿐, 달리 방법이 없었다. 자신이 너무 어려 그와 싸울 수 없었기 때문이다.

딩얼보가 열다섯 살이 되었을 때 관 영감은 스물다섯 살이 되어 그의 아이들이 마당을 뛰어다니고 있었다. 딩얼보는 학교에 오가면서 마당을 지날 때마다 머리를 박박 깎은 관 영감이 노래를 흥얼거리며 문지방에 앉아 있는 모습을 바라보곤 했다. 그런 모습이 딩얼보의 마음을 황당하게 만들었다. 그가 옆을 지나갈 때마다 관 영감은 잊지 않고 그를 향해 눈을 부라렸고 비아냥거리며 놀려대곤 했다.

"꼬마야, 대학에 다닌다면서? 이 형님이 테스트를 해보겠다. 1 더하기 1이 뭐지?"

이럴 때마다 딩얼보는 주먹을 꽉 쥐었지만 한 번도 그를 향해 뻗지는 않았다. 자신이 너무 가냘프고 덩치가 작은 것이 한이었다. 열다섯 살이 넘었는데도 키는 관 영감의 어깨에도 미치지 못했다.

스물다섯 살이 되자 딩얼보는 자신감이 없어졌다. 발육기가 이미 지나버려 키가 관 영감의 어깨 근처에 오는 수준에서 멈춰버렸기 때문이다. 보아하니 키로는 영원히 관 영감에 대해 우세를 점할 수 없을 것 같았다. 키가 크지 않으면 사지가 전부 짧고 빈약해 보일 수밖에 없었다. 관 영감은 항상 그를 비웃고 조롱했다.

"딩얼보, 넌 어려서 똥을 먹고 오줌을 마시며 자랐다지? 너의 그

빈약한 다리 좀 봐. 모기가 물어도 한입에 다 들어가겠다. 똥과 오줌을 먹고 마시면서 자랐으면 오이 정도는 되어야지 콩나물도 너보다는 건장하겠다. 네가 자기 몸 위에 엎드리면 네 마누라에게 뭔가 느낌이 있을까? 혹시 널 모기인 줄 알고 손바닥으로 내리쳐서 죽이는 거 아니야?"

이런 소릴 들으면 딩얼보는 온몸의 피가 거꾸로 치솟는 듯한 기분이었고 그를 발로 걷어차 죽이지 못하는 것이 한스러웠지만 경거망동할 수가 없었다.

딩얼보는 반드시 복수하고 말겠다고 다짐했다. 언젠가 모든 사람들이 지켜보는 가운데 관 영감을 온몸에 퍼렇게 멍이 들고 입과 코가 비뚤어지며 머리에 피가 낭자할 정도로 실컷 두들겨 패주고 말겠다고 굳게 마음먹었다. 어려서부터 갖게 된 딩얼보의 이런 이상은 중년으로 접어들면서 더욱 굳어져 갔다.

딩얼보가 서른다섯 살이 되었을 때 관 영감은 마흔다섯 살이 되었다. 아직 때가 아니었다. 딩얼보는 아직 손을 쓸 수 없었다. 관 영감이 쉰다섯이 되었을 때 딩얼보는 마흔다섯 살이었지만 이리저리 따져보고는 아직 손을 쓸 때가 아니라는 판단을 내리게 되었다. 관 영감은 콩이 가득 담긴 150근짜리 자루를 들고도 거의 뛰다시피 할 수 있었지만 딩얼보는 100근짜리 자루를 메고도 온몸이 부스러지는 것 같았기 때문이다. 관 영감은 예순다섯이 되면서 노인 티가 나기 시작했다. 길을 걸을 때도 예전처럼 허리가 곧지 못했고 밤이 되면 연신 기침을 해댔다. 딩얼보는 기회가 거의 무르익었다고 생각했다.

여러 차례 기회가 오긴 했었지만 전부 미수에 그치고 말았다. 한 번은 손을 쓰려는 순간 갑자기 머리가 어지러워 그만두었고 또 한 번은 주위에 두 사람뿐이어서 손을 써도 별 의미가 없었다. 게다가 안전도 문제였다. 그를 때려눕히지 못할 경우 누군가 옆에서 말려줘야 했기 때문이다.

딩얼보는 마침내 예순다섯이 되었고 관 영감은 일흔다섯이 되었다. 딩얼보는 감히 관 영감을 편하게 부를 수 있게 되었고 그를 놀릴 수도 있게 되었다. 때로는 사람들 앞에서 그를 조롱하기도 했다. 관 영감은 과거에 비해 많이 무기력해져 헤헤 웃는 것으로 받아넘겼다. 예전처럼 노발대발하는 일이 없었다. 딩얼보는 어린 시절의 이상을 실현하기로 굳게 마음먹고 십 년 넘게 신체단련을 해왔다. 모래주머니 훈련을 한 시간만 해도 십 년이 훨씬 넘었다. 이제 그는 충분히 자신이 있었다. 마침내 많은 사람들 앞에서 자신의 존엄을 되찾을 때가 되었다. 정말 하늘이 눈을 감아 버린 것인지 마침내 손을 쓰기 시작한 첫날 저녁, 딩얼보는 배탈이 나더니 사흘 내내 설사를 했다. 몰골이 말이 아니었다. 침대에 그대로 두 달이나 누워 있던 그는 바람 좀 쐬러 밖에 나오려면 벽을 손으로 짚고 천천히 걸어야 했다.

마지막 기회를 망쳐버린 딩얼보는 체력을 회복하기 위해 장장 5년이란 세월을 들여 산에 올라가 검술과 권법을 연마했다. 이번에는 모든 준비가 다 된 것 같다고 판단하고 마을로 돌아와 보니 관 영감은 비틀비틀 길을 걸었고 발걸음도 안정되어 있지 못했다. 딩얼보가 가볍게 손을 뻗어도 관 영감은 팔과 다리가 흐느적거려 아무런 대응도 못할 것 같았다. 재수 없는 일이 딩얼보 차지가 되리라고는 꿈에도 생각지 못했다. 그가 단단히 마음을 먹고 관 영감을 찾아간 그날 저녁, 관 영감의 집이 온통 울음바다가 되어 있었다. 그가 먼저 세상을 떠난 것이었다.

관 영감은 딩얼보가 손을 쓰기 전에 먼저 인간 세상에서 손을 거뒀다. 딩얼보는 화가 나서 대성통곡했다. 그는 자신의 무능을 원망했다. 평생을 가지고 다닌 이상을 끝내 실현하지 못했기 때문이다. 그는 가슴을 치고 발을 구르면서 관 영감이 겁쟁이라 감히 자기와 겨루기가 두려워 먼저 가버린 것이라며 욕을 해댔다.

딩얼보는 노기를 토해내지 못하고 한 달이 못 돼서 세상을 떠나고 말았다. 그의 아들이 말했다.

"저희 어르신은 음간에 가서도 관 영감을 찾아 기어코 싸움을 벌이고 말 겁니다."

나중에 그의 가족들이 한 얘기에 의하면 딩얼보가 일흔 살까지 산 것은 기적이라고 했다. 쉰 살 때 이미 암에 걸려 의사가 1년을 넘기지 못할 거라고 말했지만 가족들이 계속 이런 사실을 말해주지 않았다는 것이다. 그의 가족들은 또 그가 그렇게 오래 살 수 있었던 것에 대해 관 영감에게 감사해야 한다고 말했다.

식견

　　　　　해가 곧 지려고 할 무렵 스(石) 노인이 도시에서 돌아왔다.

　두 손은 텅 비어 있었고 얼굴은 온통 새빨간 채 입으로는 헛소리를 중얼거리고 있었다.

　그의 이런 행색을 본 그의 마누라 입에서 좋은 말이 나올 리 없었다.

　"또 어디서 이렇게 죽도록 말 오줌을 마시고 왔어! 설맞이 물건은 좀 준비해 왔어? 이 쓸모없는 인간아! 시내에 가서 설맞이 물건들을 좀 사오라고 했더니 또 돈을 가져다가 술만 마시고 왔네. 퉤, 그리고서 무슨 낯짝으로 집엘 돌아온 거야!"

　그의 아내는 욕을 하면서 문밖으로 침을 내뱉었다.

　스 노인은 헤벌쭉 웃으면서 입을 마누라의 귓가에 갖다 대고 말했다.

"오늘 내 안목과 시야가 정말 넓어졌네! 오늘 거물을 한 사람 만났거든!"

그는 술이 꼭대기까지 취해 있었다.

"거물이라고? 내가 보기엔 귀신을 본 것 같구려!"

아내가 퉁명스럽게 말을 받으며 그를 힘껏 밀쳤다.

스 노인은 몸이 휘청하더니 몇 번 흔들리다가 다시 중심을 잡고 섰다.

"거물이야, 게다가 고관이지! 그런 사람이 나랑 악수도 했다고 그 푹신푹신한 손이 마치 다 큰 처녀 손 같더라니까."

노인은 연신 혼잣말을 중얼거렸다.

"쳇, 이런 점잖지 못한 늙은이야, 주제도 모르고 처녀의 손을 만지고 싶어 하다니!"

그녀가 빗자루를 집어 들고는 그의 몸을 후려쳤다. 스 노인은 재빨리 옆으로 피하다가 머리통을 문틀에 부딪치고 말았다. 그는 한 손으로 머리를 비벼대며 한손으로는 빗자루를 빼앗았다.

"왜 그렇게 소리를 지르고 난리야? 처녀는 무슨 처녀야! 그 양반이 고관인데 당신이 뭘 안다고 그래!"

노인이 짜증을 냈다.

스 노인은 아내가 자신의 말을 안 믿는 것을 보고는 깔끔하게 포기하고 자리를 떴다. 대신 촌장에게 이 사실을 들려주기 위해 촌장 집으로 가려 했다. 그는 촌장도 그렇게 높은 고관은 만나보지 못했을 것이라고 확신했다.

촌장은 스 노인이 쉴 새 없이 손짓을 해 가며 하는 얘기를 다 듣고는 그가 술을 아주 많이 마셨다는 사실을 알게 되었다. 촌장이 스 노인을 놀리면서 말했다.

"고관이라고? 설마 현장을 만난 거요?"

스 노인은 얼굴 가득 불쾌한 표정을 지으며 말을 받았다.

"현장이라니! 현장보다 훨씬 높은 분이지요."

촌장의 가족들이 일제히 박장대소를 했다. 촌장의 아내는 스 노인의 부인과 아들에게 당장 와서 이 술 귀신을 데려가라고 소리쳤다. 스 노인의 부인은 황급히 촌장 집으로 달려가 촌장 가족들에게 사과하고 스 노인이 시내에 나갔다가 뭔가 자극을 받은 것이 분명하다고 해명하면서 그런 게 아니라면 저렇게 헛소리를 지껄일 리가 없다며 남편을 욕하고 나무랐다.

모두들 서둘러 스 노인을 문밖으로 끌어내느라 안간힘을 쓰고 있을 때 텔레비전에서 흘러나오는 중요한 뉴스가 온 가족의 시선을 사로잡았다. 거의 모든 중국인들이 알고 있는 얼굴이 화면에 나타나더니 환호하는 사람들을 향해 손을 흔들어 답례하고 있었다. 그리고는 다시 몇 걸음 앞으로 나아가면서 손을 내밀어 자신의 신변을 따르는 사람들과 악수를 했다. 그 가운데는 늙은이도 있었다. 맙소사! 그 늙은이가 바로 스 노인이었다. 악수를 하는 순간 노인의 눈에는 눈물이 그렁그렁했고 카메라는 그 모습을 클로즈업해서 보여주고 있었다.

그런 광경을 본 사람들은 얼른 스 노인을 풀어준 다음 한꺼번에 달려들어 그를 안아주었다. 이어서 마을 사람 전체가 스 노인네 집 마당으로 몰려들었다. 한 사람씩 돌아가면서 스 노인과 악수를 하기 위해서였다. 그의 손이 거물 인사와 악수를 했던 손이기 때문이었다.

  스 노인은 밤새 눈을 붙일 수 없었다. 그는 자신이 촌장보다 식견이 더 뛰어나다고 생각했다. 하지만 말하기 좀 부끄러운 얘기지만 품속에 넣어두었던 설 물건을 살 돈은 언제 잃어버렸는지 알지 못했다. 아무래도 이 해의 설맞이 물품을 제대로 마련하기는 그른 것 같았다.

기분

    부모 된 사람들에게 있어서 가장 큰 소망은 자식이 출세하는 것이다. 우리 부모도 예외가 아니었다. 특히 아버지는 더 그랬다.

  아버지는 풀뿌리 계급의 일원으로 평생 노동자로 일했다. 아버지는 허리띠를 졸라매고 어금니를 꽉 깨문 채 어렵사리 자식들의 공부를 뒷바라지했다. 내가 대학을 졸업했을 때 아버지는 거대한 부채를 상환받기라도 한 것처럼 편안한 마음으로 약간의 술을 마셨다. 싸구려 술을 좀 마시는 것이 아버지의 유일한 낙이었다. 하지만 아들의 학비를 마련하기 위해 이미 여러 해 동안 이 싸구려 술조차 제대로 마시지 못했다.

  아버지는 세상에서 가장 아름다운 일이 관료가 되는 것이라고 여겼다. 또한 이는 마음속으로 아들에게 바라는 가장 큰 기대이자 희망이었다. 때문에 내가 몇 년 전에 정부기관에서의 일을 그만두고 사업을 하기로 결정하자 아버지는 너무 화가 나서 몸을 떨었다. 아버지가 내게 천둥처럼 화를 내진 않았지만 아버지가 보인 극단적인 실망과 고통의 표정은 내 마음속에 깊이 각인되었다.

사업을 한다는 것은 나의 맨 처음 소망이 아니었다. 단지 정부기관 내에서의 울적하고 무료한 분위기와 이상한 게임의 법칙 때문에 숨을 쉴 수 없었다. 없어도 될 것 같은 그 하찮은 관직을 위해 일생을 소모해야 한다는 생각을 하면 두피가 마비될 정도였다.

비즈니스의 세계에서 나는 마치 물을 만난 고기 같았다. 운명의 신이 나를 편애한 것인지도 몰랐다. 나의 회사는 아주 순조롭게 출발했고 상당한 발전을 이루면서 첫해부터 큰 이익을 냈다. 그해 설에 나는 서둘러 부모님을 뵈러 고향에 내려갔다. 설맞이 용품이 차로 한 대나 되었다. 나는 아버지에게서 칭찬을 듣고 싶었다. 적어도 당신께 아들이 사업을 하는 것이 관리로 있는 것보다 나았다는 사실을 알게 하고 싶었다.

아버지는 내가 가지고 간 선물들을 일일이 꼼꼼하게 살펴보았다. 대부분이 아버지가 한 번도 구경하지 못한 것들이었다. 노인네가 설맞이 물건들을 만지작거리면서 긴 한숨과 함께 말했다. 이런 걸 준비하느라 돈이 많이 들었겠구나! 아버지는 돈을 몹시 아까워했고 아들은 더욱 아까워했다. 그는 아들이 자기 때문에 돈 쓰는 것을 원하지 않았다. 설 기간 내내 아버지는 내가 예상했던 흥분감을 보여주지 않았다.

아버지는 내게 그래도 관리가 되는 것이 낫다고 말했다. 우리 마을 앞 건물에 사는 한 노인의 아들이 현에서 공안국장을 맡고 있는데, 매년 설이나 명절을 보낼 때면 노인에게 선물을 전달하러 오는 사람들이 줄을 서고 그 가운데는 향장도 끼어 있다고 했다. 그의 아들은 한 번도 돈을 쓴 적이 없는데도 이러니 나보다 위신이 훨씬 대단하다는 것이었다.

그 뒤로 몇 년 동안 설 연휴 때면 아버지는 반복해서 공안국장을 아들로 둔 그 노인의 이야기를 반복했고, 나는 하는 수 없이 고도의 인내심을 발휘하여 아버지의 변함없는 책망을 말없이 듣고 있어야 했다.

작년 설에는 해외 시찰 때문에 고향에 내려가지 못했다. 설이 지나고 나서 형이 내게 전화를 걸어 흥분을 감추지 못하며 이번 설이 아버지가 가장 즐거워했던 설이라고 전해주었다. 설날 아침에 우리 현의 부국장이 초상국(招商局)과 지세국(地稅局) 등 여러 기관의 국장들을 거느리고 와서 아버지께 새해 인사를 올리면서 적지 않은 선물도 건넸기 때문이다. 또한 아버지께 홍포(紅包 : 세뱃돈이 든 빨간 봉투.)를 보내왔는데 그 안에는 돈이 자그마치 2,000위안이나 들어 있었다. 아버지는 너무 흥분한 나머지 말도 제대로 못하고 설 연휴 동안 매일 술만 드셨다. 마을에서 사람들과 마주치기라도 하면 이렇게 말했다. 현장이 내게 와서 새해 인사를 했다우! 정말 체면이 서는 일이지! 우리 앞집에 그 영감 알지? 맞아, 그 아들이 현 공안국장을 하고 있는 영감 말이야. 그 아들이 작년에 파면됐다지 뭐야. 올 설에는 그

집 분위기가 무척 썰렁했대. 선물을 사 들고 찾아오는 사람도 없었다는군.

우리 아버지가 얼마나 기분이 좋았는지는 더 말할 필요가 없을 것이다!

전화를 끊고 나서 나는 기분이 별로 좋지 않았다. 한편으로는 흥분도 되었지만 또 한편으로는 비애감을 피할 수 없었다. 나는 소파에 잠깐 앉아 있다가 우리 집을 찾아와 선물을 주고 간 부현장의 핸드폰으로 전화를 걸었다. 그는 나의 고등학교 동창이었다. 여보세요! 얼후(二虎)인가? 맞다. 날세. 내 대신 우리 아버님을 찾아가 주어서 정말 고맙네. 앞으로 매년 단오절과 노동절, 추석, 건국기념일, 원단, 설에도 자네가 날 도와서 마음을 좀 써줬으면 하네. 자네 밑에 있는 직원들을 시켜 자네 명의로 우리 아버님을 좀 찾아뵈어 줘. 가는 길에 보양품 같은 것도 좀 들고 가고 말이야. 참, 비용은 전부 내가 지불하도록 하겠네. 홍포에 넣을 돈도 주고 말이야. 그래, 잊지 말고 꼭 좀 부탁하네. 귀찮게 해서 미안해. 참, 자네가 투자한 그 일은 지금 고려중인데 문제없을 걸세. 다시 한 번 말하겠네. 매년 설에 자네가 갈 수 있으면 가장 좋고, 자네가 가지 못하게 될 경우에는 반드시 자네 수하의 간부를 하나 보내 우리 부모님께 신경 좀 써주기 바라네. 그래, 내 이름으로 말고 자네 이름으로 말일세. 시장이나 성장 명의로 할 수 있다면 더욱 좋겠지, 허허!

목마름

　　　　　　시 관광 지구에 건설된 대형 수상 놀이공원이 수많은 관광객들을 끌어들였다.
　인공폭포 바로 옆 파라솔 아래 앉아있는 티엔(甜) 사장은 혼자 득의양양해 하고 있었다. 성공한 사람들의 배후에는 항상 신기한 힘이 작용한다는 생각이 들었다.
　"하늘이 나를 도왔어!"
　이 순간 티엔 사장은 마음속으로 말없이 하늘이 내려준 보살핌에 감사하고 있었다. 백 년에 한 번 찾아올까 말까 한 큰 가뭄에 대기가 불처럼 뜨거워지고 해가 모든 것을 태워버릴 정도로 작열하면서 땅과 사람들의 몸에 남은 마지막 수분 한 방울까지 증발시키고 있었다. 동시에 티엔 사장의 수상 사업을 뜨겁게 달궈주고 있었다.
　야심만만하게 사람들의 환호성이 요란한 수면을 바라보면서 일 년 내내 엄숙하게 굳어 있던 그의 얼굴에 보일 듯 말 듯 희미한 미소가 번졌다. 그는 놀이공원을 확장하는 계획을 구상하고 있었다. 지구온 난화의 추세에 앞으로도 계속 가뭄이 이어질 것이라는 과학자들의 예측이 그가 투자를 결정하게 된 가장 믿을 만한 비즈니스 정보였다.

그는 차가운 생수 한 모금을 마시고 나서 여종업원이 가져다준 수건으로 자신의 얼굴에 튄 폭포수 물방울을 손이 닿는 대로 닦았다. 어느새 그의 얼굴에는 부하 직원들을 항상 마주하는 생각에 잠긴 듯한 엄숙한 표정이 회복되어 있었다.

뭔가 생각이 난 듯 그의 입가가 가볍게 움직였다. 그의 신상의 수수께끼에 대해 주위 사람들과 매체들이 줄곧 확인을 시도하고 있었다. 사람들은 그가 서북 지방 사람이라는 것밖에 아는 바가 없었다. 이것도 그의 사투리 억양을 통해 안 것이었다. 그는 대학을 졸업한 후 정부의 직업배정에 불복하여 혼자 천하를 떠돌기 시작했다. 그는 말이 적고 웃음이 없었으며 그의 입을 통해 고향과 가족에 관한 기술을 들을 수 있는 사람은 아무도 없었다. 어떤 매체에서는 그의 부친이 고위 관료라고 전하기도 했고 또 어떤 사람은 그가 양치기 소년 출신으로 어렸을 때는 밥을 구걸해 먹기도 했다고 말했다. 티엔 사장은 언젠가 술을 많이 마시고 나서 자신은 양이 제한된 황톳물을 마시면서 대학에 다녔다고 말한 적이 있었다. 이것이 거짓말이 아니라면 그는 양치기 출신임에 틀림이 없었다.

대학에 들어간 그해부터 그는 고향집에 돌아가지 않았다. 성공한 후에도 티엔 사장은 금의환향의 충동을 느끼지 않았다. 한 번은 그가 부모님을 도시로 모셔올 생각으로 고향에 편지를 보낸 적이 있었지만 그의 부모님들은 그를 육친(六親)의 은혜도 모르고 조상의 얼굴에 먹칠을 하는 배은망덕한 놈이라고 욕을 해댔다. 그 뒤로 그는 다시는 이 문제를 거론하지 않았고 가족들을 만나러 고향에 내려갈 생각도 하지 않았다. 그는 마음속으로 이것이 자신의 운명이고 누구도 이를 바꿔놓을 수 없다고 스스로를 위로했다.

티엔 사장의 생각이 정리되었다. 그의 입가가 가볍게 움직였다. 몸을 일으킨 그는 풀 안으로 뛰어들어 잠시 수영을 했다. 다시 물가로 올라온 그는 또 파라솔 아래 앉았다. 여종업원이 그에게 차가운 차를 가져다주면서 그날 신문을 함께 건네주었다. 신문 안에는 방금 도착한 편지도 한 통 끼워져 있었다. 많은 손을 거친 탓인지 편지봉투가 심하게 구겨져 있었다. 그의 입가가 또 가볍게 움직였다. 그가 편지봉투를 뜯었다. 편지는 고향 촌위원회에서 온 것이었다. 편지에서는 고향에 연이어 몇 년째 가뭄이 들어 그의 부친이 물 한 통을 훔치려다 다른 마을 사람들과 싸우는 과정에서 호미로 머리를 맞아 돌아가셨다고 전했다. 그의 어머니는 나이가 든 데다 몸이 쇠약하여 40리나 떨어진 곳으로 물을 길러 갈 수가 없어 아버지가 돌아가시고 얼마 안 있어 산 채로 목이 말라 세상을 떠났다.

티엔 사장의 손에서 편지가 떨어졌다. 그는 여전히 뭔가를 생각하고 있는 듯한 표정을 유지하고 있었다. 단지 입가가 조금도 움직이지 않을 뿐이었다.

벌금

리쓰(李四)는 수중에 있는 82위안을 전부 몸의 가장 비밀스런 곳, 속옷 안쪽에 새로 만든 주머니에 넣어두었다.

그는 시골에서 소털처럼 많은 온갖 유형의 벌금을 당해낼 수 없어 도시로 들어왔다. 수중에 남아 있는 이 82위안이 그의 전 재산이었다. 조금만 늦게 고향 집을 떠났어도 아마 이 돈마저 남의 수중에 들어가고 말았을 것이다.

몇 년 전 리쓰는 도시에서 일하면서 약간의 돈을 벌었다. 시골에서는 은행을 열고도 남을 거액의 돈이었다. 금의환향한 리쓰는 집을 새로 짓고 과수원과 양식장을 인수했다. 얼굴이 좀 반반하다는 마을의 처녀들은 전부 그에게 가까이 다가가려고 온갖 방법을 다 동원했다. 모두가 부러워하는 부자의 아내가 되고 싶었던 것이다. 리쓰는 아내를 얻고 아이도 낳았다. 과수원에는 열매가 열리고 양식장에서는 물고기들이 무럭무럭 자랐다. 이 모든 것에 흥분한 그는 너무 기뻐서 어쩔 줄을 몰랐다. 리쓰는 한밤중에 종종 과수원에 나가 바닥에 누운 채 하늘의 별을 세면서 머릿속으로 미래의 수확을 과장하여 헤아리곤 했다.

마침내 수확의 계절이 찾아왔지만 리쓰는 오히려 외부에서 돈을 구걸하기 시작했다. 촌과 향, 현의 각급 기관에서 제복을 입은 각양각색의 사람들이 찾아와 돈을 요구했다. 하나같이 기세등등한 모습이었다. 그들의 주장에 따르면 리쓰가 모든 규정을 위반했기 때문에 이에 상응하는 벌금을 내야 한다는 것이었다. 예컨대 비료를 과도하게 썼고 물을 지나치게 오염시켰으며 물고기를 남획했다는 것이었다. 요컨대 리쓰가 한 모든 행위가 지나쳤다는 것이다. 리쓰는 모아두었던 돈을 다 털어 각종 벌금을 냈다. 과수원과 양식장도 전부 빼앗겼다. 남은 것이라고는 세 채의 새집뿐이었다. 그는 하루 종일 울어대는 아내를 위로하면서 별일 아니라고, 봄이 되면 도시에 들어가 다시 일을 할 것이라고 말했다. 이런 말을 하고 며칠 지나지 않아 누군가 소식을 전해왔다. 그의 아내가 또 아이를 가져 산아제한 정책을 위반했기 때문에 3천 위안의 벌금을 내야 한다는 것이었다. 리쓰는 재빨리 아내를 데리고 낙태수술을 하러 갔다. 집에 팔 만한 물건을 전부 내다 팔아 마련한 천 위안을 가지고 간신히 인공유산수술을 받을 수 있었다. 그러나 아이를 지웠어도 벌금은 그대로 내게 되리라고는 꿈에도 생각지 못했다. 리쓰는 좋은 말로 설명을 하고 안 좋은 말로 떼를 써보기도 했지만 전부 소용이 없었다. 결국 그는 집을 팔고 아내를 친정으로 돌려보낸 다음 장모에게서 100위안을 빌려 그 가운데 18위안으로 기차표를 사서 도시로 돌아왔다.

역사 문을 나서자마자 리쓰는 검문을 당해 신분증과 도시 출입증이 없다는 것이 드러나 하는 수 없이 20위안의 벌금을 내야 했다.

그는 아무런 목적지도 없이 반나절을 돌아다녔지만 일자리를 찾지 못했다. 배고픔을 참지 못한 리쓰는 도로 중앙의 화단 계단에 앉아 쉬면서 지친 다리를 주무르고 있었다. 이런 행동이 시 도시미관에 영향을 미쳤다 하여 또 벌금 5위안을 내야 했다.

한참 의기소침해 있는 차에 상가 건물 앞에서 복권을 사라고 외치는 소리가 그를 유혹했다. 여러 번 망설이던 그는 마침내 이를 악물고 주머니에서 2위안을 꺼내 모험을 하기로 마음먹었다. 리쓰는 복권을 손바닥에 내려놓고 아주 조심스럽게 은분이 칠해진 부분을 긁어 내려가기 시작했다. 은분을 벗겨내자 '감사합니다'라는 인사가 나왔다. 실망감으로 눈을 감은 그는 복권을 땅바닥에 던져버렸다.

"함부로 쓰레기를 버렸으니 벌금 5위안을 내셔야 합니다!"

청천벽력 같은 소리가 들려왔다. 리쓰는 순순히 5위안을 벌금으로 냈다.

"퉤!"

제복을 입은 사람이 벌금을 받아 몸을 돌리는 순간 화가 난 리쓰는 땅바닥에 거칠게 침을 뱉었다.

"함부로 땅바닥에 침을 뱉다 발각되면 벌금 10위안을 내셔야 합니다!"

리쓰의 가슴이 또 한 번 무너져 내렸다.

그는 흐릿한 정신으로 대로를 건너다 또 경찰의 호각소리에 걸음을 멈춰야 했다. 또 다시 10위안을 꺼내 무단횡단에 대한 벌금을 내야 했다. 그는 감히 경찰이 내미는 벌금통지서를 받을 수 없었다. 이 통지서를 어디에 두어야 할지, 또 벌금을 내게 되는 것은 아닌지 두렵기만 했다. 그 교통경찰은 벌금 딱지를 내민 다른 사람들보다 정중한 편이었다. 그가 말했다.

"운이 없으시군요. 제가 무정하다고 탓하지 마세요. 저도 봐드릴 방법이 없습니다. 한 달에 8만 위안의 벌금을 거둬들이라는 임무가 떨어졌거든요. 이 통지서들 보이시죠? 이걸 다 사용하지 못하면 제가 물어내야 하거든요. 형씨, 웬만하면 시골로 내려가세요. 이 도시는 형씨가 멍한 표정으로 돌아다닐 만한 곳이 못됩니다."

저녁 무렵이 되자 리쓰는 몸을 누일 곳을 찾아야 했다. 그는 주택가 근처의 나무숲을 찾아갔다. 남은 돈을 세어본 그는 허리춤을 풀고 돈을 하반신 가장 은밀한 곳에 있는 주머니에 감췄다. 밤중에 좀도둑에게 당하지 않기 위해서였다.

"아무 데나 소변을 보면 벌금 10위안을 내야 합니다!"

수풀 속에서 어떤 사람이 튀어나오더니 큰 소리로 말했다. 깜짝 놀란 리쓰는 손이 풀리면서 잡고 있던 팬티를 놓쳐버렸다. 팬티가 발 아래로 흘러내렸다.

"저, 저는……. 소변을 보지 않았는데요."

그가 어물어물 둘러댔다.

"소변을 안 봤으면 왜 바지춤을 내린 거요? 소변을 볼 생각만 해도 5위안을 내야 합니다."

"전 그냥 제 물건이 잘 있는지 확인해보려고 바지를 내린 것뿐입니다."

리쓰가 두서없이 둘러댔다.

"하하, 알고 보니 자네였군, 리쓰!"

사내가 리쓰의 어깨를 세게 두드리며 말했다.

"이런, 젠장, 자네였구먼!"

리쓰도 상대방을 알아보았다. 오래 전에 자신과 함께 일했던 '애송이'였다.

"어째서 이런 데 숨어서 사람을 놀라게 하는 거야?"

"에이, 말도 말게. 일자리를 못 찾아 밤만 되면 이곳에 와서 잠을 잔다네. 그리고 내친 김에 자네 같은 멍청이들을 상대로 사기를 치는 거지"

애송이가 말했다.

"이런 식으로 돈을 벌 수 있나?"

"그럼, 여기 완장도 있지 않나? 돈이 좀 생기면 제복에다 모자까지 갖출 생각이야. 그러면 사람들에게서 더 쉽게 벌금을 뜯어낼 수 있거든. 우선 자자고 내일 아침에 몇 가지 방법을 더 가르쳐주지……."

중독

현대의학의 관점에서 볼 때 자오푸꾸이(趙富貴)가 오늘까지 살아 있다는 것은 완전히 기적이었다.

가난하고 편벽한 시골 마을에서 사는 모든 사람들과 마찬가지로 자오푸꾸이는 태어나자마자 엄마에게 젖이 나오지 않아 기본적으로 부모와 이웃들을 포함한 모든 어른들이 수시로 입에 씹던 죽 형태의 음식물을 뱉어내 그의 작은 입에 넣어주는 방식으로 영양분을 섭취했다. 한 살이 채 안 돼서 그는 각종 그릇에 묻어 있는 음식물을 핥아 먹음으로써 성장에 필요한 각종 양분을 섭취하기 시작했다. 그는 밥그릇도 핥아보았고 과도와 주걱, 돼지 밥통, 개밥그릇 등 핥아보지 않은 그릇이 없었다.

두 살 이후로 그는 어른들과 함께 각종 '위험물품'을 씹어 삼키기 시작했다.

시골 사람들은 수확한 양곡과 채소를 먼저 도시 사람들에게 제공하고 남는 부분으로 생활하다 보니 한 해 생계를 유지하기가 몹시 힘들었다. 어느 집이나 1년 중 두세 달은 밤낮으로 힘든 나날을 보내야 했다.

가을 추수 직후라 해도 시원하게 먹고 마실 수 있는 것이 아니었다. 세밀하게 계산하여 아끼고 절약하는 것이 자오푸꾸이 같은 시골 사람들이 조상 대대로 물려받은 생존의 기술이었다.

시골 사람들이 먹을 수 있는 것은 야채나 나뭇잎, 풀뿌리, 그리고 야생과일과 나무껍질, 버섯 등이었다. 완전한 채식이었다. 때로는 죽은 고양이나 개, 쥐 등을 삶아 먹을 때도 있었다. 식생활이 완전히 개선되는 순간이었다. 어느 집에 혼례가 있으면 그보다 더 좋은 일이 없었다. 어느 집에선가 아이를 낳거나 시집을 보내거나 아내를 맞아들일 때 죽은 돼지 새끼라도 구하게 되면 사람들을 초대해 배불리 대접함으로써 체면을 세울 수 있었다. 커다란 솥에서 펄펄 끓는 국에 기름이 둥둥 뜨면 이보다 더 풍요로운 것이 없었다.

음식을 구하지 못하면 훔치는 수밖에 없었다. 수의연구소에서 치사한 돼지나 개, 송아지 등을 훔치는 것이다. 심지어 농약이 묻은 땅콩 종자나 보리 종자도 훔쳤다. 땅에 뿌린 것이라 해도 기어코 이를 줍거나 캐어 먹는 사람들이 있었다. 어린 아이들은 너무 배가 고파 판단력을 잃고서 가을걷이는 생각지도 않고 어른들에게 들켜 호되게 매를 맞는 것도 두려워하지 않고서 밭에 나가 농약이나 화학비료에 오염된 종자를 캐어먹었다. 자오푸꾸이도 어렸을 때 종종 이런 짓을 했다. 그는 같은 또래의 아이들을 데리고 과수원에 몰래 숨어 들어가 방금 '1059' 맹독성 농약을 뿌린 파란 사과를 훔쳤다. 그래도 별 탈이 없었다. 어느 집 아이가 농약에 중독되어 죽었다는 소문은 어디서도 들을 수 없었다. 오늘날의 도시 사람들이 과일이나 야채를 사흘 동안 물에 담갔다가 열 번을 더 씻은 다음에도 전전긍긍하면서 잔류농약이 있을까봐 두려워하는 것과는 너무나 달랐다. 그 시절 시골은 이런 문제에 신경을 쓸 여유가 없을 만큼 지독하게 가난했던 것이다.

자오푸꾸이 혼자만 이런 것이 아니라 그 시절 시골 사람들은 누구나 다 그랬다. 애당초 '식품중독'이라는 것이 무엇인지조차 몰랐다. 그들이 먹는 것이라고는 전부 부패하고 곰팡이가 낀 데다 푸른 털이 자라 있고 그 위에 파리와 돼지벌레가 잔뜩 앉아 있는 것들이었다.

몇 년 전부터 자오푸꾸이는 도시로 진출하기 시작했다. 그는 도처에서 쓰레기를 줍다가 쓰레기통에서 도시인들이 먹다 버린 만터우나 닭고기 오리고기, 생선 등을 발견할 때면 얼른 주워서 마대자루에 넣었다가 자기 혼자 먹는 것이 아니라 시간이 좀 지난 뒤에 시골로 가져가 마누라와 아이들에게도 먹였다. 그것으로 다소나마 굶주림을 해소할 수 있었다. 가끔씩 이웃들도 그 덕을 보곤 했다. 생활조건이 개선되면서 자오푸꾸이는 몸이 뚱뚱해지기 시작했다. 아시다시피 살이 찐다는 것은 시골에서는 정말 찾아보기 힘든 이상한 물건이나 다름없었다.

도시의 의사 하나가 자오푸꾸이를 발견했다. 그날 자오푸꾸이는 의사가 사는 집 문 앞에 있는 쓰레기통에서 도시 사람들이 먹다 버린 변질된 음식으로 실컷 배를 채우고 있었다. 이런 모습을 본 의사는 놀라서 넋을 잃고 말았다. 그는 자오푸꾸이를 얼른 병원으로 데려가 구해주려 했다. 화학검사 결과가 나오자 의사는 놀라움을 금치 못했다. 자오푸꾸이의 검사결과가 전부 정상으로 나왔기 때문이다.

의사는 그를 가엾게 여기면서도 몹시 부러워했다. 그는 자오푸꾸이를 고급 음식점으로 초대하여 식사를 대접했다. 자오푸꾸이는 반평생을 살면서 이런 고급 음식점에서 식사를 하는 것이 처음이었다. 그는 아주 맛있게 식사를 하고 큰 컵으로 과즙 음료를 세 잔이나 마셨다.

그날 저녁, 자오푸꾸이는 지독한 토사에 시달리면서 온몸에 열이 났다. 다행히 음식을 구걸하는 거지 하나가 그를 발견하여 민간요법으로 그의 목숨을 구해주었다.

희사

내가 아주 곤하게 잠을 자고 있을 때 망할 놈의 전화벨이 울렸다.

"정말 짜증나 죽겠네. 한밤중에 누가 전화를 하는 거야. 또 당신의 그 개 같은 친구들이로군."

마누라가 침대 위에서 몸을 뒤척이더니 화를 내면서 이불을 확 끌어가 버렸다. 그녀는 불면증에 시달리고 있어 밤에 잠에 드는 것이 여간 어려운 일이 아니었다.

"누구요?"

내가 수화기를 들어 퉁명스럽게 물었다.

"우아, 라오싼(老三)이로군! 자네가 너무 바쁘게 살다 보니 자네를 찾는 게 정말 힘들었네."

목소리를 들어보니 잘 아는 고향 사람인 것 같았다.

"누구시죠?"

내가 참지 못하고 중간에 말을 끊었다.

"내 동정에 관해 듣지 못하고 있는 모양이군? 돈이 많은 사람은 지난 일을 잘 잊는 법이지. 이 가난한 형님을 완전히 잊은 게로군! 나 가오성(高升) 형일세."

"가오성이라고요? 어떤 가오성을 말씀하시는 건지?"

나는 머릿속으로 재빨리 그런 사람을 찾아보았다. 친척들 중에는 그런 이름이 없는 것 같았다.

"이런, 자네 지금 날 모른 척하는 건가? 우리 고향에 가오성이 몇이나 된다고 그래? 기억 안 나나? 나는 자네가 살던 와거우촌(瓦溝村) 외가의 큰형이라고! 자네가 어렸을 때 바닷가에 조개를 캐러 가면서 호미를 가져가지 않아 내가 빌려줬었잖아. 기억 안나나? 이 형은 최근 몇 년 사이에 줄곧 자네를 생각하곤 했네. 자네는 도시로 와서 요즘 아주 좋은 세월을 보내고 있다더니 이 형마저 잊었단 말인가?"

전화를 건 사람은 얘기를 끝낼 줄 몰랐다.

"아, 그러세요? 한데 절 무슨 일로 찾으시는 거죠?"

문득 기억이 났다. 아주 먼 외삼촌 한 분이 와거우촌에 살고 있긴 하지만 거의 왕래가 없었던 것이다.

"아, 특별히 일이 있는 건 아닐세. 우리 아들, 그러니까 자네 큰조카 춘왕(春旺)이 결혼을 하거든. 그래서 자네에게도 희주(喜酒: 혼례에서 마시는 술.)를 한잔 대접하려고 그러네. 그 조카가 자네를 얼마나 부러워하던지 어려서부터 줄곧 자네 얘기만 하더라고. 삼촌은 능력이 대단해 대학교도 다니더니 도시에 정착하여 간부가 되었다고 말이야. 그보다 더 빛나는 인생이 어디 있겠냐는 거야. 그래서 이번에 결혼을 하게 되자 자네를 초대해서 자기 위신을 좀 높여보려는 거지. 사람들에게 물어서 간신히 자네 전화번호를 알아냈네. 자네도 그러지 않았나, 모든 일에는 체면이 중요하다고 말이야? 그러나 와서 희주를 마셔주게나."

가오셩이 너무나 진지하게 얘기하다 보니 이를 거절할 방법이 없었다.

"평소에는 자네가 출근하느라 시간이 없을 것 같아서 이번 주 토요일로 날을 잡았네. 아무리 바빠도 와서 자리를 빛내주길 바라네. 우리 형제가 30년 만에 얼굴 한번 보는 것도 큰 의미가 있지 않겠나? 자주 왕래하지 않으면 친형제도 남이 되는 법이지! 이번에는 무슨 일이 있어서 와야 하네. 그럼 오는 걸로 알고 있겠네."

그는 내게 좀처럼 틈을 주지 않았다.

"알겠습니다. 토요일에 특별한 일이 없으면 꼭 가도록 하지요."

다음 날, 나는 고향에 계신 아버지께 전화를 걸어 가오셩이 어떤 사람인지 물었다.

"이런 젠장, 갈 필요 없다!"

아버지가 화를 내면서 말씀하셨다.

"가오셩이란 친구는 우리 집안의 팔촌 안에도 들지 못하는 아주 먼 친척이야. 돈이 필요할 때만 친한 척하는 놈이지. 아마 지 아들 혼사 때문에 골머리 좀 썩고 있을 게다. 자기가 아는 사람이면 멀고 가까움을 따지지 않고 무조건 연락을 해서 희주를 마시러 오라고 닦달을 하는 거지. 듣자하니 하객을 5백 명쯤 초대할 모양이더구나! 그는 마을의 촌장으로 있으면서 그 알량한 직위를 최대한 이용하고 있는 셈이야. 닭발에서 살점 두 냥을 발라내지 못하는 것이 한일게다. 누구든지 갔다 하면 돈을 털리고 오게 될 거야. 그는 아들의 혼사를 주머니를 불릴 수 있는 기회로 삼고 있다니까. 내게도 연락을 했더구나! 너는 공연히 갔다가 억울한 일 당하는 일 없도록 아예 가지 않는 게 좋을 것 같다."

부친이 화를 내며 그의 속셈에 관해 설명해주었다.

"알겠습니다. 그럼 저는 가지 않는 걸로 하지요. 가실 때 제 대신 100위안만 축의금으로 전해주세요. 토요일에 회의가 있어서 못 왔다는 말도 잊지 마시고요."

나는 마음속으로 이렇게 정리했다.

토요일 저녁에 나는 아버지께 또 걸어 호기심 가득한 어투로 가오성네 혼례에 축의금이 얼마나 들어왔는지 물어보았다.

"젠장, 그 놈은 손님들 돌볼 생각은 안 하고 돈만 세더구나. 가오성은 오늘 하객을 560명이나 초대하여 자리가 꽉 찼지. 그런데 음식이 형편없어 먹을 것이 없더라고. 세상에 이렇게 덕이 없고 인색한 놈은 처음 보겠더구나. 그러면서 온 가족 축의금을 받고 액수를 적는 데만 혈안이 되어 손님들에게 차를 따라주는 사람 하나 없더라고. 넌 안 가길 정말 잘했어. 참, 네가 부탁한 축의금은 내지 않았다. 내 몫으로 100위안만 내고 나왔어. 안 내길 잘했지. 공연히 그 놈의 안 좋은 버릇만 키워줄 필요가 있나."

아버지는 몹시 불만이 많았다.

보름이 지난 어느 날, 직장 문서수발실의 바이(白) 어르신이 남자 두 명을 데리고 사무실로 들어왔다. 한 사람은 제법 나이가 들었고 한 사람은 비교적 젊은 편이었다. 바이 어르신이 말했다.

"자네 고향 친척이라는 분들이 찾아와서는 문 앞에서 반나절을 안 가고 기다리더라고. 자네를 꼭 만나야 한다고 해서 막지 못하고 이렇게 모시고 왔네."

찾아온 사람은 가오성과 '큰조카'였다. 두 사람은 특별히 내게 희탕(喜糖: 혼례를 마치고 하객들에게 나눠주는 사탕.)을 전해주러 온 것이었다. 나는 하는 수 없이 축하한다는 인사치례와 함께 주머니를 뒤져 100위안을 건넸다. 가오성은 가방에서 사탕을 한 움큼 꺼내놓더니 다시 손을 뻗어 몇 개를 도로 집어갔다.

두 사람은 돈을 챙기더니 곧장 자리에서 일어나 작별인사를 했다. 문을 나서면서 가오성이 아들에게 말했다.

"저 삼촌이 말이다. 어렸을 때 바닷가에 가면서 호미를 안 가졌지 뭐냐. 그래서 내가 빌려줬지! 이런 게 바로 인정이 아니고 무엇이겠느냐!"

355

아름다움

　　못생긴 것으로 말하자면 누구도 아랍 아줌마를 따라잡을 수 없었다. 이상하고 못생긴 것은 전부 아랍 아줌마에게 돌려도 크게 잘못된 것이 없었다.
　　외모로 말하자면 글로는 도저히 그녀를 제대로 묘사해낼 수 없었다. 우리가 항상 사용하는 말로도 그녀를 정확히 표현할 수 없었다. 어쨌든 아랍 아줌마를 본 사람들은 모두들 한 번씩 더 쳐다보았다. 하지만 그녀의 코와 입, 눈, 그리고 귀가 어느 정도로 못생겼는지를 구체적으로 상세하게 말하는 사람은 아무도 없었고 그저 추상적으로 "정말 못생겼네!", "너무 못생겼네!", "죽도록 못 생겼네!"라고 대략적인 표현만 제시할 뿐이었다. 그녀 몸의 어느 부위가 못생겼다고 구체적으로 지적하다 보면 전체적으로 추한 모습을 놓치게 되어 나무만 보고 숲은 보지 못하는 우를 범하게 되기 때문이었다.

아랍 아줌마는 늙어서 추하게 변한 것이 아니라고 했다. 어떤 사람의 말에 따르면 그녀는 젊었을 때부터 못생겼다고 했다. 늙은 지금의 모습보다 훨씬 더 못생겼었다는 것이다.

못생긴 사람들은 주위 사람들로부터 특별한 주목을 받지도 못하고 못생긴 사람과 함께 생활하려는 사람들도 없다. 못생긴 여자는 더더욱 그렇다. 젊었을 때 못생긴 것으로 소문이 났고 아무도 가까이 다가가지 않았기 때문에 그녀는 혼자서 생활하는 수밖에 없었고 죽을 때까지 미혼이었다.

아랍 아줌마는 마음씨가 무척 고왔다. 이 점이 어느 정도 그녀의 외모적 결함을 보완해주었다. 그녀는 젊었을 때 대단히 유능한 여자로서 생산대대에서 온갖 고된 일을 전부 혼자 도맡아 했다. 생산대대에 속한 모든 가정의 변소와 분뇨 통을 전부 그녀 혼자 관리했고 청소와 똥을 푸는 일도 전부 도맡아 하느라 하루 종일 눈코 뜰 새 없이 바빴다.

아랍 아줌마는 간부를 지낸 적도 있었다. 마흔 무렵 그녀의 최고 직위는 마을의 부녀주임이었다. 그때만 해도 그녀는 자주 향리에서 회의를 주재하고 집집마다 돌아다니며 사람들을 도와 일을 했다. 낯선 사람과 어린 아이들을 놀라게 할까 두려워 그녀는 문을 나설 때마다 항상 이불만 한 두건으로 눈만 남기고 머리 전체를 꼭꼭 싸맸다. 이때부터 사람들은 그녀를 아랍 아줌마라고 부르기 시작했다. 사실 그녀의 성은 거(葛)씨였지만 아랍 아줌마라는 말이 입에 배다 보니 그녀의 원래 성이 무엇인지 아는 사람은 아무도 없었고 마을 전체 남녀노소가 모두 그녀를 아랍 아줌마라고 불렀다. 위아래를 가리지 않고 할아버지들도 그녀를 아줌마라고 부르고 아이들도 아줌마라고 불렀다.

아랍 아줌마는 평생 좋은 일만 했고 평생 좋은 말만 했다. 그녀의 가장 큰 특징이 바로 누구를 만나든지 칭찬을 아끼지 않는다는 것이었다.

노인들을 만나면 그녀는 신체가 건강하고 혈색이 좋은 데다 정신도 왕성한 것이 오래 장수하실 상(相)이며 또한 눈도 흐리지 않고 귀도 밝기 때문에 작은 소리로 얘기해도 되며, 걸음걸이는 거의 뛰는 것 같고, 말하지 않아도 자녀들이 아주 효성이 깊고 세상에 걱정할 일이 없다는 것을 알 수 있다고 말했다. 노인들은 아랍 아줌마가 저 앞에 가는 것을 보기만 하면 소리쳐 부르곤 했다. 그녀의 칭찬을 듣고 싶어서였다.

다 큰 처녀들이나 젊은 부인들을 만나면 항상 얼굴이 너무 예쁘고 몸매가 날씬하며 마음이 착한 데다 손재주도 뛰어나다고 칭찬하면서 이런 여자들을 만나는 남정네들은 정말 안목이 있는 사람들이라고 말했다. 쳐다보기만 해도 복이 생긴다는 것이었다. 젊은 여자들은 아랍 아줌마에게 뭔가 도울 일이 생기면 자신들을 찾아달라고 말했다.

다 큰 남정네들을 만나면 신체와 인품이 남다르고 능력이 있기 때문에 전도가 창창하다고 칭찬했다. 이런 남자들은 마누라도 잘 얻을 것이고 아주 잘생긴 아이를 낳게 될 것이라고도 했다. 이런 칭찬을 들은 남정네들은 얼굴이 빨개져서 흐뭇한 마음으로 정말 열심히 일들을 했다.

마을의 어린 아이들에게도 그녀는 칭찬을 아끼지 않았다. 모든 아이들에게 그녀는 씩씩하고 늠름하게 생겼다거나 아주 똑똑하고 예쁘게 생겼다고 말해주었다. 아랍 아줌마의 입에서는 모든 아이들이 착하고 똑똑하고 예쁜데다 하나같이 유능하고 미래가 밝았다.

이런 아랍 아줌마도 점점 늙어갔고 서서히 노동능력을 상실해 갔다. 마을 사람들은 그녀의 외롭고 쓸쓸한 모습을 보고는 향에서 운영하는 양로원으로 보내주었다.

양로원에 입주한 아랍 아줌마는 의외로 몹시 즐거웠다. 그녀는 만나는 사람들에게 한결같이 정부를 칭찬하고 종업원들을 칭찬하고 향의 간부들을 칭찬했다. 모든 사람들이 그녀를 좋아하게 되었다. 양로원의 종업원들은 어려운 일을 만날 때마다 아랍 아줌마를 만나면 금세 기분이 좋아지곤 했다. 종업원들은 서로 아랍 아줌마에게 머리를 감겨주고 발을 닦아주고 머리와 손톱을 잘라 주려 했다. 일이 없을 때면 이곳의 부녀자들은 앞다퉈 그녀에게 차를 우려주거나 어깨와 등을 안마해주었다. 누구도 그녀를 가만히 두려 하지 않았다.

작년 겨울, 아랍 아줌마는 세상을 떠났다. 그녀는 아주 깔끔하게 떠났다. 아침 일찍 일어난 그녀는 스스로 세면을 하고 입술에는 종업원들이 생일 선물로 준 립스틱도 가볍게 발랐다. 먼저 거울에 얼굴을 비춰본 그녀는 자신을 돌봐주는 젊은 부인에게 웃으면서 말했다.

"깜짝 놀랐네요!"

그러고는 다시 입을 열었다.

"나도 못생기지 않았어요. 늙어서 이런 모습이 아닌 사람이 어디 있겠어요?"

점심식사 시간에 그녀는 국수를 반 그릇 먹더니 속이 조금 불편하다면서 방으로 돌아가 눕고 싶다고 말했다. 해가 서산에 걸렸을 때쯤 그녀는 떠났다. 너무나 편안한 모습이었다.

양로원에서는 아랍 아줌마를 위해 화려하고 아름다운 옷을 입혀주었다. 그리고 그녀의 몸 위로 꽃을 가득 뿌려주었다. 마을 사람 남녀노소 모두가 장례행렬에 참여했다. 아랍 아줌마가 못생겼다고 생각하는 사람은 아무도 없었다. 모두들 아랍 아줌마가 정말 좋은 사람이라고 말했다. 그러면서 그녀가 입은 수의가 너무나 잘 어울린다고 덧붙였다.

조사연구

　　교수님들과 함께 식사를 하게 된다는 생각에 주얼커(朱二可)는 몹시 흥분하여 긴장감을 떨치지 못하고 있었다. 그는 첫째 날 향장의 지시에 따라 정성껏 식사를 준비했을 뿐만 아니라 특별히 두 가지를 준비했다. 하나는 교수님들에게 사인을 받고 아울러 교수님들이 식사 중에 던지는 멋진 말들을 받아 적기 위해 작은 공책을 준비한 것이고 또 하나는 아들에게서 성어사전을 빌려 스무 가지가 넘는 성어를 열심히 외운 것이다. 교수님들과의 대화에 멋지게 써먹을 요량이었다.

　　향장의 말에 따르면 이번에는 다섯 명의 학자들이 오기로 되어 있고 모두들 저명한 간판급 교수들이라고 했다. 그들이 편벽한 시골로 '삼농(三農: 농업과 농촌, 농민을 말함.)' 문제를 조사하기 위해 올 수 있게 된 것이 마을 사람들에게 너무나 큰 영광인 만큼 무슨 일이 있어도 잘 대접하되 어떤 실수도 있어선 안 된다는 것이 향장의 주장이었다. 향장은 또 그 옛날 주얼커가 3점이 모자라 대학에 합격하진 못했지만 그래도 절반은 문화인인 셈이라고 추켜세우며 그에게 손님들의 접대를 맡겼다.

"이번에 자네에게 아주 근거리에서 교수님들을 수행할 수 있는 기회가 주어진 것은 자네의 행운이기도 하지만 향 지도자들이 자네에게 주는 상이라고 할 수도 있네. 그러니 연말 시상 때 또 다른 사람들과 비교할 생각일랑 하지 말게."

주얼커는 연신 고개를 끄덕이며 향장에게 고맙다는 인사를 여러 번 반복했다.

주얼커는 향에서 문서업무를 맡으면서 펜대를 잡는 시간은 많고 호미를 잡는 시간은 적었다. 향 정부의 공무원 편제의 규모가 작다 보니 그는 줄곧 열외 신분이었다. 그 자신의 말을 빌려 표현하자면 그는 '펜대를 잡는 농민'이었다. 주얼커의 아들은 고등학교에 다니고 있었다. 그의 가장 큰 소망은 아들이 무사히 대학에 합격하는 것이었다. 그에게는 이 일이 자신이 공무원을 하고 있는 것보다 더 중요했다. 주얼커는 원래 아들에게 교수님들을 찾아뵙게 할 생각이었는데 자기 집 문 앞에서 교수들을 만나게 되었으니 이는 아들에게 더없이 좋은 격려인 셈이었다. 그러나 향장은 그의 생각에 동의하지 않았다. 아직 어린 학생에게 여기저기 얼굴을 내밀게 하는 것은 규정에 어긋난다는 것이었다. 주얼커는 하는 수 없이 얼굴을 붉힌 채 그런 노력을 포기해야 했다.

교수들은 나이가 그다지 많은 편이 아니었고 복장도 편하게 전부 청바지에 티셔츠나 꽃무늬 남방 차림이었다. 오히려 주얼커 자신이 양복에 스트라이프 넥타이를 매고 머리에는 기름까지 발라 완전한 정장 차림을 하고 있었다.

향장이 친절하게 교수들을 식탁으로 안내하여 직접 최고 품질의 백주(白酒)를 따라주었다. 교수들은 손을 내저어가며 술을 못 마신다며 사양했다. 향장이 말했다.

"마시든 안 마시든 우선 받으세요."

유명한 교수님 한 분이 술잔을 거절하며 말했다.

"마시지 않겠다는 사람에게는 따르지 마세요. 요즘엔 어디든지 가짜 술이 판을 치는 데다 중국의 가짜 상품 가운데 90퍼센트 이상이 지방에서 유통되거든요. 이곳에서 술을 마신다는 것은 목숨을 걸고 게임을 하는 것이나 마찬가지에요."

다른 네 명의 손님들도 덩달아 술잔을 거부했다. 향장의 호의가 오히려 살인미수에 해당하는 것처럼 보였다.

향장은 어색한 표정으로 자신이 먼저 큰 잔에 따른 술을 단숨에 비워버렸다.

"드시고 싶지 않으면 드시지 마세요. 전부 다 술이라고 생각하시고 술 대신 차로 건배하면 되지요 뭐. 먼 길을 오신 손님 여러분을 진심으로 환영합니다."

주얼커는 재빨리 술잔을 찻잔으로 바꿔 들고서 향장의 뒤를 이어 한걸음 더 나아간 환영의 뜻을 밝히면서 '봉필생휘(蓬蓽生輝 : 가난하고 천한 사람의 집에 영광스러운 일이 생김.)'라는 성어를 사용했다. 한 교수가 재미있다는 듯이 말했다.

"천정이 아주 깨끗하군요. 먼지 하나 없는 것 같습니다!"

향장이 식사를 하다 말고 끼어들어 마을의 상황을 설명하기 시작했다. 그들은 일이 너무 많은 데다 오후에는 다시 현성으로 돌아가야 했다. 때문에 원래 정해진 조사연구 시간을 최대한 압축해야 했고, 그러다 보니 본격적으로 회의를 열 시간이 없어 식사를 하면서 보고를 듣는 수밖에 없었다. 향장은 먹던 밥을 내팽개치고 열심히 숫자를 나열하기 시작했다. 하지만 몇 마디 하지 못하고 중간에 조사연구팀 팀장인 박사과정 지도교수 장(張) 교수가 말을 가로채버렸다.

"그렇게 상세하게 말씀하실 필요 없습니다. 사실 농촌의 상황은 저희도 아주 잘 알고 있거든요. 우리가 이번에 이곳에 내려온 것은 그저 형식적으로 모양새를 갖추기 위한 거예요. 이번 연구 과제를 위해 주어진 경비는 30만 위안도 채 안 되는 만큼 그렇게 큰 힘을 들일 필요가 없지요. 여기 계신 몇 분은 전부 유명하신 전문가들이라 나름대로 충분히 방법들이 있으실 겁니다."

그는 향장의 어깨를 툭툭 치면서 더 말할 필요도 없다는 암시를 주었다.

향장과 주얼커는 큰 눈을 작게 뜬 채 그 자리에 뻣뻣하게 서서 그들 사이의 고담활론(高談闊論)에 귀를 기울이는 수밖에 없었다.

전문가들은 흥미진진하게 이야기꽃을 피웠다. 한 사람은 최근의 주식시장이 매일 '곤두박질'치는 바람에 하루에 7, 8만 위안씩이나 까먹고 있다고 말했다. 또 한 사람은 자기 연구소의 부소장이 남을 편취하는 데 능한 데다 최근에는 자기 여자 제자들에게까지 마수를 뻗고 있다고 말했다. 또 한 사람은 자기 마누라가 형편없다고 욕하면서 자기 몰래 회사의 젊은 사장과 눈이 맞았다고 털어놓았다. 우(吳) 교수는 한결같이 박사과정 지도교수인 장 교수에게 공을 들이면서 그에게 학과 심사평가위원회에서 모 위원 직위를 맡아달라고 부탁했다. 그래야만 100만 위안이 넘는 과 연구비용을 타낼 수 있다면서 일이 성사되면 그냥 입을 씻는 일은 절대로 없을 것이라고 덧붙였다. 박사과정 지도교수인 장 교수는 빙긋이 웃으면서 확실한 대답을 하지 않았다. 그저 조만간 지프차를 새 것으로 바꿔 내년 여름에 티베트로 여행을 갈 생각이라고만 말했다. 또 다른 교수는 자기 내연녀에 관해 언급하면서 그녀가 우 교수의 직장에서 일하고 있으면서 줄곧 승진을 하지 못하고 있다고 말했다. 그러면서 우 교수에게 잘 좀 보살펴 달라고 부탁했다. 우 교수는 자기 가슴을 치면서 문제없다고 말했다. 그러면서 부러운 듯이 물었다.

"애인이 싱싱하고 맛있게 생겼나요? 나도 한번 개인적으로 만나 얘기를 나눠봐야겠군요."

그들은 마지막으로 현성으로 돌아가면 어느 사우나에 가서 아가씨들을 불러 안마를 하는 것이 좋을까 하는 문제를 놓고 토론을 벌였다.

교수들은 술을 마시진 않았지만 모두들 마음껏 즐겼다. 마을을 떠날 때 그들은 일제히 입을 모아 혼자서 백주 한 병을 다 마신 향장의 호방함을 칭찬했다. 아울러 향장이 준비한 음식들이 모두 특색이 있는 녹색식품들로서 오염성분이 전혀 들어 있지 않은 것도 높이 평가했다. 주얼커는 향장을 대신해서 사전에 준비한 각종 과일 말림과 버섯 말림 등을 교수들이 탄 차에 실어주었다. 교수들은 미소를 지으며 고맙다고 답례했다.

멀어져 가는 자동차의 뒷모습을 바라보면서 향장이 주얼커에게 말했다.

"자네 오늘 내 덕에 시야를 넓히게 되었으니 연말에 상을 달라고 요구하진 말았으면 좋겠네."

주얼커가 풀이 죽어 중얼거리듯 말을 받았다.

"다음에는 사람들에게 시야를 넓혀주진 마세요. 저 사람들은 성어도 구사할 줄 모르잖아요! 쳇, 완전히 손해만 봤네. 그나마 아들 녀석을 오라고 하지 않은 게 다행이야!"

못생긴 얼굴

싼궈궈(三蝈蝈)는 아주 못생겼기 때문에 상성(相聲: 만담)을 배웠다. 못생겼지만 사람들에게 즐거움을 주는 것이 그의 소원이었다. 그는 못생긴 것도 두 가지 유형이 있다는 사실을 잊고 있었다. 두 가지 유형이란 참고 봐줄 수 있는 것과 도저히 봐줄 수 없는 것을 말했다. 싼궈궈는 후자에 속했다.

싼궈궈는 사람들에게 혐오감을 줄 정도로 못생겼다. 그의 얼굴을 보면 고개를 돌리고 얼른 자리를 피하거나 가까이 다가가서 한 대 쥐어박고 싶은 충동을 느낄 정도라 그가 상성을 한다 해도 사람들이 박수를 치면서 웃어준다는 것은 불가능한 일이었다. 그가 상성을 배우는 것은 순전히 절름발이가 걸음마를 배우는 격으로 오히려 단점을 드러내고 장점을 가리는 셈이었다.

싼궈궈는 사람들을 웃기기 위해 종종 밤새 울곤 했다. 요즘에는 사람들이 마음대로 입을 크게 벌려 웃는 일이 드물어졌다. 웃음소리와 웃는 얼굴을 갈수록 찾아보기 어려워졌다. 희귀자원이 되어버린 것이다.

싼궈궈는 얼굴이 못생겼으면서 남에게 즐거움을 주고 싶었지만 방법이 없었다. 처음 몇 번은 그가 무대에 오르자마자 관중들이 일제히 퇴장해버리기도 했다. 퇴장하지 않은 관중들은 무대 위로 뛰어올라와 주먹으로 그를 때렸다. 그러다 보니 그의 입 안에는 남아 있는 치아가 몇 개 되지 않았다. 연속적으로 몇 번을 얻어맞다 보니 그의 얼굴에는 꿰맨 자국이 한두 군데가 아니었고 치아가 없어진 데다 코가 비뚤어지고 눈도 한쪽으로 기울어졌다. 아니, 그런데 그의 머리를 감싸고 있던 붕대를 다 제거하자 싼궈궈의 그 못생긴 얼굴이 무척 귀엽게 변해 있었다. 말 그대로 관중이 연기자의 얼굴을 바꿔놓은 것이었다. 그 몇 명의 열정적인 관중들이 여러 차례 반복해서 그를 때리지 않았더라면 그의 생김새에는 철저한 변화가 일어나지 않았을 것이고, 코미디 계에서 일약 스타가 되는 일도 없었을 것이다.

싼궈궈는 배를 불쑥 내밀고서 사람들을 웃기기 시작했다. 박자를 맞추고 있는 보조역과 함께 큰 웃음을 만들어낸 것이다. 그의 보조역도 그와 별 차이 없이 못생기긴 했지만 못생김의 풍격이 달랐다. 덕분에 이 두 사람이 무대에 나왔다 하면 어찌된 일인지 관중들이 웃다가 그 자리에서 떼굴떼굴 구를 정도였다.

이리하여 싼궈궈는 웃음을 팔아 적지 않은 돈을 벌었고 아내도 얻게 되었다. 그의 아내는 이전까지만 해도 전혀 웃을 줄 모르고 돈만 셀 줄 알던 여자였다. 그녀의 두 손은 천부적인 돈 세는 기계였다. 싼귀귀는 얼굴에만 의지하여 사람들을 웃길 수는 없었다. 상성에는 말주변과 흉내, 개그와 노래라는 중요한 영역들이 있었다. 이를 일컬어 상성의 사대 요소라고 했다. 싼귀귀는 말주변도 괜찮았고 흉내 낼 줄 아는 동물도 무척 많았다. 개 울음소리를 비롯하여 당나귀 소리, 두꺼비 소리 등 흉내 내지 못하는 것이 없었다. 노래 수준은 말주변과 동물 소리 흉내 내기와 거의 비슷한 수준이었다. 개나 당나귀, 두꺼비가 소리를 지르는 것과 다를 바 없었다. 정말로 사람들은 그가 무슨 말을 하고 무엇을 흉내 내며 무슨 노래를 하는 지는 거의 신경을 쓰지 않았다. 그의 얼굴만 봤다 하면 그에게 침을 뱉고 그를 비웃고 싶어질 뿐이었다.

싼귀귀는 추한 얼굴의 중요성을 잘 알고 있었다. 그리하여 남몰래 보험에 들어 예상치 못한 상황에 대비하려 했다.

보험에 들려면 돈을 내야 했다. 싼귀귀가 마누라를 속여 가입한 보험의 보험료가 단돈 10위안이 모자랐다. 이에 화가 난 그의 마누라는 그의 얼굴에 크게 손을 댔다. 그의 얼굴을 알아 볼 수 없을 정도로 엉망진창으로 할퀴어 놓은 것이다. 싼귀귀는 보험에 들었으니 보상을 받을 수 있을 것이라고 생각했다. 잘못하다가는 자신이 보험사기범으로 잡혀 들어갈지도 모른다는 생각은 미처 하지 못했다.

지금 싼귀귀는 너무나 가난하고 초라한 신세가 되었다. 자신에게 큰돈을 벌어주던 그 추한 얼굴을 마누라가 형편없이 긁어놓는 바람에 재원이 끊어져버린 것이다. 이제 그는 오로지 누군가 다가와 자신을 실컷 때려주기만을 기대하고 있다. 어쩌면 자신의 얼굴이 다시 사람들의 웃음을 살 수 있는 수준으로 되돌려질 지도 모르기 때문이다.

괴물

농민들은 글자를 모른다. 농사밖에 모른다.

농사꾼이 아들을 낳았는데 괴물이다. 세 살 때부터 벽에 바른 신문을 소리 내어 읽기 시작했다.

부모는 겁이 나서 점술사를 찾아가 아이의 운명을 알아보게 했다. 점술사가 고개를 가로저으며 아이의 얼굴에 흉조가 있다고 말했다. 돈이 없는 아버지는 마누라에게 닭장에 가서 아직 따듯한 달걀 두 개를 꺼내다가 점술사에게 주라고 말했다.

외할머니는 사람들에게 부탁해 굿을 하는 무당을 불러다가 집 안팎을 돌아다니며 펄쩍펄쩍 뛰게 했다. 아이는 놀라서 울다가 엄마 품에 폭 안겨버렸다.

아이의 병은 갈수록 심해졌다. 아이는 물고기나 새우를 잡지도 않았고 닭장에 들어가거나 이웃집 살구를 훔치지도 않았다. 아이는 작은 홍보서(紅寶書 : 문화대혁명 시기에 대규모로 출간된 마오쩌둥 어록.)에만 관심을 보이면서 낮이나 밤이나 쉬지 않고 소리 내어 읽어댔다. 이 책은 집집마다 다 있는 책이었다. 생산대에서 집집마다 보급했기 때문이다. 이 책에 담긴 글을 읽을 줄 모르는 사람들은 몰래 책을 찢어 코를 풀기도 했다.

부모는 하루 종일 근심이 이만저만이 아니었다. 아이의 병 때문에 종일 탄식소리가 그치지 않았다.

아이가 학교에 들어갈 나이가 되자 엄마 아빠는 이를 막지 못하고 보내주었다. 집안에서 걱정거리를 바라보고 있어야 하는 아픔을 덜기 위해서였다.

아들은 학업을 계속 이어나갔고 중고등학교를 졸업한 뒤에는 대학에 진학했다. 마을에는 이런 일이 일어난 적이 없었기 때문에 모두들 당혹감을 금치 못하며 이것이 복인지 화인지 구분하지 못했다.

농사꾼의 아들이 하나하나 차분하게 설명을 했지만 마을 사람들은 대부분 알아듣지 못했다.

아들은 지금 성(省)정부 소재지에서 더 이상 쟁기나 호미를 들지 않고도 생계를 잘 유지하고 있다. 그의 부모님들은 그가 끼니나 제대로 이고 있는지 걱정이 떠날 줄 모른다.

누군가 도시에 나갈 때마다 농사꾼은 항상 잊지 않고 아들에게 먹을 것을 챙겨 보낸다. 그러면서 긴 한숨을 내쉬며 이렇게 말하곤 한다.

"농사를 짓지 않는데 뭘 먹을 수 있다 말인가? 서북풍을 마시면서도 죽지 않고 살아갈 수 있단 말인가?"

아들은 시골의 간부에게 시켜 말을 대신 전하게 했다.

"도시에도 먹고 입을 것이 부족하지 않으니 앞으로는 보리나 옥수수 같은 물건을 보내지 마세요."

농사꾼 부모가 시골 간부에게 말했다.

"우리 아들은 어려서부터 괴물이었어요. 일을 전혀 할 줄은 모르고 글만 읽었다니까요. 지금은 먹고 마시지 않고도 잘 살고 있다니 이게 말이나 됩니까!"

지은이 - 라오마(勞馬)

저자 라오마(勞馬)는 본명이 마쥔졔(馬俊傑)이다. 현재 중국작가협회 회원으로서 중국인민대학 문학원 원장직을 맡고 있다. 1990년대부터 소설을 쓰기 시작하여 각종 문학잡지에 수백 편의 중단편소설을 발표했다. 작품집 『멍청한 미소』, 『어떤 의미』, 『잠대사(潛臺詞)』, 『웃음에도 도리가 있다』 등을 출간했으며 여러 차례 국제문학포럼에 참가한 바 있다. 2011년에는 한국 외국어대학에서 개최된 중국문학포럼에 초청되어 방한한 바 있다.

옮긴이 - 김태성(金泰成)

역자 김태성은 1959년 서울에서 출생하여 한국외국어대학교 중국어과를 졸업하고 동대학원에서 타이완문학 연구로 박사학위를 받았다. 중국학 연구공동체인 한성문화연구소(漢聲文化硏究所) 대표, 계간 『시평(詩評)』 기획위원으로 활동하면서 한국외국어대학교 중국어대학에 출강하고 있다. 『노신의 마지막 10년』, 『굶주린 여자』, 『인민을 위해 복무하라』, 『목욕하는 여인들』, 『딩씨 마을의 꿈』, 『핸드폰』, 『눈에 보이는 귀신』, 『나와 아버지』, 『열 개 단어 속의 중국』 등 80여 권의 중국 저작물을 한국어로 번역했다.

| 원서 서지정보 |

勞馬, 『等一會兒』, 中國靑年文學社, 2012.

라오마 미니멀 유머 로망
사망통지서 死亡通知書

초판 1쇄 발행 2012년 8월 20일

지 은 이 라오마(勞馬)
옮 긴 이 김태성
펴 낸 이 최종숙
펴 낸 곳 글누림출판사

책임편집 이태곤
편   집 임애정 송지연 권분옥 이소희 박선주
디 자 인 안혜진 이홍주
마 케 팅 박태훈 안현진
관   리 이덕성

주   소 서울시 서초구 반포4동 577-25 문창빌딩 2층(137-807)
전   화 02-3409-2055(대표), 2058(영업), 2060(편집)
팩   스 02-3409-2059
전자메일 nurim3888@hanmail.net
홈페이지 www.geulnurim.co.kr
등록번호 제303-2005-000038호(2005.10.5)

정   가 13,000원
ISBN 978-89-6327-207-8 03820

출력·안문화사 **인쇄**·바른글인쇄 **제책**·동신제책사 **용지**·에스에이치페이퍼

* 잘못된 책은 바꿔드립니다.

ⓒ 글누림출판사, 2012, Printed in Seoul, Korea